DONGSUH MYSTERY BOOKS 145

孤島の鬼

외딴섬 악마

에도가와 란포/김문운 옮김

동서문화사

옮긴이 김문운(金文穩)

일본대학교 문과 졸업. 연합신문 편집국장 역임. 지은책《조국의 날개》옮긴책 세이시《혼징살인사건》하이스미스《태양은 가득히》란포《음울한 짐승》등이 있다

DONGSUH MYSTERY BOOKS 145

외딴섬 악마

에도가와 란포/김문운 옮김

초판 발행/1977년 12월 1일

중판 1쇄/2004년 8월 1일

중판 9쇄/2016년 11월 1일

발행인 고정일

발행처 동서문화사

창업 1956. 12. 12. 등록 16-3799

서울 중구 다산로 12길 6(신당동, 4층)

☎546-0331~6 (FAX) 545-0331

www.dongsuhbook.com

*

사업자등록번호 211-87-75330

ISBN 978-89-497-0241-4 04800

ISBN 978-89-497-0081-6 (세트)

외딴섬 악마
차례

이 괴이한 이야기에 들어가며

추억의 밤…… 15
이상한 사랑…… 24
괴노인…… 31
입구가 없는 방…… 37
연인의 뼛가루…… 47
기묘한 친구…… 52
칠보 꽃병…… 60
고물상 손님…… 65
내일 정오가 지나면…… 71
불가사의한 범행…… 76
코 없는 석고상…… 83
다시 나타난 괴노인…… 87
뜻밖의 아마추어 탐정…… 91
맹점의 작용…… 99
마법의 항아리…… 106
소년 곡예사…… 117

석고상의 비밀…… 124
아미타의 공덕…… 131
외딴섬에서 온 편지…… 137
톱과 거울…… 146
무서운 사랑…… 152
기묘한 통신…… 158
형사와 난쟁이…… 166
모로토 미치오의 고백…… 174
악마의 정체…… 182
이와야 섬…… 189
모로토네 집…… 196
3일간…… 202
가짜 나…… 211
살인을 목격하다…… 216
옥상의 괴노인…… 221
신과 불…… 227
불구자의 무리…… 232

삼각형의 정점…… 240
낡은 우물 밑바닥…… 246
미로…… 253
잘라진 삼줄…… 260
마의 심연의 주인…… 265
어둠 속의 수영…… 269
절망…… 274
복수의 화신…… 278
생지옥…… 284
의외 인물…… 289
영의 인도…… 294
발광한 악마…… 298
형사 나타나다…… 302
대단원…… 306

란포의 위대함과 비극의 서사…… 310

등장인물

나(미노우라) 무역 상사 사무원

기자키 하쓰요 무역 상사 여사무원

모로토 미치오 의학 연구가

미야마기 고키치 아마추어 탐정

히데짱 기형 쌍둥이 소녀

기쓰짱 기형 쌍둥이 소년

죠고로 꼽추

기타카와 형사

이 괴이한 이야기에 들어가며

나는 아직 나이 서른도 채 안 됐는데 짙은 머리칼이 한 가닥도 남아 있지 않은 백발이다. 이런 이상한 젊은이가 또 어디 있겠는가? 일찍이 백발의 재상(宰相)이 있었다는데, 그에 못지않게 훌륭한 하얀 솜털 모자가 내 머리 위에 얹혀 있는 것이다.

나의 내력을 모르는 사람은 나를 보면 우선 내 흰 머리에다 호기심 어린 시선을 보낸다. 뱃심 좋은 사람은 인사를 나누자마자 내 백발에 대한 궁금증부터 풀려고 든다. 남녀를 막론하고 모두가 이런 질문으로 나를 괴롭히는데, 또 하나 내 아내와 아주 다정하게 지내는 여자들이 조용히 내게 하는 질문이 있다. 그것은 내 아내의 오른쪽 허벅지 위쪽에 있는 무시무시하게 커다란 흉터에 관한 질문이다. 큰 수술 자국처럼 보이는 그 끔찍한 흉터는, 불규칙한 원형으로 빨간색을 띠고 있다.

이 두 가지 이상한 사실은 우리만의 비밀도 아니고, 내가 그 원인에 대해 이야기하기를 거부하는 것도 아니다. 다만 내 이야기를 상대방에게 이해시키기가 매우 어렵다는 것이다. 장황하게 이야기를 늘어놓아야 하는데, 그 번거로움을 참고 얘기해 봤자, 내 말솜씨가 서투른 탓인지 좀처럼 믿어 주질 않는다. 대부분의 사람들이 '설마 그런 일이?' 하고 상대해 주지 않는 것이다. 나보고 허풍선이란다. 내 백발과 아내의 흉터, 이런 명명백백한 증거물이 있는데도 말이다.

우리가 경험한 일은 그토록 기괴한 일이었다.

나는 일찍이 《백발의 유령》이란 소설을 읽은 적이 있다. 어떤 귀족을 사망한 것으로 속단하고 매장해 버렸는데, 그 귀족이 무덤에서 빠져 나오지 못해 죽음의 고통을 겪은 나머지 칠흑 같은 머리칼이 하룻밤 새에 모조리 백발로 변해 버렸다는 이야기였다. 또 철제 통 속에 들어가 나이아가라 폭포에 뛰어든 사나이의 이야기도 들은 적이 있다. 그 사람은 별로 다친 데는 없었으나, 떨어져 내리는 그 찰나에 머리칼이 완전히 희어져 버렸단다.

무릇 검은 머리를 백발이 되게 하는 일은 이처럼 유례 없는 커다란 공포나 큰 고통을 수반하는 법이다.

서른도 안 된 젊은 나의 백발도, 사람들이 쉽게 믿기 어려운 무서운 일을 겪었다는 증거가 아니겠는가. 내 아내의 흉터도 마찬가지이다. 그 흉터를 외과 의사에게 보이면, 그는 분명 어떻게 해서 그런 흉이 졌는지 판단하기 어려울 것이다. 그렇게 커다란 종기 자국이 있을 리도 없고, 근육 내부의 병을 치료하기 위해서라고 해도 그렇게 커다란 칼자국을 남기는 돌팔이 의사는 있을 턱이 없으니까. 화상 자국 같지도 않고, 그렇다고 태어날 때부터 있던 점도 아니다. 그것은 흡사 그곳에 붙어 있는 또 하나의 다리를 잘라낼 때 생긴 듯한 이상야릇한 상처 자국이었다. 이것 또한 전무후무한 이변이 아니고서는 생겨나기 어려운 것이다.

이런 까닭으로 만나는 사람마다 던져오는 질문에 일일이 대답하기도 귀찮을 뿐만 아니라, 모처럼 사실을 털어놓아도 믿어 주지 않는 안타까움이 늘 따랐다. 또한 세상 사람들이 일찍이 상상도 해 보지 못한 그 이상한 일, 우리가 겪은 생지옥의 일을, 이 세상에는 이런 무서운 일도 있다는 것을 사람들에게 똑똑히 알려 두고 싶은 욕망도 일곤 했다. 그래서 똑같은 질문이 되풀이될 때면 "그에 관해서는 내 저서에 자세히 씌어 있습니다. 그것을 읽고서 궁금증을 풀도록 하세요"라고 말하면서 그 사람 앞에 내놓을 수 있는 한 권의 책으로 내 경험을 엮어 보려고 결심하기에 이른 것이다.

그러나 아쉽게도 내게는 글재주가 없다.

소설을 좋아해서 읽기는 꽤 많이 읽었지만, 실업학교 1학년 때 작문을 배운 이후로 사무적인 편지 외에는 글이라곤 써 본 적이 없다. 하지만 '요즘 소설들을 보면 생각나는 대로 어물어물 써 내려가면 되는 모양이니, 나도 그 정도는 흉내낼 수 있겠지. 게다가 내 이야기는 허구 날조가 아닌 몸소 겪은 체험담이니까 한결 쓰기 쉽겠지' 하고 만만하게 생각했는데, 웬걸 막상 쓰기 시작해 보니 그리 쉬운 일이 아니었다.

우선 예상과는 달리 실제로 있었던 일이기 때문에 오히려 더 힘이 들었다. 글에 익숙지 못한 나는 글을 구사하는 것이 아니라, 글에 얽매여 그만 쓸데없는 여담을 늘어놓거나, 꼭 필요한 것을 빠뜨려, 모처럼의 실화가 흔해 빠진 시시한 소설보다도 더 작위적인 이야기처럼 되어 버렸다. 사실을 사실대로 쓰는 일이 얼마나 어려운 노릇인가를 이번에 새삼스럽게 깨달았다.

이 이야기의 발단만 해도 나는 스무 번이나 썼다가는 찢고, 찢었다가는 또 쓰곤 했다. 그리고 결국엔 나와 기자키 하쓰요(木崎初代)와의 사랑 이야기부터 시작하는 것이 가장 온당하다고 생각하게 되었다.

그러나 자기의 사랑 이야기를 책으로 엮어서 뭇 사람의 눈앞에 내어놓는다는 것은 소설가가 아닌 나로서는 묘하게 부끄럽기도 하고 고통스럽기까지 한 일이다. 그러나 아무리 생각해 봐도 그것을 쓰지 않고서는 이야기의 줄거리가 서지 않으므로 하쓰요와의 관계뿐만 아니라 그 비슷한 사실들, 심지어는 한 인물과 나 사이에 빚어진 동성 연애 사건도 창피함을 무릅쓰고 털어놓아 버려야 할 것 같다.

두드러진 사건부터 이야기한다면, 두 달쯤 사이를 두고 일어난 두 사람의 변사 사건 또는 살인 사건으로서, 내용이 보통의 미스터리 소설이나 괴기 소설과 엇비슷하면서도 사실은 매우 색다르다. 전체적인 사건이 아직 본론에 들어가기도 전에 주인공——또는 부주인공——인 나의 애인 기자키 하쓰요가 살해당하고 또 한 사람, 내가 하쓰요 변사 사건을 의뢰한, 존경하는 아마추어 탐정 미야마기 고키치(深山木幸吉)가 살해당한다.

더구나 내가 말하려는 이 괴이한 이야기는 이 두 사람의 변사 사건을 단순히 그 발단으로 삼을 뿐이고, 본 줄거리는 더욱더 놀라운 소름끼치는 대규모적인 악행, 일찍이 아무도 상상해 보지 못한 죄과에 관한 나의 체험담이다.

이렇게 거창하게 예고만 늘어놓아 봤자 독자의 마음을 조금도 움직이게 하지 못하는 모양이니(하지만 이 예고가 조금도 과장이 아님은 나중에 가서 독자 여러분도 알게 될 것이다), 머리말은 이쯤 해 두고 내 서투른 이야기를 시작해 보기로 하겠다.

추억의 밤

그즈음 나는 25살의 청년으로, 마루노우치에 있는 빌딩에 사무실을 가진 무역 합자회사인 SK 상사의 사무원으로 근무했다. 나는 적은 월급 따위는 거의 용돈으로 써 버렸다. 우리 집은 W실업학교를 나온 나를 그 이상 진학시킬 만큼 넉넉하진 못했다.

21살 봄부터 근무하기 시작했으니까, 나는 만 4년을 근무한 셈이다. 담당한 일은 장부 회계의 일부분으로, 아침부터 저녁까지 주판알을 튕기고 있으면 되었다. 실업학교를 나왔는데도 소설이나 그림, 연극이나 영화를 매우 좋아해서 남 못지않게 예술을 알고 있다고 자부하고 있던 나는, 기계적인 이 업무를 다른 사원들보다 더 싫어했다. 동료들은 밤마다 카페에 드나들고, 댄스홀에 다니고, 그렇지 않은 사람은 틈만 있으면 스포츠 이야기만 했다. 그런 화려하고 용감하고 현실적인 사람들이 대부분이어서, 공상에 잠기길 좋아하고 내성적인 나는 4년이나 지났는데도 진실한 친구 한 사람이 없었다. 그것이 더욱 사무실 근무를 따분하게 만들었다.

그런데 그 반 년쯤 전부터 나는 아침마다 하는 출근이 여태껏처럼 싫지 않게 되었다. 18살의 기자키 하쓰요가 견습 타이피스트로 SK 상사에 입사했기 때문이다. 그녀는, 내가 태어날 때부터 마음에 그리고 있던 그런 여자였다. 피부색은 우울한 흰빛인데, 건강해 보였고, 몸은 고래뼈처럼 보드랍고 탄력이 있는데, 그렇다고 아라비아 말〔馬〕처럼 굳세 보이지는 않았다. 여자로서는 높고 흰 이마에, 좌우의 가지런하지 않은 눈썹이 불가사의한 매력을 담고 있었다. 쌍꺼풀이 없는 째진 듯한 눈에 미묘한 수수께끼를 품고, 높지 않은 코와, 너무 얇지 않은 입술이 작은 턱을 가진 야무진 뺨 위에 도드라져 보였고, 코와 윗입술 사이가 좁아서 그 윗입술이 약간 위로 말려 올라간 듯한 모양을 하고 있었다.

이렇게 자세히 써 버리고 나니 도무지 하쓰요다운 느낌이 나지 않는데, 대체로 그녀는 그렇게 일반 미인의 표준에서 벗어난, 그래서 나에게는 오히려 더할 수 없는 매력을 느끼게 하는 그런 여성이었다.

내성적인 나는 기회를 만들지 못해서 반 년 동안이나 그녀와 말을 하지 못했고, 아침에 얼굴을 마주쳐도 목례조차 하지 않는 사이로 지냈다(사원이 많은 이 사무실에서는 같은 일을 하거나, 특별히 친한 사람이 아니면, 아침 인사 같은 것은 하지 않았다). 그런데 어쩐 일인지 어느 날, 나는 갑자기 하쓰요에게 말을 걸었다. 나중에 생각해 보니 그 일은, 아니 내가 근무하는 사무실에 그 여자가 입사해 온 것조차 실로 이상한 인연이었다. 하쓰요와 나 사이에 빚어진 사랑에 관한 이야기가 아니다. 그보다 그때 그녀에게 말을 걸었기 때문에 나중에 나를 여기에 기록하게 되는 것 같은, 세상에서 가장 무서운 사건으로 인도하게 되는 운명에 관해 말하는 것이다.

그때 기자키 하쓰요는 자기가 직접 빗은 듯한 올백 비슷한 모양의 멋진 머리를 타이프라이터 위에 숙이고, 오렌지빛 서지 작업복 등을 둥글게 하고, 무엇인가 열심히 키를 두드리고 있었다.

'HIGUCHI HIGUCHI HIGUCHI HIGUCHI
HIGUCHI HIGUCHI HIGUCHI HIGUCHI'

편지지 위에는, 히구치(樋口)라고 읽는 것으로 보이는, 누구의 성 같은 것이 무늬처럼 찍혀 있었다.

나는 "기자키 양, 열심이시군요"라고 말할 셈이었다. 그런데 내성적인 사람이 흔히 그렇듯, 나는 당황해서 어리석게도 꽤 새된 소리로 그녀를 "히구치 양"이라고 부르고 말았다.

그랬더니 부르는 소리에 응하듯, 기자키 하쓰요는 나를 돌아보고 "왜 그러세요?" 아주 침착하게, 그리고 마치 초등학생처럼 순진한 투로 대답했다.

하쓰요는 히구치라고 불려도 조금도 이상해하지 않았던 것이다. 나는 다시 당황했다. 그녀의 성은 기자키가 아니었나? 하쓰요는 그녀의 성을 치고 있었던 것일까. 이 의문은 잠시 수치심을 잊게 만들어 나는 무심결에 긴 말을 지껄였다.

"당신은 히구치 양이던가요? 나는 기자키 양이라고 알고 있었는데."

그랬더니 하쓰요도 퍼뜩 정신이 드는 듯, 눈 가장자리를 붉게 물들이며 말했다.

"어머, 제가 그만 깜빡했군요……. 저 기자키예요."

"그럼 히구치란 당신의 사랑……?"이라고 말하려다가 나는 깜짝 놀라서 입을 다물었다. "아무것도 아녜요……."

기자키 하쓰요는 황급히 편지지를 기계에서 빼내어 한 손으로 구겨 버렸다.

내가 왜 이렇게 시시한 대화를 적었는가 하면 이유가 있기 때문이다. 이 대화가 우리 사이를 더 깊은 관계로 만드는 실마리를 제공했다는 것뿐만이 아니다. 하쓰요가 치고 있던 '히구치'라는 성에는, 그리고 하쓰요가 히구치라고 불려도 아무 주저 없이 대답을 한 사실에는, 실은 이 이야기의 핵심에 관한 커다란 의미가 포함되어 있기 때문이다.

이 글은 사랑 이야기를 쓰는 것이 주목적이 아니다. 그런 일로 시간을 소비하기에는 너무나 쓸 것이 많기에 나와 기자키 하쓰요 사이에 진행된 연애에 관해서는, 극히 간추려 쓰는 데 그치겠다.

어떻든 이 우연한 대화를 나눈 뒤부터 우리는 약속을 하지 않고도 가끔 함께 퇴근하게 되었다. 그리고 엘리베이터 안과, 빌딩에서 전차 정류장까지, 전차를 타고서 하쓰요는 스가모로, 나는 와세다로 바꿔 타는 장소까지 가는 짧은 시간 동안을 하루 중의 가장 즐거운 시간으로 여기게 되었다. 그러는 사이, 우리는 점점 대담해져 갔다. 우리는 귀가를 조금 늦추고 사무실에서 가까운 히비야 공원에 들러, 벤치 한 구석에 앉아 짧은 대화를 나누기도 했다. 또 오가와초의 바꿔 타는 곳에서 내려 그 근처의 보잘것없는 카페에 들러 차를 한 잔 마시고 가는 일도 있었다.

그러나 우리는 순진해서 비상한 용기를 내어 변두리의 호텔에 들어가기까지는 거의 반년이나 걸렸다.

내가 외로워하고 있었던 것처럼 기자키 하쓰요도 그랬다. 둘 다 용감한 현대인이 못 되었던 것이다. 그리고 그녀의 용모가 태어날 때부터 내 가슴속에 그렸던 모습이었듯이, 기쁘게도 나의 용모 또한 그녀가 태어날 때부터 그렸던 그런 것이었다. 이상한 이야기 같지만, 얼굴 모습에 관해서 나는 예전부터 조금 믿는 데가 있었다. 모로토 미치오(諸戸道雄)라는 사내는——그는 이 이야기에서 중요한 역할을 하게 된다——의과 대학을 졸업하고 모교 연구실에서 어떤 이상한 실험을 하며 살고 있었다. 그가 의학생이고 내가 실업학교 학생일 무렵부터, 모로토는 나에게 꽤 진지한 동성애를 느끼고 있었다.

그는, 내가 아는 바로는 육체적으로도 정신적으로도 가장 고귀한 느낌의 미청년이었지만 나는 결코 그에게 애정 같은 건 느끼고 있지는 않았다. 다만 내가 그의 까다로운 선택에 적합했던 점을 생각하며 조금은 나의 외모에 자신감을 가질 수 있었던 것이다. 나와 모로토와의 관계에 관해서는, 나중에 이야기할 기회가 종종 있을 것이다.

아무튼 그 변두리 호텔에서 기자키 하쓰요와 지낸 최초의 밤은 지금도 내게는 잊을 수 없는 추억이다.

그때 우리는 한 카페에서 사랑의 도피자처럼 눈물을 흘리면서 자포자기에 빠져 있었다. 나는 익숙하지 않은 위스키를 세 잔이나 거듭 마셨고, 하쓰요도 달콤한 칵테일을 두 잔이나 마셔서, 우리 두 사람은 얼굴이 새빨개져 약간 정신을 잃고 있었다. 그래서 우리는 별로 창피함을 느끼지 못하고 그 호텔의 프런트에 설 수 있었다. 우리는 넓은 침대가 놓여 있고, 벽지에 얼룩이 있는 아주 음침한 방으로 안내되었다.

보이가 구석에 있는 탁자 위에 문 열쇠와 떫은 차를 놓고 말없이 나갔을 때, 우리는 갑자기 매우 놀란 시선을 교환했다. 하쓰요는 겉보기에는 연약한 것 같지만 똑똑한 데가 있는 여자였다. 그녀는 취기가 깬 창백한 얼굴로 부들부들 떨며 입술 빛이 하얗게 변해가고 있었다.

"무서워?"

나는 나 자신의 두려움을 얼버무릴 양으로 이렇게 속삭였다.

하쓰요는 잠자코 눈을 감은 듯 가볍게 도리질을 했다. 그러나 말할 것도 없이 그녀도 두려워하고 있었다.

실로 이상하고도 어색한 장면이었다. 두 사람 다 설마 이렇게 되리라고는 예기치 않은 것이다. 아무 부끄럼 없이 세상 어른들처럼 최초의 밤을 즐길 수 있으리라고 생각했었다. 그런데 그때의 우리는 침대

위에 누울 용기마저도 없었던 것이다. 옷을 벗고 살갗을 내 보인다는 것은 생각도 못할 일이었다. 한 마디로 말하면, 우리는 비상한 초조감을 느끼며 이미 가끔 했던 키스도 못하고, 물론 그 밖의 아무 행동도 하지 않고 침대 위에 나란히 걸터앉아, 어색한 마음을 얼버무리기 위해 두 발을 흔들흔들하며 거의 1시간 동안이나 말없이 있었다.

"저, 우리 이야기해요. 저는 왠지 어렸을 적 이야기를 해 보고 싶어졌어요."

하쓰요가 낮고 맑은 소리로 이렇게 말했을 때, 나는 이미 육체적인 심한 초조감을 초월하고, 오히려 이상하게도 가벼운 마음이 되어 있었다.

"아아, 그게 좋겠어."

나는 아주 좋은 생각을 했다는 의미로 선뜻 대답했다.

"기자키 양, 이야기해 봐요. 당신이 어렸을 때의 이야기를."

하쓰요는 편한 자세로 앉아 밝고 가는 목소리로 자기 어린 시절의 이상한 추억을 이야기했다. 나는 가만히 귀를 기울이고 긴 시간을 거의 꼼짝도 않고 그 이야기를 들었다. 하쓰요의 음성은 마치 자장가처럼 나의 귀를 즐겁게 해 주었다.

나는 그 이후에도 하쓰요의 그 이야기를 도막도막 가끔 들었는데 그 순간처럼 감명 깊게 들은 적은 없다. 지금도 그때의 하쓰요의 한 마디 한 마디를 분명히 생각해 낼 수 있을 정도다.

그런데 이 이야기를 하기 위해 하쓰요의 신상 이야기를 모조리 쓸 필요는 없다. 그중에서 나중에 이 이야기와 관련이 있었던 것 같은 부분만 극히 간단히 쓰겠다.

"언젠가도 이야기한 것처럼 저는 어디서 태어난 누구의 자식인지도 모르고 있어요. 저는 지금의 어머니——당신은 아직 만나지 않았지만——와 단 둘이서 사는데 어머니를 위해 이렇게 일하고 있는 거예요. 그 어머니가 이렇게 말씀하셨어요.
'하쓰요야, 너는 우리 부부가 젊은 시절에 오사카의 가와구치라는 선착장에서 주워 와 정성을 다해 길렀단다. 너는 기선 대합실의 어둑어둑한 구석에서 손에 작은 보따리를 들고 훌쩍훌쩍 울고 있었어. 나중에 보따리를 풀어 보니, 속에 너의 선조 것인 듯한 한 권의 족보와 한 장의 편지가 나와서 그 편지로 하쓰요라는 너의 이름도, 그때 네가 3살이라는 것도 알았지. 그런데 말이야, 우리는 어린애가 없었기 때문에 하느님께서 주신 진짜 딸로 여기고, 경찰 수속을 마치고, 네게 정성을 다했던 거야. 그러니까 너도 서먹서먹하게 생각하지 말고 나를——이제 아버지도 돌아가셔서 혼자니까——진짜 엄마로 알아주렴.'
저는 그 말을 들어도 옛날이야기를 듣는 것처럼 슬프지 않았는데, 참 이상하단 말이에요. 눈물이 그칠 새 없이 흘러서 견딜 수가 없었어요."

하쓰요의 양부가 살았을 때, 그 족보를 여러 방면으로 조사하고 친부모를 찾으려고 꽤 고생을 했지만 족보에 찢어진 데가 있어, 단지 선조의 이름이나 호(號), 시호(諡號)가 나열되어 있을 뿐이었다. 그런 족보가 남아 있는 것으로 보아 상당한 무사 집안임에 틀림없지만, 그 사람들이 속했던 번(藩. 봉건 시대의 제후국)이나 주거 기록이 하나도 없어 어떻게 할 수가 없었다.

"3살이나 먹었으면서 저는 바보였나 봐요. 양친의 얼굴을 통 기억할 수가 없었거든요. 그리고 그런 혼잡스러운 속에 버려두고 가는 꼴을 당하다니……. 하지만요, 저는 지금도 이렇게 눈을 감으면 어둠 속에서도 선명하게 떠오를 정도로 똑똑히 기억하고 있는 것이 두 가지 있어요. 그 한 가지는 제가 어느 바닷가의 잔디밭에서 따뜻한 햇볕을 쬐며 귀여운 아기와 놀고 있는 장면이에요. 그 애는 정말 귀여운 아기로, 저는 언니 티를 내며 그 애를 보고 있었던 것 같아요. 아래로는 새파란 바다가 보이고 훨씬 저쪽에는 보랏빛으로 흐릿하게 마치 소가 누운 것 같은 모양의 육지가 보였어요. 저는 가끔 생각해요. 그 아기는 저의 친동생이고, 그 애는 저처럼 버림 받지 않고 지금도 어디선가 양친과 함께 행복하게 살고 있는 것이 아닐까 하고요. 그런 것을 생각하면 저는 가슴이 죄어드는 것처럼 그리운 슬픔에 잠기곤 해요."

하쓰요는 먼 곳을 바라보고 혼잣말처럼 했다. 그리고 그녀가 어렸을 때의 또 한 가지 기억은 다음과 같은 것이다.

"바위로만 이루어진 아주 작은 산이 있는데, 그 중턱에서 바라본 경치예요. 조금 떨어진 곳에 누군가의 커다란 집이 있었어요. 만리장성처럼 위엄 있는 흙담, 큰 새가 날개를 편 듯한 훌륭한 지붕, 그 곁에 있는 희고 크게 흙으로 지은 광 등이 햇빛에 비쳐 뚜렷이 보이는 거예요. 단지 그것뿐, 주위엔 집 같은 것은 한 채도 없었어요. 그 저택의 저쪽에는 역시 파란 바다가 보이고 그 바다 저 쪽에는 역시 소가 누운 듯한 육지가 안개로 흐려진 채 가로놓여 있더군요. 틀림없어요. 제가 아기와 놀던 곳과 같은 지방의 경치예요. 저는 몇 번이나 꿈을 꾸었는지 몰라요. 꿈속에서 '아아, 또 그곳에 가는구나' 생각하며 걷고 있으면, 틀림없이 그 바위산이 나타나는 거예요. 전국을 샅샅이 돌아다녀 보면 꼭 이 꿈속의 경치와 조금도 다르지 않는 곳이 있을 거라고 생각해요. 그곳이야말로 나의 그리운 고향이에요."

"잠깐, 잠깐."

나는 하쓰요의 이야기를 제지하고 말을 이었다.

"난 그림은 잘 못 그리지만 당신 꿈속에 나오는 경치는 어쩐지 그릴 수 있을 것 같군. 그려 볼까?"

"그래요, 그럼 더 자세히 이야기할까요?"

그래서 나는 탁자 위의 바구니에 들어 있던 호텔용 천을 꺼내어 펜으로 그녀가 바위산에서 보았다는 해안의 경치를 그렸다. 이 장난 가득한 즉흥적인 그림이 뒤에 나에게 있어 매우 중요한 역할을 해 주리라고는 그때는 상상도 못했다.

"어머, 이상하군요. 기억과 똑같은 그림이에요."

하쓰요는 다 된 내 그림을 보고 기쁜 듯 소리쳤다.

"이것은 내가 가져도 좋겠지?"

나는 연인의 꿈을 품는 기분으로 그 그림을 작게 접어 웃옷 안주머니에 넣으며 말했다.

하쓰요는 계속해서 자신이 철이 든 뒤의 갖가지 슬픔과 기쁨에 관한 추억을 그칠 줄 모르고 이야기했지만 여기에 쓸 필요는 없다. 어떻든 우리는 그렇게 해서 우리의 최초의 밤을 아름다운 꿈처럼 보낸 것이다. 우리는 호텔에서 묵지 않고 밤이 깊어지자, 각자 집으로 돌아갔다.

이상한 사랑

나와 기자키 하쓰요의 관계는 날로 깊어져 갔다. 그러나 그 일이 있은 뒤 한 달쯤 지나 같은 호텔에서 두 번째의 밤을 지낼 때부터는, 우리 두 사람의 관계가 먼젓번 밤만큼 꿈같이 아름답지는 않았다.

나는 하쓰요의 집을 방문하고, 그녀의 친절한 양어머니와도 이야기를 나눴다. 그러고 얼마 안 가서 나와 하쓰요는 각자의 어머니에게 마음속 생각을 털어놓게 되었다. 어머니들도 크게 반대 의사는 없는 것 같았다. 그런데 우리는 너무나 젊었다. 결혼 같은 것은 안개를 사이에 둔, 먼 강 기슭에 있었다.

젊은 우리는 아이들이 새끼손가락을 마주 거는 듯한 흉내를 내어 선물을 교환했다. 나는 한 달치 월급을 털어 하쓰요의 탄생석인 전기석(電氣石)을 박은 반지를 사서 그녀에게 선사했다. 나는 영화에서 본 대로 어느 날 히비야 공원의 벤치에서 반지를 하쓰요의 손가락에 끼워 주었다. 그랬더니 하쓰요는 어린애처럼 기뻐하며——가난한 그녀의 손가락에는 반지가 하나도 없었다——한참 생각하더니 언제나 가지고 다니는 손가방을 벌리며 말했다.

"아아, 생각이 났어요. 알겠어요? 저는 지금 무엇으로 보답하나 걱정하고 있었거든요. 반지 같은 건 저는 못 사잖아요. 하지만 좋은 것이 있어요. 왜 언젠가도 이야기한, 제가 모르는 친아버지와 친어머니의 단 하나의 유품인 그 족보 말이에요. 전 그것을 소중히 여겨서 외출할 때에도 언제나 이 손가방 속에 넣어 가지고 다니거든요. 이것 하나만이 저와, 어딘가 먼 곳에 계시는 어머니를 잇는다고 생각하면, 무슨 일이 있어도 놓치고 싶지 않아요. 그렇지만 달리 선물할 것이 없으니까, 제 삶에서 두 번째로 소중한 이 족보를 당신께 맡기겠어요. 네, 괜찮겠죠? 비록 시시한 휴지 같은 것이지만, 당신이 소중히 간직해 주세요."

그러고 나서 하쓰요는 손가방 속에서 낡은 천 표지가 씌워진 얇은 족보를 꺼내어 나에게 주었다.

나는 그것을 받아들고 넘겨보았다. 거기에는 옛날식의 딱딱한 이름이 빨간 선으로 이어져 있을 뿐이었다.

"그곳에 히구치라고 씌어 있어요. 아시겠어요? 언젠가 제가 타이프라이터로 장난하다 당신한테 들킨 이름요. 저는요, 기자키보다 히구치 쪽을 진짜 내 이름으로 생각하고 있었거든요. 그래서 당신이 히구치라 불렀을 때 그만 대답하고 만 거예요."

하쓰요는 이렇게 말하고 계속해서 어린애 같은 이야기도 했다.

"시시한 휴지 같지만, 언젠가 꽤 비싼 값으로 이걸 사러 온 사람이 있었어요. 이웃 헌책방에서요. 어머니가 어쩌다가 말한 것을 어디서 듣고 온 거겠지요. 하지만 아무리 비싸도 이것만은 팔 수 없다고 거절했어요. 그러니까 전혀 값어치 없는 것은 아니지요."

말하자면 그것이 서로의 약혼 선물이었던 것이다. 그런데 얼마 안 되어 우리에게 약간 귀찮은 사건이 생겼다.

지위로 보거나, 재산으로 보거나, 학력으로 보거나 나와는 엄청난 차이가 있는 구혼자가 갑자기 하쓰요 앞에 나타난 것이다. 그는 유력한 중매인을 내세워 하쓰요의 어머니에게 맹렬한 구혼 활동을 벌이기 시작했다.

하쓰요가 그 사실을 어머니에게서 들은 것은 우리가 그 선물을 교환한 바로 그 다음 날이었다. 어머니 이야기에 따르면 중매인이 친척 관계를 알아보고 당신한테 온 것은 이미 1개월이나 전이었다는 것이다.

나는 그 말을 듣고 너무도 놀랐다. 그런데 내가 놀란 것은 구혼자가 나보다 훨씬 우세한 사람이기 때문도 아니고, 하쓰요 어머니의 마음이 아무래도 그쪽으로 기울고 있다는 사실 때문도 아니었다. 그가 바로 나와 묘한 관계에 있는 모로토 미치오였기 때문이다. 나의 놀라움은 다른 모든 놀라움과 충격을 지워 버릴 정도로 심했다.

왜 그렇게 놀랐는지 설명하자면, 나는 조금 창피한 이야기를 털어놓아야 한다…….

앞에서도 잠깐 이야기한 것처럼 의학자 모로토 미치오는 나에 대해 실로 수년 동안, 어떤 불가사의한 연정을 품고 있었다. 나는 물론 그런 연정을 이해할 수 없었지만 그의 학력이나 일종의 천재적인 언동, 그리고 이상한 매력을 가진 그의 용모 등에서 결코 불쾌함을 느끼지는 않았다.

그래서 그의 행위가 어느 정도의 선을 넘지 않는 한, 그의 호의를 단순한 친구의 호의로 받는 데 인색하게 굴지 않았다. 나는 실업학교 4학년 때, 집안 사정 탓도 있었지만 대부분은 나의 어린 호기심에서, 같은 도쿄에 집이 있으면서도 간다의 하쓰네칸이라는 하숙집에 묵고 있었다. 모로토와는 그때 룸메이트로서 처음 알게 되었다. 나이는 6살이나 차이가 있었다. 나는 17살이고 모로토는 23살이었다. 어쨌든 그는 대학생이고 더구나 수재라고 소문이 나 있어서, 나는 존경어린 마음으로 그가 이끄는 대로 기쁘게 그와 교제했다.

내가 그의 마음을 안 것은 처음 대면한 날로부터 두 달쯤 지났을 무렵이었다. 그로부터 직접 들은 게 아니고 그의 친구들 사이에 떠도는 소문으로 알게 되었다.

'모로토와 미노우라(蓑浦)는 이상하다'고 열심히 퍼뜨리는 자가 있었던 것이다.

그 뒤로 세심하게 살펴보니 모로토가 나를 대할 때에 그 하얀 볼 언저리에 희미한 표정을 짓는다는 사실을 알았다. 나는 당시 애였고, 학교에서도 유희에 가까운 느낌으로 이런 비슷한 일이 행해지고 있었기 때문에, 모로토의 생각을 상상하고 혼자 얼굴을 붉히는 일이 있었다. 그것은 그렇게 불쾌한 느낌만은 아니었다.

그가 곧잘 대중탕에 함께 가자고 했던 일이 생각난다. 거기서 우리는 항상 등을 서로 밀었는데, 그는 비누 거품을 내고 나의 몸을 마치 어머니가 아기에게 목욕이라도 시키듯 정성껏 씻겨 주었다. 처음 한동안 나는 그것을 단순한 친절이라고 해석했는데, 나중에는 그의 생각을 의식하면서 몸을 맡기고 있었다. 그 정도만으로는 별로 나의 자존심이 상하지 않았기 때문이다.

산책 때에 손을 마주 잡거나 어깨를 부딪히는 일도 있었다. 그럴 때도 나는 그를 의식했다. 때로는, 그의 손가락 끝이 뜨겁게 떨며 내 손가락을 죄곤 했는데, 나는 무심한 척 그러나 약간 가슴을 설레며 그가 하는 대로 내버려 두었다. 그렇지만 결코 나는 그의 손을 함께 쥐거나 하지는 않았다.

그는 내게 그 이상으로 육체적으로 대하는 일이 없었고, 나에게 갖은 친절을 다한 것은 말할 것도 없었다. 그는 나에게 여러 가지 선물을 주었다. 연극, 영화, 운동 경기 등에도 데리고 가 주었다. 나의 어학 공부를 도와주기도 했고, 내가 시험을 치를 때에는 자기 일처럼

수고해 주고 걱정해 주었다. 그러한 정신적인 도움에 관해서는, 지금도 그의 호의를 잊을 수 없다.

그런데 우리 관계가 언제까지나 그 정도에 그칠 리는 없었다. 한동안 그는 내 얼굴을 보면 우울해져서 잠자코 한숨만 쉬는 기간이 이어졌는데, 이윽고 그와 안 지 반년 정도 되었을 무렵, 우리에게 드디어 어떤 위기가 닥쳐왔다.

그날 밤, 우리는 하숙 밥이 맛이 없다고 근처 식당에 가서 함께 식사를 했다. 그는 왠지 자포자기한 것처럼 되어 술을 상당히 들이키고, 나보고도 막무가내로 마시라고 했다. 물론 나는 술을 못 마셨지만 그가 권하는 바람에 두세 잔 마셨다. 당장 얼굴이 확 달아오르고 머릿속에서 그네라도 흔들리고 있는 듯한 기분이 들었다. 뭔가 마음이 풀려 오는 것을 느끼기 시작했다.

우리는 기대듯 어깨동무를 하고 일고(一高)의 교가 등을 부르며 하숙집으로 돌아왔다.

"네 방으로 가지, 네 방으로……."

모로토는 이렇게 말하고 나를 끌다시피 해서 내 방으로 들어갔다. 그곳에는 나의 이부자리가 펼쳐진 채로 있었다. 그가 밀어 쓰러뜨렸는지 내가 무엇엔가 걸려 넘어졌는지, 나는 느닷없이 그 이부자리 위에 뒹굴었다.

모로토는 내 곁에 서서 물끄러미 내 얼굴을 내려다보더니, 느닷없이 말했다.

"넌 아름다워."

그 순간 나는 아주 이상한 말을 들은 것 같았으면서도 여자처럼 변해, 곁에 서 있는, 술 취해 상기되기는 했어도 그 때문에 한층 매력을 더한 이 미모의 청년이 내 남편이라는 이상한 생각이 내 머리를 스치고 지나가는 걸 느꼈다.

모로토는 무릎을 꿇고, 흐리멍덩하게 내던져진 나의 오른손을 붙잡았다.

"뜨거운 손이군."

나도 불덩이같이 뜨거운 상대의 손바닥을 느꼈다.

내가 놀라 새파래진 얼굴로 방구석에 웅크리고 있을 때, 모로토의 미간에 돌이킬 수 없는 짓을 했다는 후회의 표정이 떠올랐다. 모로토는 목멘 소리로 말했다.

"장난이야, 장난. 지금 한 일은 거짓이야. 나는 그런 짓은 안 해."

그리고 한참 동안 우리는 각각 딴 곳을 바라보며 묵묵히 있었는데, 갑자기 탕 하는 소리가 나더니 모로토는 내 책상 위에 엎드려 버렸다. 그는 두 팔을 낀 위에 얼굴을 묻고 가만히 있었다. 나는 그 모양을 보고, 그가 울고 있다고 생각했다.

이윽고 그는 얼굴을 들고 말했다.

"나를 경멸하지 말아 줘. 넌 내가 비열하다고 생각하겠지. 나는 별종이야. 모든 의미에서 별종이야. 그렇지만 왜 그런지 설명할 수가 없어. 나는 가끔 혼자 무서워서 떨곤 해."

나는 그가 무엇을 그렇게 무서워하고 있는지 잘 이해할 수가 없었다. 훨씬 뒤에 어느 상황에 부닥치기 전까지는.

내가 상상한 대로 모로토의 얼굴은 눈물로 씻긴 것 같았다.

"넌 알아주겠지. 알아주기만 하면 돼. 그 이상 바라는 것은 무리일 테니까. 부디 내게서 도망치지만 말아 줘. 내 이야기 상대가 되어 줘. 그리고 내 우정만이라도 받아 줘. 내가 혼자 생각만이라도 할 수 있게 그런 자유만이라도 내게 허락해 줘. 응, 미노우라? 그런……"

나는 고집스럽게 묵묵히 있었다. 그러나 뺨에 눈물을 흘리며 간절히 말하는 그를 보고 있는 사이, 나 또한 눈시울에 뜨거운 것이 솟아 오르는 것을 어찌할 수가 없었다. 나의 변덕스러운 하숙 생활은, 이 사건을 고비로 끝이 났다.

모로토에게서 혐오감을 느낀 것은 분명 아니었으나, 우리 둘 사이에 생겨난 묘한 쑥스러움과 내성적인 나의 수치심이 나를 그 하숙집에 머무를 수 없게 만든 것이다.

그런데 이해할 수 없는 것은 모로토 미치오의 마음이었다. 그는 그 후에도 이상한 연정을 버리지 않았을뿐더러 오히려 세월이 갈수록 더욱 찬찬히 깊어 가는 것같이 생각되었다. 우연히 만나는 기회가 있으면 넌지시 대화 사이에, 그리고 만나지 못하는 대부분의 경우에는 세상에 유례 없는 사랑 편지 속에 그의 애절한 생각을 토로하는 것이었다. 그러한 그의 태도가 내 나이 25살이 될 때까지 계속되었다. 나는 그의 마음을 아무래도 이해하기 어려웠다. 비록 내 매끈한 뺨에 소년의 모습이 사라지지 않았다고 하더라도, 내 근육이 세상 어른들처럼 발달하지 않고 부녀자처럼 고왔다고 하더라도.

그런 그가 갑자기 하필이면 내 연인에게 구혼했다는 것은 내게 있어서 너무나 놀라운 일이었다. 나는 그에게 연적으로서 적의를 품기 전에, 일종의 실망 같은 것을 느끼지 않을 수 없었다.

"혹시…… 혹시 그가 나와 하쓰요와의 사랑을 알고, 나를 이성에게 주지 않으려고, 나를 그의 마음속에 언제까지나 혼자 소유하기 위해서, 스스로 구혼자가 되어 우리의 사랑을 방해하려고 꾀하는 것이 아닐까?"

자만심이 강한 나는 시기심으로 이런 터무니없는 상상까지 하게 되었다.

괴노인

참 이상한 일이다. 한 남자가 한 남자를 사랑해서 그 남자의 연인을 빼앗으려 한다. 보통 사람으로는 상상도 할 수 없는 일이다. 나는 아까 말한 모로토의 구혼 활동을, 혹시 나에게서 하쓰요를 빼앗기 위한 것이 아닐까 하는 추측을 했을 때, 나 자신의 시기심에 웃음이 나올 정도였다. 그러나 한번 싹트기 시작한 의심은 좀처럼 나를 붙잡고 떠나지 않았다.

나는 기억하고 있다. 모로토는 언젠가 내게 자기의 이상한 마음을 비교적 상세히 털어놓았다.

"나는 여자에게서는 아무런 매력도 느낄 수가 없어. 오히려 혐오감을 느끼고, 더럽게 생각되기까지 해. 넌 알 수 있을지 몰라. 이것은 단순히 부끄러운 정도가 아니야. 무서운 거야. 난 가끔 견딜 수 없이 무서워지는 일이 있어."

나는 이 말을 기억하고 있었다.

태어날 때부터 여자를 싫어한다던 그 모로토 미치오가 갑자기 결혼할 생각이 들고 더구나 그렇게 맹렬한 구혼 활동을 시작했다는 것은,

정말 이상하지 않은가. 나는 지금 '갑자기'라는 말을 썼는데, 실은, 얼마 전까지만 해도 나는 끊임없이 모로토의 이상한, 그러나 매우 진지한 연애편지를 받기도 하고, 한 달쯤 전에 모로토의 권유로 함께 제국 극장에 연극을 보러 간 일도 있다. 물론 모로토가 이 연극 관람을 권유한 동기는, 말할 것도 없이 나에 대한 애정에 있었다. 그것은 그때 그의 태도로 보아 의심할 여지가 없다. 그런데 불과 한 달 남짓한 사이에 돌변하여 나를 버리고——이렇게 말하면 두 사람 사이에 무언가 꺼림칙한 일이라도 있었던 것 같은데, 결코 그렇지 않다——기자키 하쓰요에게 구혼을 하다니, 정말 '갑자기'라고 하지 않을 수 없다. 더구나 그 상대로 택한 사람이 하필이면 내 연인 기자키 하쓰요니, 우연이라고 하기에는 다소 이상하게 느껴지지 않는가.

이렇게 설명을 듣다보면, 나의 의심도 전혀 근거 없는 시기심에서 나온 것이 아님을 알 것이다.

이 모로토 미치오의 기묘한 행동이나 심리는, 일반적인 세상 사람들로서는 이해하기 어려울지도 모른다. 나처럼 직접 모로토의 이상한 언동을 접하지 않은 사람들로선 아주 당연하다. 그럼 순서를 조금 뒤바꾸어서 나중에 안 것을, 여기서 독자에게 털어놓는 편이 좋을지도 모른다. 즉, 이런 나의 의심은 결코 그릇된 추측이 아니라는 것이다. 모로토 미치오는 내가 상상한 대로, 나와 하쓰요와의 사이를 갈라놓을 목적으로 그런 요란스러운 구혼 활동을 시작한 것이다.

그것이 얼마나 요란스러운 구혼 활동이었는가를 하쓰요가 호소했다.

"정말 귀찮아 죽겠어요. 매일같이 중매인이 어머니를 설득하러 오나 봐요. 중매인은 당신을 잘 알고 있어서, 당신 집의 재산이나, 당신이 회사에서 받는 월급까지도 어머니한테 일러 바쳐, '도저히 하쓰요 양의 남편이 될 사람은 어머니를 봉양할 수 없다'고 심한 말까지 하는 모양이에요. 그리고 분한 것은, 어머니가 저쪽 사람의 사진을 보고, 학력이나 생활 정도 같은 것을 듣고 완전히 마음이 기울었다는 사실이에요. 어머니는 좋은 분이시지만, 이번만큼은 저도 정말 어머니가 미워졌어요. 비열해요. 요사이 어머니와 저는 원수지간 같아요. 무슨 말만 하면 바로 결혼 문제로 얘기가 돌아가 싸움을 하거든요."

하쓰요의 말하는 품으로, 나는 모로토의 움직임이 얼마나 맹렬한지 짐작할 수 있었다.

"그런 사람 때문에 어머니와 저 사이가 이상해지다니, 한 달 전만 해도 상상도 할 수 없는 일이었어요. 어머니는 요즈음 늘 제가 없는 사이에 제 책상이나 문갑을 조사하나 봐요. 당신 편지를 찾아내서, 우리 사이가 어느 정도까지 갔는지 살피는 모양이에요. 저는 깔끔한 성미라서 서랍 속을 말끔히 치워 놓는데, 그것이 가끔 흐트러져 있거든요. 정말 비열하다고 생각해요."

얌전하고 부모를 몹시 생각하는 하쓰요였지만, 그녀는 이런 어머니와의 싸움에서는 결코 지지 않았다. 끝까지 고집을 피우고, 어머니의 비위를 건드리는 것쯤 문제삼지도 않았다.

이 뜻밖의 장애는 우리의 관계를 한층 복잡하게 그리고 오히려 깊게 만들었다. 나는 한때 두려움을 느꼈던 나의 연적을 거들떠보지도 않고, 오직 나를 그리워해 주는 하쓰요의 진심에 얼마나 감사했던가. 마침 그때는 늦은 봄 무렵이었는데, 하쓰요가 집에 돌아가 어머니 만나는 것을 싫어해서, 우리는 회사가 끝나고 오랜 시간 동안 아름답게 불이 켜진 거리나, 새 나뭇잎의 싱그러운 냄새가 풍기는 공원 등을 어깨를 나란히 하고 걸었다. 휴일에는 교외 전차 역에서 만나, 곧잘 초록빛 무사시노를 산책했다.

지금도 눈을 감으면 작은 시내가 보인다. 흙다리가 보인다. 고장의 수호신이라도 되는 듯한 높은 고목이나 돌담이 보인다. 그런 경치 속을, 멋진 비단 옷에 내가 좋아하는 색의 허리띠를 높이 맨 하쓰요와 어깨를 나란히 하고 걸었던 것이다. 독자들은 어리다고 웃지 마라. 이것이 내 첫사랑의 가장 즐거운 추억이다. 겨우 8, 9개월 만이긴 했으나 우리 두 사람은 이제 절대로 떨어질 수 없는 관계가 되었다.

나는 회사 근무도 가정 일도 다 잊고, 단지 분홍빛 구름 속을 정신없이 헤맸다. 나는 모로토의 구혼 같은 건 조금도 두려워하지 않았다. 하쓰요의 변심을 염려할 이유가 조금도 없었기 때문이다. 그때 하쓰요는 하나밖에 없는 어머니의 힐책을 상관하지 않았다. 그녀는 내 구혼 외에는 응할 생각이 털끝만큼도 없었기 때문이다.

나는 지금도 그때의 그 꿈같은 행복을 잊을 수가 없다. 그러나 그것은 정말 순식간이었다.

우리가 서로 이야기를 처음 나누기 시작한 지 꼭 9개월째였다. 나는 확실히 기억하고 있다. 다이쇼(大正) 10년(1921년) 6월 25일이었다. 그날로 우리의 관계는 끊어져 버렸다. 모로토 미치오의 구혼 활동이 성공한 것이 아니다. 가엾게도 기자키 하쓰요가 죽어 버렸기 때문이다. 그것도 보통 죽음이 아니라, 세상에서도 불가사의한 살인 사건의 피해자로서 무참히 이 세상을 떠나 버린 것이다.

그런데 기자키 하쓰요의 변사 사건을 말하기에 앞서, 나는 조금 독자의 주의를 끌어 두고 싶은 것이 있다. 그것은 하쓰요가 죽기 며칠 전에 나에게 호소한 기묘한 사실에 관해서이다. 이것은 나중에 관계가 있는 일이니까, 독자도 기억의 한 구석에 간직해 두어야 한다.

어느 날이었다. 하쓰요는 회사 근무 시간 내내 종일 얼굴이 새파래 있었다. 무엇인가 겁에 질려 있는 것처럼 보였다. 회사가 끝나고 마루노우치 대로를 나란히 거닐면서 내가 왜 그러냐고 물었을 때, 하쓰요는 뒤를 돌아보며 내 옆으로 바싹 다가와 다음과 같은 으스스한 이야기를 했다.

"어젯밤으로 벌써 세 번째예요. 언제나 제가 늦게 목욕하러 갈 때의 일인데, 당신도 알다시피 거기는 쓸쓸한 거리잖아요. 밤엔 정말 캄캄해요. 아무 생각 없이 문을 열고 밖으로 나가면, 꼭 우리 집 창문 옆에 이상한 할아버지가 서 있어요. 세 번 다 그랬어요. 제가 문을 열면 어쩐지 놀란 듯 자세를 고치고 아무렇지 않게 지나가 버리는데, 그때까지 창으로 가만히 집 안을 살펴보고 있었던 게 틀림없거든요. 두 번째까지는 제가 잘못 생각한 게 아닌가 하였는데, 어젯밤에도 또 그러고 있지 않겠어요? 결코 우연히 지나가는 사람이 아녜요. 그렇다고 근처에서 평소 그런 할아버지를 본 일도 없고……. 저는 뭔가 좋지 않은 일이 일어날 전조 같아 몹시 기분이 나빠요."

내가 웃어 버릴 것 같은 표정을 짓자, 하쓰요는 기를 쓰고 계속 말했다.

"보통 할아버지가 아녜요. 그런 으스스한 할아버지를 본 일이 없어요. 나이도 쉰이나 예순 정도가 아니에요. 아무리 보아도 여든 이상의 할아버지예요. 마치 등을 둘로 꺾은 듯이 허리가 굽었고, 걷는 것도 지팡이를 짚고 열쇠처럼 구부러져 목만 들어 앞을 보고 가는 거예요. 그래서 먼 데서 보면 키가 보통 어른의 절반쯤으로 보이지요. 어쩐지 기분 나쁜 벌레가 기어가는 것 같아요. 그리고 얼굴은 주름투성이고, 잘 모르겠지만 젊었을 때에도 보통 얼굴이 아니었던 것 같아요. 저는 무서워서 그리고 어두워서 잘 보지 못했는데, 한번은 우리 집 처마 밑 등불 빛으로 입 근처만 얼른 보았어요. 입술이 꼭 토끼처럼 둘로 쪼개졌어요. 저와 눈이 마주쳤을 때, 멋쩍은 것을 감추려고 히죽 웃는 입이란……. 저는 지금 생각해도 한기가 드는 것 같아요. 그런 도깨비 같은, 여든도 넘어 보이는 할

아버지가 더구나 밤중에 세 번이나 우리 집 앞에 서 있다니 이상해요. 뭔가 나쁜 일이 생길 징조가 아닐까요?"

나는 하쓰요의 입술이 빛을 잃고 약간 떠는 것을 보았다. 여간 무섭지 않았던가 보다. 나는 그때, 지나친 생각이라고 하며 웃어 넘겼다. 비록 하쓰요가 본 것이 사실이었다고 하더라도 그것이 무엇을 의미하는지 조금도 알 수 없었고, 여든이 넘은 허리가 구부러진 할아버지에게 위험한 계획이 있으리라고는 생각되지 않았다. 나는 그것을 아직 어린 여자의 어리석은 공포라고 생각하고 거의 마음에 두지 않았다. 그러나 나중에 이 하쓰요의 직감이 무섭게 들어맞았다는 것을 알 수 있었다.

입구가 없는 방

이제 나는 다이쇼 10년(1921년) 6월 25일의 그 무서운 사건을 이야기해야 할 차례가 되었다.

그 전날, 아니 그 전날 밤 7시경까지도, 나는 하쓰요와 이야기를 나누었다. 늦봄 긴자의 밤이 생각난다. 나는 여간해서 긴자를 거닐지 않았는데, 그날 밤엔 어찌된 일인지 하쓰요가 긴자에 나가 보자고 했다. 하쓰요는 잘 골라서 맞춘 검은 홑겹 옷을 입고 있었다. 띠는 역시 검은 바탕에 은실을 조금 섞은 직물이었다. 빨강 연지빛 끈을 단 새 슬리퍼를 신고 있었다. 잘 닦은 내 구두와, 그녀의 슬리퍼가 발을 맞추어 포장도로 위를 성큼성큼 걸어갔다. 우리는 그때 조심스럽게 새로운 시대 청춘 남녀의 유행 풍습을 흉내내 보았던 것이다. 마침 월급날이었기 때문에, 우리는 간단하게 한 잔 하러 신바시의 어느 새 요릿집으로 갔다. 그리고 7시경까지 술을 조금 마시며 즐겁게 이야기했다. 나는 술이 취해 오르자, "모로토 같은 녀석, 이제 두고 보라구. 나도……" 어쩌고 하며 기염을 토했다. 그리고 "지금쯤 모로토는 재채기를 하고 있을 거야" 하고 웃었다. 아아, 나는 얼마나 어리

석었던가.

나는 이튿날 아침에 전날 밤 헤어질 때 하쓰요가 남기고 간, 견딜 수 없이 내가 좋아서 웃는 그녀의 얼굴과 그리운 말들을 생각하며 봄같이 명랑한 마음으로 SK 상사의 문을 열었다.

그리고 언제나 그랬던 것처럼 맨 먼저 하쓰요의 자리를 바라보았다. 매일 아침 누가 먼저 출근하느냐 하는 것마저 우리의 즐거운 화제의 하나가 되었으니까.

그런데 출근 시간이 조금 지났는데도 하쓰요의 모습은 나타나지 않았고, 타이프라이터 덮개도 벗겨 있지 않았다. 이상하다고 생각하며 내 자리로 가려고 하자, 갑자기 옆에서 흥분된 목소리가 불렀다.

"미노우라, 큰일났어! 놀라면 안 돼! 기자키 씨가 살해되었대요."

그 사람은 인사를 담당하고 있는 서무 주임 K씨였다.

"방금 경찰에서 연락이 왔어. 지금 조문을 가려고 하는데, 자네도 같이 가겠는가?"

K씨는 얼마간은 호의적으로, 얼마간은 놀리는 투로 말했다. 우리 관계는 거의 사내에 알려져 있었다.

"예, 함께 가겠습니다."

나는 아무것도 생각할 수 없어서 기계적으로 대답했다. 나는 잠깐 동료에게 사정 이야기를 하고, K씨와 함께 자동차를 탔다.

"어디서 누구에게 살해되었습니까?"

차가 달려 나가자, 나는 마른 입술을 벌려 쉰 목소리로 겨우 이렇게 물을 수 있었다.

"집에서야. 자네는 가 본 일이 있겠지? 범인은 전혀 알 수가 없다는군. 정말 엉뚱한 일을 당했어."

호인인 K씨는 남의 일 같지 않다는 투로 말했다.

아픔이 너무 심할 때 사람은 바로 울지 못하고 오히려 묘한 웃음을 짓는 법인데, 슬픔의 경우도 마찬가지로 그것이 너무 심할 때에는 눈물을 잊고, 그것을 느끼는 힘마저 잃게 되는 모양이다. 그리고 며칠 시간이 지난 뒤에야 진짜 슬픔이라는 것을 알게 되나보다. 나의 경우도 그와 마찬가지로, 나는 자동차 안에서도, 하쓰요의 시체를 보고도 어쩐지 남의 일 같아 멍청히 보통 조문객처럼 행동했다.

하쓰요의 집은 스가모 미야나카의 앞길인지 뒷길인지 분간할 수 없는 소규모의 상가와, 여염집이 늘어서 있는 좁은 거리에 있었다. 그녀의 집과 이웃 고물상만이 단층집으로 지붕이 낮게 되어 있어, 멀리서도 바로 눈에 띄었다.

하쓰요는 이 세 칸이나 네 칸쯤 되는 작은 집에서 어머니와 단 둘이 살고 있었다.

우리가 그곳에 도착했을 때는 이미 시체 조사가 끝나고, 경찰들이 부근 주민들을 취조하고 있었다. 하쓰요의 집 문 앞에는, 제복 경관 한 사람이 문지기처럼 버티고 서 있었다. K씨와 나는 SK 상사의 명함을 보이고 안으로 들어갔다.

6조(조는 다다미를 세는 단위. 1조는 보통 90×180㎝.)짜리 안방에 하쓰요는 벌써 고인이 되어 누워 있었다. 그 앞에 흰 천을 씌운 책상이 있었는데, 작은 초와 향이 피워져 있었다. 한 번 만난 일이 있는, 몸집이 작은 하쓰요의 어머니가 고인의 머리맡에서 울고 있었다. 그리고 그 곁에 하쓰요의 삼촌이라는 사내가 묵묵히 앉아 있었다. 나는 K씨 다음으로 어머니에게 애도의 뜻을 표시하고 책상 앞에서 한 번 절을 했다. 그리고 고인 옆으로 가서 살짝 흰 천을 걷고 하쓰요의 얼굴을 들여다보았다. 하쓰요는 심장을 단칼에 찔렸다는데 얼굴에는 고통의 흔적이 전혀 없고, 미소라도 짓고 있는 듯 온화한 표정을 하고 있었다. 살아 있을 때에도 붉은기가 적은 얼굴이었는데, 얼굴이 흰 초처럼 창백하게 되어 가만히 눈을 감고 있었다. 가슴의 상처에는 그녀가 생전에 띠를 두르고 있던 것처럼 두툼한 붕대가 감겨 있었다. 그것을 보며 나는 불과 13,4시간 전에 신바시의 새 요릿집에서 마주 앉아 웃던 하쓰요를 생각했다. 갑자기 내장에 병이라도 생긴 것처럼 가슴이 조여왔다. 나는 고인의 베개맡에서 뚝뚝 소리가 나도록 눈물을 계속 쏟았다.

나는 너무나 깊이 돌아오지 못할 추억에 잠겼던 것 같다. 이런 넋두리를 늘어놓는 것이 이 기록의 목적은 아니다. 독자여, 부디 나의 푸념을 용서해 주기를.

K씨와 나는 그 현장에서, 그리고 후에는 관청에 불려가서까지 여러 가지로 하쓰요의 일상에 관해서 취조를 받았다. 취조 과정에서 얻은 정보와 하쓰요의 어머니나 주위 사람들에게 들어서 알게 된 것 등을 종합하면, 이 슬픈 살인 사건의 경과는 대체로 다음과 같았음을 알 수 있었다.

하쓰요의 어머니는 그 전날 밤, 역시 딸의 혼담에 관해 의논하기 위해 시나가와에 있는 시동생한테 갔었는데 거리가 멀어서 새벽 1시가 지나서 돌아왔다.

문단속을 하고, 그때까지 자지 않고 있던 딸과 한참 이야기를 하고 나서 그녀는 자신의 침실로, 현관이라고 할 수도 있는 4조 반짜리 방에 누웠다.

여기서 잠깐 이 집의 구조를 설명하겠다. 지금 말한 현관의 4조 반짜리 방 안쪽에 6조짜리 크기의 식당이 있는데 그것은 옆으로 긴 6조이며, 거기서 안쪽 6조 방과 3조 부엌으로 갈 수 있게 되어 있다. 안방인 6조는 객실과 하쓰요의 거실로 겸용하고 있었다. 하쓰요는 직장에 나가면서 모든 집안일을 도왔기 때문에, 집 주인처럼 제일 좋은 방을 배정받았다. 현관의 4조 반짜리 방은 남향으로서, 겨울에는 햇볕이 잘 들고, 여름에는 시원하고 밝아 기분이 좋다고 해서 하쓰요의 어머니가 거실처럼 쓰며, 거기서 바느질 같은 것을 했다. 가운데의 식당은 넓지만 장지 하나 사이로 부엌이고 햇볕이 들지 않아 음침해서, 어머니는 그 방을 싫어하여 현관방을 침실로 택한 것이다. 왜 이렇게 자세히 구조를 설명하는가 하면, 이 방의 배치가 하쓰요 변사 사건을 그토록 까다롭게 한 원인 가운데 한 가지가 되었기 때문이다.

또 한 가지 이 사건 해결을 곤란하게 만든 사정을 말해 두겠는데, 하쓰요의 어머니는 약간 귀를 먹었다. 그리고 그날 밤에는 밤샘을 한데다가 약간 흥분한 일도 있어 잠을 못 이루었지만 대신 잠깐이지만 곤히 잠들었다. 그래서 아침 6시에 눈을 뜰 때까지는 아무것도 모르고 작은 소리는 듣지도 못한 것이다.

그녀는 6시에 일어나 언제나 그랬던 것처럼 문을 열기 전에 부엌에 가서 아궁이에 불을 지피고, 좀 마음에 걸리는 일이 있어 식당 장지를 열고 하쓰요의 침실을 들여다보았다. 덧문 사이로 들이비친 빛과 그때까지 켠 채 둔 책상 위의 스탠드 빛으로 한눈에 그 자리의 상황을 알 수 있었다.

이불이 젖혀지고 누워 있는 하쓰요의 가슴이 새빨갛게 피로 물들어 있는데, 거기에 작은 단도가 꽂혀 있었다. 격투한 흔적은 없었다. 하쓰요는 별로 고민스러운 표정도 없이, 좀 더워서 이불 밖으로 몸을 내민 것처럼 조용히 죽어 있었다. 범인이 능숙하게 단 한칼로 심장을 찔렀기 때문에 거의 고통을 호소할 틈도 없었던 모양이다.

그녀는 너무 놀라 그 자리에 털썩 주저앉아서 "누구 좀 와 주세요" 하고 잇달아 소리쳤다. 귀가 좀 먹어 평소부터 목소리가 큰 데다가 한껏 소리를 질렀기 때문에 당장 벽 하나 사이의 이웃집을 깨웠다. 그때부터 큰 소동이 일어났다. 잠깐 사이에 근처 사람 5, 6명이 몰려왔는데, 들어가려 해도 문단속을 한 그대로여서 들어갈 수가 없었다. 사람들은 "할머니, 문을 여십시오" 하고 소리치며 입구의 문을 두드렸다. 애가 타서 뒤꼍으로 도는 사람도 있었는데, 그곳 문도 잠겨서 열리지 않았다. 한참 뒤에 하쓰요의 어머니가 "정신이 없어서……" 라고 사과를 하며 문을 열어 주어서, 사람들은 겨우 집 안으로 들어가 무서운 살인 사건이 난 것을 알았다. 그녀는 경찰에 알리고, 시동생에게 심부름을 보내는 등 또 한 번 큰 소동이 일어났다. 벌써 그때는 동네 사람들이 모두 나와 있었다. 이웃 고물상 앞은, 그 늙은 주인의 말에 따르면 '장례식이나 무슨 행사 때의 휴게소'와 같은 상태였다. 동네가 좁은 데다가 어느 집에서나 두세 사람씩 문간에 나와서 서성거려 한결 소동이 커 보였다.

범행 시각은 경찰의(警察醫)의 검진에 따르면 새벽 3시경이라는 것이다. 범행 이유는 모호하게밖에 알 수가 없었다. 하쓰요의 거실은 그다지 흐트러져 있는 것 같지 않고, 장롱 같은 데에도 이상이 없었다. 그런데 차츰 조사해 가는 과정에서 하쓰요의 어머니는 두 가지 물건이 없어졌다는 사실을 발견했다. 그 하나는 하쓰요가 언제나 가지고 있는 손가방으로, 그 속에는 마침 그 전날 받은 월급이 들어 있었다. 그 전날 밤에 조금 말다툼이 있어서 하쓰요는 그 돈을 꺼낼 틈이 없어 책상 위에 그대로 놓아 두었을 거라고 그녀의 어머니는 말했다.

이런 사실에 따라 판단하면, 이 사건은 누군가가, 아마 밤도둑 부류에 틀림없겠다. 도둑이 하쓰요의 거실로 숨어들어 미리 눈독을 들였던 월급이 든 손가방을 훔쳐 가려고 할 때, 하쓰요가 깨어 소리를 냈든가 해서 당황한 도둑이 가지고 있던 단도로 하쓰요를 찌르고 손가방을 가지고 도망친 것으로 생각할 수 있는 것이다. 그녀의 어머니가 그런 소란을 알아채지 못한 것이 조금 이상하나, 그녀는 귀가 좀 먹은 데다가 그날 밤엔 특히 피로하여 곤히 잠들었다는 사실을 생각하면 그럴 수도 있는 일이었다. 그리고 또 한편으로는 하쓰요에게 소리를 지를 틈도 주지 않고 순간적으로 도둑이 그녀의 급소를 찔렀기 때문이라고 생각할 수도 있었다.

독자는 내가 왜 그런 평범한 월급 도둑 이야기를 자세히 쓰는가 하고 아마 이상하게 생각할 것이다. 하기야 이상의 사실은 실로 평범하다. 그러나 사건 전체는 결코 평범하지 않다. 실은 그 평범하지 않은 부분을 나는 아직 독자에게 조금도 말하지 않았다. 일에는 순서가 있기 때문이다.

그럼 그 평범하지 않은 부분은 무엇인가?

먼저, 월급 도둑이 왜 초콜릿 깡통을 함께 훔쳐 갔느냐 하는 것이다. 어머니가 발견한 두 가지 분실물 중의 하나가 그 초콜릿 깡통이었다. 초콜릿이라니까 나는 생각난다. 그 전날 밤, 우리가 긴자를 산책할 때 나는 하쓰요가 초콜릿을 좋아한다는 사실을 알기 때문에, 그녀와 같이 과자점에 들어가, 유리 상자 속에서 빛나는 아름다운 보석 같은 무늬의, 깡통에 든 초콜릿을 사 주었다.

둥글고 납작한 손바닥만 한 작은 깡통이었는데, 매우 예쁘게 장식되어 있어, 나는 알맹이보다 깡통이 마음에 들어 그것을 택했던 것이다. 하쓰요의 시체 머리맡에 은박지가 흩어져 있었다고 하니, 그녀는 전날 밤 누워서 몇 개를 먹은 것이 틀림없다. 사람을 죽인 도둑이 위급한 때에 무슨 여유가 있어서, 그리고 무슨 호기심에서 그런 시시한, 돈으로 따져 몇 푼도 되지 않는 과자 따위를 가지고 갔을까. 어머니가 잘못 생각한 게 아닐까, 어딘가 넣어 둔 게 아닐까 하고 여러 가지로 조사해 보았는데, 그 예쁜 깡통은 아무 데도 없었다.

그런데 초콜릿 깡통이 없어진 것은 별 문제가 아니었다. 이 살인사건의 이상한 점은 다른 부분에 있었던 것이다.

대체 이 도둑은 어디로 숨어들어 어디로 도망쳤을까.

이 집에는 보통 사람들이 출입하는 곳이 세 군데 있었다. 첫째는 정면의 격자문, 둘째는 뒤곁의 두 장 미닫이로 된 부엌문, 셋째는 하쓰요 방의 마루였다. 그 외에는 벽에 단단히 고정된 격자창뿐이었다.

이 세 출입구는 전날 밤 충분히 단속하였다. 마루의 문에도 한 장 한 장에 비녀장이 달려 있어서, 중간에서 벗길 수가 없었다. 즉 도둑은 절대 보통 출입구로는 들어올 수가 없었다. 그것은 어머니의 증언뿐 아니라, 처음에 외침 소리를 듣고 현장에 들어간 이웃 사람 5, 6명의 증언으로도 충분히 인정할 수 있었다. 그날 아침 그들이 하쓰요의 집에 들어가려고 문을 두드렸을 때, 이미 독자도 알고 있는 바와 같이, 앞문도 뒷문도 안에서 잠겨 있어 아무리 해도 열 수가 없었기 때문이다. 그리고 하쓰요의 방에 들어가 빛을 비추려고 세 사람이 그곳 덧문을 당겼을 때에도 덧문은 완전히 잠겨 있었다.

그렇다면 도둑은 이 세 개의 출입문 외의 다른 곳으로 숨어들고, 또 도망쳤다고 생각할 수밖에 없는데 그런 곳이 어디 있었을까. 맨 먼저 의심이 가는 곳은 마루 밑인데, 마루 밑도 밖으로 드러난 부분은 이 집에는 두 군데밖에 없다. 현관의 신 벗는 곳과 하쓰요의 방 마루의 안뜰로 향한 부분이다. 그러나 현관 쪽은 완전히 두꺼운 판자로 막아 놓았고, 마루 쪽은 개나 고양이의 침입을 막기 위해 모두 철망을 쳐 놓았다. 그리고 그 어느 것도 최근에 빼어 낸 흔적은 없었다.

좀 지저분한 이야기를 하는 것 같지만 화장실의 변 푸는 곳은 어떤가 하면, 그 화장실은 하쓰요의 방 마루에 있는데 푸는 곳은 옛날식의 큰 것이 아니고 근래에 조심성 많은 집 주인이 갈아 달았다는데, 겨우 다섯 치 사방쯤 되는 작은 것이었다. 이것도 의심할 여지가 없었다. 그리고 지붕에 달려 있는 부엌 들창에도 전혀 이상이 없었다. 그것을 여닫는 노끈은 굽은 못에 매어져 있는 채였다. 그 밖에 마루 밖의 안뜰에도 발자국 따위는 보이지 않았다. 한 형사가 떼었다 붙였다 할 수 있는 천장 판자 부분을 통해 천장 위에 올라가 조사해 보았는데, 두껍게 쌓인 먼지 위에는 아무 흔적도 없었다. 그렇다면 도둑은 벽을 부수거나, 창의 격자를 떼어 내고 출입할 수밖에 없다. 말할 것도 없이, 벽은 완전하고 격자는 단단히 못질이 되어 있었다.

더욱이 이 도둑은 드나든 자국을 남기지 않았을 뿐 아니라, 집 안에도 증거물을 전혀 남기지 않았다. 흉기인 흰 자루의 단도는 아이들 장난감 같은 것으로서, 어느 철물점에서나 팔고 있는 것이었다. 그 칼자루에도, 하쓰요의 책상 위에도, 그 밖의 조사한 장소에도 하나의 지문도 남아 있지 않았다. 물론 범인이 떨어뜨린 물건도 없었다. 이상한 말이지만, 들어오지도 않은 도둑이 사람을 죽이고, 물건을 훔친 것이다. 살인과 강도만 있고, 살인자, 강도범은 그림자도 모양도 없는 것이다.

포의 《모르그 거리의 살인》이나, 르루의 《노랑방의 수수께끼》 등에서 나는 이와 비슷한 사건을 읽은 일이 있다. 두 작품 모두 내부로부터 밀폐된 방에서 일어난 살인 사건이었다. 나는 그런 일은 외국과 같은 건물에서가 아니면 일어날 수 없고, 일본식의 약한 판자와 종이를 쓴 건축물에서는 일어날 수 없을 것이라고 믿고 있었다. 그런데 나는 그렇지 않다는 것을 알았다. 비록 약한 판자라 할지라도 깨거나 떼거나 하면 자국이 남는다. 그러므로 탐정의 입장에서 말하면, 4푼 판자도 한 자의 콘크리이트 벽과 전혀 다름이 없는 것이다.

그러나 여기서 어떤 독자는 하나의 의문을 제기할지도 모른다.

"포나 르루의 소설에서는 밀폐된 방 안에 피해자밖에 없었다. 그래서 매우 이상했던 것이다. 그런데 이 경우에는 당신이 혼자 이 사건을 자못 거창하게 선전하는 데 불과하지 않은가. 비록 집은 당신 말대로 밀폐되어 있었다고 하더라도 그 안에는 피해자뿐 아니라, 또 한 사람의 인물이 분명히 있지 않았는가?"

사실 그렇다. 당시 검사나 경찰 관계자들도 그렇게 생각했던 것이다.

도둑이 드나든 흔적이 전혀 없었다면 하쓰요에게 가까이 갈 수 있었던 유일한 인물은 그녀의 어머니였다. 도둑맞은 두 가지 물건이라는 것도, 어쩌면 그녀의 속임수일지도 모른다. 작은 물건 두 가지를 남 몰래 처리하는 것쯤 어려운 일이 아니다. 우선 이상한 것은, 비록 두 방이 한 칸 정도 떨어져 있다 해도, 귀가 조금 먹었다고 해도 잠에서 깨기 쉬운 노인이 사람이 살해당하는 소동을 눈치채지 못했겠느냐 하는 점이다. 이 사건 담당 검사는 틀림없이 그렇게 생각했을 것이다.

그 밖에 검사는 여러 가지 사실을 알고 있었다. 그녀들이 친모녀가 아니었다는 것, 최근에는 결혼 문제로 늘 싸우고 있었다는 것.

살인이 있었던 밤에, 어머니는 시동생의 힘을 빌리기 위해 그를 방문했고, 돌아와서 두 모녀 사이에 심한 말다툼이 있었던 것 같았다는 것도, 이웃집 고물상 늙은 주인의 증언으로 명백해졌다. 내가 진술한, 그녀의 어머니가 하쓰요가 집에 없는 사이에 하쓰요의 책상이나 문갑을 몰래 조사했다는 말도 상당히 나쁜 심증을 그들에게 심어준 것 같았다.

가엾은 하쓰요의 어머니는 하쓰요의 장례식 다음 날 마침내 당국의 호출을 받았다.

연인의 뼛가루

나는 그 뒤 2, 3일 회사를 쉬고, 어머니나 형 그리고 형수에게 걱정을 끼칠 정도로 방에 틀어박히고 말았다. 단 한 번, 하쓰요의 장례식에 참석한 것 외에는 한 발짝도 집에서 나가지 않았다.

하루이틀 지남에 따라, 나는 뼈저리게 참 슬픔을 알게 되었다. 하쓰요와의 교제는 단 9개월뿐이었지만, 사랑의 깊이나 열렬함은 그 날수로 정해지는 것이 아니었다. 나는 이 30년의 생애에 많은 슬픔을 맛보아 왔지만, 하쓰요를 잃었을 때처럼 깊은 슬픔을 느낀 적은 한 번도 없었다.

나는 19살에 아버지를, 그 이듬해에 누이동생 하나를 잃었는데, 본래 성격이 유약한 나는 그때에도 꽤 슬퍼했지만, 하쓰요의 경우와는 비교도 안 되었다. 사랑이란 묘한 것이다. 세상에 비할 바 없는 기쁨을 주기도 하고, 또 인간 세상에 있어 가장 큰 슬픔을 수반하는 경우도 있다.

나는 다행인지 불행인지 실연의 슬픔이라는 것을 모르는데, 어떤 실연이라 하더라도 그것은 참을 수 있을 것이다. 실연이라는 상태에서는 상대는 타인이다. 그러나 우리는, 둘 다 깊이 사랑하고 온갖 장애를 상관하지 않았다. 그렇다, 내가 잘 쓰는 표현처럼 언제부터인지도 모르게 천상의 복숭앗빛 구름에 싸여서 몸도 영혼도 녹아 합쳐져 완전히 하나가 되어 있었다. 어떤 육친이라도 이렇게 하나로 될 수는 없다고 생각될 정도로. 하쓰요야말로 평생에 단 한 번 만난 나의 분신이었던 것이다. 그런데 그 하쓰요가 지금은 없어져 버렸다. 병에 걸려 죽었다면 차라리 간호할 틈이라도 있었을 텐데. 나와 기분 좋게 헤어지고 나서 겨우 10시간 남짓 한 사이에, 그녀는 말 못하는 슬픈 납인형이 되어 내 팔에 누워 있다. 더구나 무참히 살해되어서……. 누군지도 모르는 놈에게 저 귀여운 심장을 처참하게 찔려서…….

나는 그녀에게서 받은 수많은 편지를 다시 읽으며 울고, 그녀로부터 받은 그녀의 진짜 선조의 족보를 펴 보며 울고, 소중히 보관했던, 언젠가 호텔에서 그린 그녀의 꿈에 보인다는 해변의 경치를 바라보며 울었다. 어떤 누구와도 말을 하기 싫었다. 보는 것도 싫었다. 나는 다만 좁은 서재에 틀어박혀 눈을 감고, 지금은 이 세상에 없는 하쓰요만 만나고 싶어했다. 마음속에서 오로지 그녀하고만 이야기를 하고 싶었다.

그녀의 장례식 이튿날 아침, 나는 문득 어떤 일을 생각해 내고 외출 준비를 했다.

"회사에 가시나요?"

형수가 물었으나 나는 대답도 안 하고 밖으로 나왔다. 물론 회사에 가기 위해서가 아니었다. 하쓰요의 어머니를 위문하기 위해서도 아니었다. 나는 그날 아침에, 죽은 하쓰요의 화장한 뼈를 줍는다는 것을 알았다.

아아, 나는 지난날 연인의 슬픈 재를 보기 위해 꺼림칙한 장소에 찾아간 것이다.

나는 용케 시간에 늦지 않게 하쓰요의 어머니와 친척들이 긴 젓가락으로 화장한 뼈를 줍는 의식을 하는 곳에 갔다. 나는 그녀의 어머니에게 그 자리에 어울리지 않는 조의를 표하고, 멍청히 아궁이 앞에 서 있었다. 나의 무례함을 탓하는 사람은 아무도 없었다. 화장장 인부가 쇠부젓가락으로 난폭하게 잿덩어리를 부수는 것을 보았다. 그리고 야금가(冶金家)가 도가니의 쇠똥 속에서 무슨 금속이라도 찾아내는 것처럼, 죽은 사람의 이를 찾아 작은 용기에 담고 있었다. 나는 내 연인이 마치 물건처럼 다루어지는 것을, 육체적인 통증을 느끼며 바라보고 있었다. 그러나 '오지 말걸' 하는 생각은 하지 않았다. 나에게는 처음부터 어떤 목적이 있었으니까.

나는 기회를 보다가 사람들 눈을 속여, 그 철판 위에서 한 주먹의 재를, 무참히 변한 내 연인의 일부분을 훔쳐 냈다(아아, 나는 너무 부끄러운 이야기를 쓰기 시작했다). 그리고 가까운 곳에 있는 들판으로 피해 가서 나는 미친 사람처럼 온갖 애정의 말을 외치며 그것을, 그 재를, 나의 연인을 먹어 버렸다.

나는 풀 위에 쓰러져 이상한 흥분에 몸부림치며 괴로워했다.

"죽고 싶다, 죽고 싶다!"

나는 외치며 뒹굴었다.

그리고 긴 시간을 나는 그곳에 누워 있었다. 나는 창피하지만 죽을 정도로 강하지는 못했다. 죽어서 연인과 일체가 되겠다는 옛날식 마음은 먹지 못했다. 그 대신 나는 죽음 다음으로 강하게, 옛날식으로 한 가지 결심을 했다.

나는 내게서 소중한 연인을 빼앗아 간 놈을 증오했다. 하쓰요의 명복을 위해서라기보다는 나 자신 때문에 그를 원망했다. 뱃속 깊은 곳에서 그자의 존재를 저주했다. 나는 검사가 아무리 의심해도, 경찰관이 어떻게 판단해도, 하쓰요의 어머니가 범인이라고는 절대로 믿을 수 없었다. 그러나 하쓰요가 살해당한 이상, 비록 도둑이 드나든 흔적이 전혀 없다고 해도, 거기에는 범인이 존재해야 한다. 범인을 모르는 안타까움이 한층 증오를 부채질했다. 나는 그 들판에 벌렁 누워, 맑은 하늘에 이글이글 빛나는 태양을 눈이 부실 정도로 응시하며 맹세했다.

"어떻게 해서라도 범인을 찾아내겠다! 그래서 우리의 원한을 풀겠다!"

내가 음침하고도 내성적인 사람이라는 것은 독자도 알고 있을 것이다. 그런 내가 어떻게 그런 강한 결심을 할 수 있게 되었을까? 그리고 그 후의 모든 위험에 부닥쳐 나갈, 나답지 않은 용기를 얻을 수 있었을까? 돌이켜보면 이상한 생각이 들 정도인데, 그것은 모두 사랑이 시킨 일이었을 것이다. 사랑이란 기묘한 것이다. 그것은 때로는 사람을 기쁨의 절정으로 들어 올리고, 때로는 슬픔의 구렁텅이로 밀어 넣고, 또 때로는 사람에게 비할 데 없는 강한 힘을 부여한다.

이윽고, 흥분에서 깨어난 나는 역시 같은 장소에 누운 채, 약간 냉정하게 이제부터 내가 해야 할 일을 생각했다. 그리고 갖가지 생각을 사이에, 문득 어떤 사람을 생각해 냈다. 그 이름은 독자도 이미 알고 있다. 내가 아마추어 탐정이라고 이름을 붙여준, 미야마기 고키치(深山木幸吉)다. 경찰은 경찰대로 하라구. 나는 나 자신이 범인을 찾아내지 않고는 참을 수 없다. '탐정'이라는 말은 싫지만, 나는 기꺼이 '탐정'이 되려고 결심했다. 그 일에 관해서는, 내 기묘한 친구 미야마기 고키치만큼 적당한 의논 상대는 없다. 나는 일어나서 부근의 전차역으로 급히 갔다. 가마쿠라의 해변 가까이에서 살고 있는 미야마기의 집을 찾기 위해서였다.

독자들이여, 나는 젊었다. 나는 사랑을 빼앗긴 원한 때문에 나 자신을 잊었다. 나는 그때 내 앞에 얼마만큼의 곤란이 있고, 위험이 있고, 세상에서 상상도 못할 생지옥이 가로놓여 있는가를 전혀 몰랐다. 조금이라도 미리 알 수 있었다면, 나의 이러한 무모한 결심이, 이윽고 내 존경하는 친구 미야마기 고키치의 생명을 빼앗기까지 한다는 사실을 미리 알 수만 있었다면 나는 그런 무서운 복수의 맹세를 하지 않았을지도 모른다. 그러나 나는 그 순간, 성패는 어떻게 되든 하나의 목표를 정할 수 있었던 것이 약간 기분을 상쾌하게 했던지, 발걸음도 용감하게 초여름 교외 길을 따라 전차역으로 급히 갔다.

기묘한 친구

나는 여성적이어서 동년배의 화려한 청년을 별로 친한 친구로 갖지 못한 대신, 연상의 다소 색다른 친구들이 많았다. 모로토 미치오도 그중의 한 사람이었고, 지금부터 독자에게 소개하려는 미야마기 고키치도 그중에서 색다른 친구였다.

그리고 나의 지나친 생각인지도 모르나, 연상의 친구들은 거의 모두——미야마기 고키치 역시 예외가 아니다——많든 적든 나의 외모에 일종의 흥미를 가지고 있는 같았다. 뭔지는 모르지만 내 몸 안에 그들을 끌어당기는 힘이 있는 것 같았다. 그렇지 않고서야, 그렇게 각기 한 가지씩 재능이 뛰어난 연장자들이 풋내기인 나를 감싸 줄 리가 없다.

하여튼 미야마기 고키치는, 내 근무처 사람의 소개로 알게 되었는데, 그는 당시 마흔이 넘었음에도 불구하고, 내가 아는 바로는 처자식이나 그 밖의 혈연인 듯한 사람이 하나도 없는 진짜 독신자였다. 독신이라 해도 모로토처럼 여자를 싫어하는 편이 아니어서, 지금까지 꽤 여러 여자와 부부 같은 관계를 맺은 모양이었다. 나와 알고 지낸 뒤에도 그는 두세 명의 여자가 있었는데, 언제나 오래 관계를 지속하지 못했다. 얼마 후에 찾아가 보면, 어느 사이에 여자가 없어지는 그런 식이었다.

"나는 찰나적인 일부일처주의야."

미야마기 고키치는 이렇게 말했다. 즉 극단적으로 잘 반하고 잘 지겨워하는 성질이었다. 누구나 그렇게 느끼고 그렇다고 떠벌리지만, 그것을 그처럼 아무렇지도 않게 실행하는 사람은 적을 것이다. 이런 데에도 그의 진면목이 나타난다.

미야마기 고키치는 일종의 잡학 박사여서 무엇을 물어도 모르는 것이 없었다. 그는 별로 수입이 없는 것 같은데, 얼마쯤 저축이 있는 듯 돈을 벌려 하지 않고, 책을 읽는 틈틈이 세상 구석에 숨어 있는 갖가지 비밀을 찾아내는 것을 취미로 삼고 있었다. 그중에서도 범죄사건은 그가 아주 좋아하는 분야로서, 유명한 범죄사건 중에서 그가 참견하지 않은 것이 없고, 때때로 그 방면의 전문가에게 유익한 조언을 해 주는 일도 있었다.

독신자인 데다가 그의 취미가 그러니, 어디를 가는지 사흘이고 나흘이고 집을 비우는 일이 가끔 있었다. 그래서 마침 그가 집에 있을 때를 맞춰서 찾아가 만나기가 어려웠다. 그날도 또 집에 없으면 어떡하나, 걱정하며 걷고 있었는데, 다행히도 그의 집 반 마장 앞에서부터 그가 집에 있다는 것을 알 수 있었다. 그것은 귀여운 아이들의 목소리에 섞여, 미야마기 고키치의 귀에 익은 굵고 거친 목소리가 묘한 가락으로 당시의 유행가를 부르고 있었기 때문이다.

가까이 가니까, 값싼 청색 칠을 한 목조 양옥 현관문을 열어 제치고, 그 돌계단에 4, 5명의 개구쟁이들이 걸터앉아 있었다. 그리고 한 단 높은 문지방에 미야마기가 책상다리를 하고 앉아 있었다.

그들은 모두 똑같이 목을 좌우로 흔들면서 커다란 입을 벌리고 노래를 하고 있었다.

어디서 나는 왔을까
언제 또 어디로 돌아가게 될까.

미야마기는 자기 자식이 없기 때문인지 아이들을 매우 좋아해서, 가끔 근처 아이들을 모아 놓고 꼬마 대장이 되어 놀곤 했다.

이상하게도 아이들은 그들의 부모와는 반대로, 근처에서는 지탄의 대상인 이 별난 아저씨를 잘 따랐다.

"자, 손님이다. 아름다운 손님이 오셨다. 너희들 다음에 다시 놀자."

나의 얼굴을 보더니 미야마기는 민감하게 나의 표정을 알아본 듯, 언제나처럼 함께 놀자고 하지 않고 아이들을 돌려보내고 나를 거실로 안내했다.

양옥이라고는 해도 낡은 아틀리에처럼 허름한 집이었는데 홀 외에 작은 현관과 부엌 같은 것이 딸렸을 뿐이었다. 그 홀이 그의 서재, 거실, 침실, 식당을 겸하고 있었는데, 그곳에는 마치 헌책방이 이사 갈 때처럼 책더미들이 쌓여 있고, 그 사이에 목제 침대와 식탁, 잡다한 식기, 통조림, 메밀국수 집 배달 상자 등이 아무렇게나 내던져져 있었다.

"의자가 부서져서 하나밖에 없어. 좌우간 거기 앉게."

미야마기는 말을 마치며 그 자신은 침대의 때 묻은 시트 위에 털썩 주저앉았다.

"용건이 있어 왔겠지? 용건이 뭐지?"

그는 흩어진 긴 머리칼을 손가락으로 빗어 넘기며 조금 부럽다는 듯한 표정을 했다. 그는 나를 만나면 반드시 한 번은 이런 표정을 짓

않는 법이지. 하나하나, 생각할수록 정말 우스꽝스럽단 말이야. 시시한 일이야. 그러나 의외로 맞지 않는 것도 아냐. 마술의 수는 언제나 시시한 것이니까."

탐정이란 왜 그렇게 변죽만 울리는지, 유치한 연극기가 많은지……. 지금도 나는 가끔 생각한다. 그리고 화가 치민다. 만약 미야마기 고키치가 자신이 변사를 당하기 전에 아는 것을 모두 나에게 털어놓아 주었다면 일이 그렇게 까다롭게 되지는 않았을 것이다. 그런데 셜록 홈즈나 뒤팽이 그랬듯이, 그는 뛰어난 탐정가의 면모를 보여주는 것으로 자기 재능을 뽐내고 싶은 마음에서였는지, 그도 역시 사건에 관여하면 보통 그 사건이 완전히 해결될 때까지 변덕스럽게 변죽을 울리는 것 외에는 추리의 힌트조차도 옆 사람에게 나타내지 않았다.

나는 그 말을 듣고 그가 이미 무엇인가 사건의 비밀을 잡은 것 같아 더 분명히 털어놓아 달라고 부탁했다. 그러나 완고한 탐정의 허영심으로 그는 입을 다물어 버리고 더 이상 아무 말도 하지 않았다.

칠보 꽃병

기자키의 집은 이제 기중(忌中)이라고 쓴 종이도 떼어지고, 보초선 경관도 없어져 아무 일도 없었던 것처럼 죽은 듯 조용했다. 나중에 안 일인데, 그날 하쓰요의 어머니는 화장터에서 돌아와 이내 경찰의 호출을 받아 경관을 따라가고, 그녀의 시동생이라는 남자가 자기 집에서 하녀를 불러다 놓고 썰렁한 그 집을 지키고 있었다.

우리가 격자문을 열고 들어가려고 하니까, 갑자기 안에서 정말 의외의 인물이 나왔다. 그와 나는 매우 어색한 표정으로, 부딪친 눈을 돌리지도 못하고 한참 동안 말없이 노려보고 있었다. 그 사람은 구혼자였음에도 불구하고 하쓰요가 살아 있을 때에는 한 번도 온 일이 없는 모로토 미치오였다. 그가 웬일인지 그날에야 조문을 왔던 것이다.

그는 몸에 잘 맞는 모닝코트를 입고 한동안 못 본 사이에 야윈 얼굴로, 눈 돌릴 곳이 없다는 듯 우두커니 서 있더니 겨우 나에게 말을 걸었다.

"아, 미노우라. 오랜만이군. 조문 왔어?"

나는 뭐라고 대답을 해야 좋을지 몰라 마른 입술로 조금 웃어 보였다.

"자네에게 좀 이야기하고 싶은 것이 있는데, 밖에서 기다릴 테니 일이 끝나면 잠깐 함께 가 주지 않겠어?"

실제로 용건이 있었는지, 그 자리의 서먹서먹함을 피하려는 의도에서였는지 모로토는 흘낏 미야마기를 보며 이렇게 말했다.

"모로토 미치오 씨입니다. 이분은 미야마기 씨."

나는 무슨 생각에서였는지 엉겁결에 그만 두 사람을 소개해 버렸다. 두 사람 다 이미 나한테서 얘기를 듣고 있던 사이여서, 이름만 말해도 서로 이름 이상의 여러 가지 것을 떠올렸을 것이다. 두 사람은 의미 있는 인사를 나누었다.

"자네, 나는 상관 말고 갔다 와. 나는 이 집에 잠깐 소개만 해 주면 돼. 어차피 한참 동안은 이 근처에 있을 테니까 갔다 와."

미야마기는 대수롭지 않게 말하고, 나를 재촉했다. 나는 안에 들어가 집 지키는 낯익은 사람들에게 가만히 우리가 온 뜻을 말하고 미야마기를 소개했다. 그리고 밖에서 기다리던 모로토와 함께 멀리 갈 수는 없어서 가까운 허름한 카페로 들어갔다.

모로토로서는 내 얼굴을 보고 자기의 이상한 구혼 활동에 관해, 뭐라고 변명해야 할 입장이었을 것이다. 그리고 나로서는 그런 바보 같은 일이 있을 수 있느냐고 하면서도 마음속으로는 모로토에 대해 어떤 무서운 의심을 품고 있어서, 어쩐지 그의 마음을 살펴보고 싶은, 확실하지는 않으나 이 좋은 기회를 놓쳐서는 안 되겠다는 마음이 있었다. 그리고 미야마기가 나보고 가보라고 권하는 투에도 뭔가 의미가 담겨 있는 것 같았다. 그래서 둘 사이에 흐르는 불편한 감정에도 불구하고 나는 카페에 들어갔던 것 같다.

우리는 거기서 무엇을 이야기했는가? 지금에 와서는 매우 어색했다는 것 외에는 확실히 기억나는 게 없다. 아마 거의 이야기를 하지 않은 것이 아닌가 생각된다. 그리고 미야마기가 용건을 마치고 너무 일찍 그 카페를 찾아 들어온 것이다.

우리는 음료를 앞에 놓고 오랫동안 고개를 숙이고 있었다. 나는 상대를 책망하고 싶은 마음, 그의 진의를 살펴보고 싶은 마음으로 가득 차 있었으나, 무엇 하나 입 밖에 내서 말하지는 못했다.

모로토 쪽에서도 이상하게 머뭇거리고 있었다. 먼저 입을 여는 쪽이 진다는 느낌이었다. 기묘한 탐색전이었다. 그런데 모로토가 이런 말을 한 것이 기억난다.

"지금에 와서 생각하니, 나는 정말 미안한 짓을 했어. 넌 틀림없이 화를 내고 있겠지. 나는 어떻게 사과해야 좋을지 모르겠어."

그는 이런 말을 조심스럽게 입 안에서 몇 번이나 되풀이했다.

그가 대체 무엇에 관해 사과하는지 분명치 않다고 생각하고 있는데 미야마기가 커튼을 걷고 성큼성큼 그곳으로 들어왔다.

"방해가 안 될까?"

그는 무뚝뚝하게 말하고 털썩 주저앉더니, 흘끔흘끔 모로토를 쳐다보기 시작했다. 모로토는 미야마기가 오자 뭔지는 모르겠으나 목적을 이루지도 못하고, 갑자기 헤어지는 인사를 하고는 도망치듯 나가 버렸다.

"이상한 사람인데. 몹시 들떠 있어. 무슨 이야기를 했는가?"

"아, 아뇨, 아무것도……."

"이상한데. 지금 기자키 집 사람에게 들으니 말이야, 저 사람이 하쓰요 양이 죽고 나서 세 번째 찾아온 것이래. 이상하게 여러 가지 것을 묻기도 하고, 집 안을 보고 다니기도 했다는군. 뭔가 있어. 그런데 총명할 것 같은 미남이로군."

미야마기는 이렇게 말하고 의미 있게 나를 보았다.

나는 얼굴을 붉히지 않을 수 없었다.

"일찍 오셨군요. 뭔가 발견했습니까?" 나는 멋쩍은 것을 감추려고 질문을 했다.

"여러 가지."

미야마기는 목소리를 낮추고 진지한 얼굴을 했다. 가마쿠라에서 나올 때보다 흥분이 더하면 더했지 결코 식지는 않은 것 같았다. 뭔가 내가 모르는 여러 가지 것을 마음 깊은 곳에 감추어 두고, 그것을 혼자서 음미하고 있는 모양이었다.

"나는 오랜만에 큰 것에 부닥친 것 같은 생각이 드는데, 그런데 나 혼자 힘으로는 조금 힘겨울지도 모르겠어. 좌우간 나는 오늘부터 이 사건에 달라붙을 셈이야."

미야마기는 지팡이 끝으로 축축한 토방에 낙서를 하며 혼잣말처럼 계속했다.

"대강 줄거리는 상상이 되는데 아무래도 판단이 되지 않는 점이 한 가지 있어. 해결 방법이 없는 것은 아니야. 그리고 아무래도 그것이 사실인 것 같은데, 만약 그렇다면 실로 무서운 일이야. 전례가 없는 극악무도한 일이야. 생각만 해도 가슴이 메스꺼워. 인류의 적이야."

미야마기는 까닭 모를 말을 중얼거리며 반 무의식적으로 그 지팡이를 움직이고 있었는데, 문득 생각나서 보니 이상한 모양이 그려져 있었다. 그것은 술을 데우는 병을 크게 한 것 같은 모양으로, 꽃병 같아 보였다. 미야마기는 그 속에 매우 아리송한 서체로 '칠보(七寶)'라고 썼다. 그것을 보고 나는 호기심에 사로잡혀 무심결에 질문했다.

"칠보 꽃병이 아닙니까? 칠보 꽃병이 뭔가 이 사건과 관계가 있습니까?"

미야마기는 얼굴을 홱 쳐들었다. 그리고 지면의 그림 모양을 내려다보고는 황급히 지팡이로 지워 버렸다.

"큰 소리를 내면 안 돼. 칠보 꽃병, 그렇지. 자네도 상당히 예민한데? 바로 그거야, 내가 모르겠다는 게. 나는 지금 그 칠보 꽃병의 해석 때문에 괴로워하고 있었어."

그런데 그는 더 이상 내가 아무리 물어도 입을 꾹 다물고 말하지 않았다.

이윽고 우리는 카페에서 나와 스가모 역으로 돌아왔다. 방향이 반대여서 그곳 플랫폼에서 헤어질 때 미야마기 고키치는 말했다.

"1주일쯤은 기다려야겠네. 아무래도 그 정도는 걸리겠어. 1주일 정도 지나면 뭔가 좋은 소식을 들려 줄 수 있을 것 같네."

나는 그가 변죽 울리는 것이 아주 불만스러웠지만, 오로지 그가 있는 힘을 다하기를 부탁할 수밖에 없었다.

고물상 손님

가족들이 걱정해서 나는 그 이튿날부터 내키지 않았지만 SK 상사에 출근했다. 그 일은 미야마기에게 부탁해 놓았고 나로서는 어떻게 해 볼 도리가 없어, 1주일이라고 한 그 약속을 믿고 허무한 나날을 보냈다. 회사가 끝나면 언제나 어깨를 나란히 하고 걷던 하쓰요의 모습이 보이지 않는 외로움에 나의 발걸음은 저절로 하쓰요의 묘지로 향하는 것이었다. 나는 매일, 연인에게 선물하는 것 같은 꽃다발을 마련해 가지고 가서, 새로 세워진 그녀의 묘비 앞에서 우는 것을 일과로 삼았다. 그리고 그때마다 복수할 생각을 굳혀 갔다.

나는 하루하루 이상한 힘을 얻어 가는 것 같았다.

사흘째에는 참을 수가 없어, 나는 밤 기차를 타고 미야마기의 집에 찾아갔는데, 그는 집에 없었다. 주위에 사는 사람들에게 물으니까 '그저께 나가서 돌아오지 않았다'는 것이다. 그는 그날 스가모에서 헤어진 뒤 곧장 어디로 간 모양이었다.

나는 이런 식이라면, 약속한 1주일이 될 때까지는 그의 집을 방문해 보아도 아무 소용이 없겠다고 생각했다.

그런데 나흘째 되던 날 나는 한 가지 사실을 발견했다. 그것이 무엇을 의미하는지 전혀 알 수는 없었으나, 어떻든 하나의 발견이었다. 나는 그날 늦게서야 겨우 미야마기의 상상력의 극히 일부분을 잡을 수 있었다.

그 수수께끼 같은 '칠보 꽃병'이라는 말이 하루도 내 머리에서 떠난 일이 없었다. 그날 나는 회사에서 주판을 놓으면서도 '칠보 꽃병'만을 생각하고 있었다. 이상하게도 스가모의 카페에서 미야마기의 낙서를 본 뒤로는 '칠보 꽃병'이 어쩐지 낯익다는 생각이 들기 시작했다. 어딘가에 그런 칠보 꽃병이 있었다. 그것을 본 일이 있는 것 같았다. 더욱이 그것은 죽은 하쓰요를 연상하게 하면서 나의 머리 구석에 남아 있었다. 그런데 그날, 기묘하게도 주판에 놓던 어떤 수를 보면서 칠보 꽃병과 관련된 기억이 갑자기 표면에 떠올랐다.

'알았다. 하쓰요의 집 조처에 있는 고물상에서 그걸 본 적이 있다.'

나는 마음속으로 외쳤다. 벌써 3시가 지났기 때문에 나는 조퇴를 하고 급히 고물상으로 달려갔다. 그리고 그 가게로 들어가 주인인 노인을 만났다.

"여기에 커다란 칠보 꽃병이 분명히 두 개 있었지요? 그것들은 팔렸습니까?"

나는 지나가다 들어온 손님처럼 가장하고 물었다.

"예, 있었지요. 하지만 팔려 버렸습니다."

"아까운 일이군, 탐이 났었는데……. 언제 팔렸지요? 둘 다 같은 사람이 샀습니까?"

"두 개가 한 쌍으로 되어 있었는데, 산 사람은 따로따로입니다. 이런 너절한 가게에 있기에는 퍽 과분한 좋은 물건이었지요. 값도 상당했습니다."

"언제 팔렸나요?"

“하나는 어젯밤에 팔렸습니다. 먼 곳에서 오신 분이 사 가셨습니다. 또 하나는, 아마 지난달……, 그렇지, 25일쯤이었습니다. 마침 이웃에서 소동이 일어난 날이라서 기억하고 있습니다.”

이야기를 좋아하는 듯한 노인은, 그때부터 소위 이웃집 소동에 관해 이야기를 늘어놓기 시작했다. 결국 내가 확인한 바에 의하면, 첫 번째 산 사람은 상인 차림의 사나이로, 그는 전날 밤 약속을 하고 돈을 치르고 돌아갔고, 이튿날 낮 그가 보낸 젊은 심부름꾼이 보자기에 싸 둔 꽃병을 짊어지고 갔다. 그리고 두 번째 산 사람은 양복을 입은 젊은 신사로서, 그 자리에서 자동차를 불러 실어 가지고 돌아갔다. 두 사람 다 지나가던 손님으로서, 어디의 누구인지는 물론 모른다.

말할 것도 없이 첫 번째 매입자가 꽃병을 가지러 온 날이, 살인이 일어난 날과 일치한다는 사실이 나의 주의를 끌었다. 그러나 그것이 무엇을 의미하는지는 조금도 모른다. 미야마기도 분명히 이 꽃병에 관해 생각하고 있었는데——노인은 미야마기 같은 인물이 사흘 전에 같은 꽃병에 관해 물으러 온 것을 잘 기억하고 있었다——어째서 그는 그렇게도 이 꽃병 하나를 중시했을까?

무엇인가 이유가 있어야 한다.

“그것은 분명히 호랑나비 무늬였지요?”

“예예, 그랬습니다. 노란 바탕에 많은 호랑나비가 흩어져 있는 무늬였지요.”

나는 기억하고 있다. 칙칙한 노란 바탕에 은빛 가는 선으로 둘러싸인 검은 나비가 많이 흩어져 날고 있는, 높이 석 자가량의 좀 큰 꽃병이었다.

“어디서 온 것이었지요?”

“동료한테서 인수한 것인데, 어느 실업가의 재산 처분 때 나온 것이라고 하던데요.”

이 두 개의 꽃병은, 내가 하쓰요의 집에 드나들 때부터 진열되어 있었다. 꽤 오랫동안이었다. 그것이 하쓰요의 변사 후, 불과 며칠 사이에 계속해서 둘 다 팔렸다는 것은 우연일까? 거기에 무엇인가 의미가 있는 것이 아닐까?

나는 첫 번째 매입자 쪽에는 통 짐작이 안 갔지만, 두 번째 매입자에게는 조금 집히는 점이 있어서 마지막으로 그것을 물어보았다.

"그 나중에 사러 온 손님은 30살 정도로 얼굴이 희고, 수염이 없고, 오른쪽 볼에 조금 두드러진 점이 있는 사람이 아니었나요?"

"네, 네, 똑같습니다. 순하고 고상해 보이는 분이었습니다."

과연 그랬다. 틀림없이 모로토 미치오이다. 그 사람이라면, 이웃 기자키의 집에 두세 번 왔을 텐데 알아보지 못했느냐고 물었더니, 마침 그곳에 나온 노인의 마누라가 거들어 대답해 주었다.

"그러고 보니 그분이네요."

다행히도 노인 마누라 또한 주인 못지않게 말이 많았다.

"2, 3일 전에 검은 프록코트를 입고, 이웃집에 오신 훌륭한 분, 그 사람이었지요."

노파는 모닝코트와 프록코트를 잘못 알고 있었으나, 이제 의심할 여지가 없었다. 나는 만약을 위해 두 번째 손님이 부른 자동차의 차고를 알아내어 행선지를 물어보았다. 그리하여 행선지가 모로토가 사는 이케부쿠로였다는 사실을 알았다.

그것은 사실 너무나 엉뚱한 상상이었는지도 모른다. 그런데 모로토와 같은 이상한 사람을 평범하게 생각할 수는 없었다. 그는 이성을 사랑할 수 없는 사내가 아니었던가. 그는 동성애 때문에 상대의 연인을 빼앗으려고 계획한 일조차 있지 않은가. 그 돌연한 구혼 활동이 얼마나 열렬했던가. 나에 대한 그의 구애가 얼마나 미칠 듯한 것이었던가. 그것을 종합해서 생각한다면, 하쓰요에 대한 구혼에 실패한 그가 나에게서 그녀를 빼앗기 위해 면밀히 계획된, 발각될 염려가 없는 살인을 감히 하지 않았다고 단언할 수 있을 것인가. 그는 이상하게 예리한 이지의 소유자이다. 그가 하는 연구란 메스를 가지고 작은 동물을 잔혹하게 주무르는 일이 아니었던가. 그는 피를 두려워하지 않는 사나이다. 그는 생물의 목숨을 태연하게 실험 재료로 사용하는 사나이다.

나는 그가 이케부쿠로에 자리를 잡은 지 얼마 안 되어 그를 방문한 적이 있는데, 그때의 으스스한 광경을 잊을 수가 없다.

그의 새 집은 이케부쿠로 역에서 2킬로미터나 떨어진 쓸쓸한 곳에 외롭게 서 있는 음침한 목조 양옥으로서, 따로 떨어진 실험실이 딸려 있는 집이었다. 쇠울타리가 집을 에워싸고 있었다. 가족은 독신인 그와, 15,6살 된 학생과, 밥 짓는 할멈 등 세 사람으로, 실험용 동물의 비명 외에는 사람의 기척이 느껴지지 않는 쓸쓸한 집이었다. 그는 그곳과 대학 연구실에서 이상한 연구에만 몰두했다.

그의 연구는 직접 병자를 취급하는 종류의 것이 아니고, 어떤 외과학상의 창조적 발견을 하려는 것 같았다. 그곳을 방문한 것은 밤이었다. 철문에 가까이 가니 가엾은 실험용 동물의, 그것은 주로 개였는데 참을 수 없는 비명이 들렸다. 각기 다른 개들의 비명 소리가 미칠 듯한 단말마를 연상시켜 섬뜩 가슴을 자극했다. 실험실 안에서 혹시 그 흉측한 살아 있는 것들을 해부하고 있는 건 아닌지 오싹해졌다.

문으로 들어서니 강렬한 소독약 냄새가 코를 찔렀다. 나는 병원 수술실을 생각했다. 교도소의 사형장을 상상했다. 죽음을 응시하는 동물들의 참혹한 공포의 울부짖음에 귀를 막고 싶었다. 차라리 그냥 돌아갈까 하는 생각마저 들었다. 밤도 깊지 않은데, 큰 건물은 어느 창이나 캄캄했다. 겨우 실험실 안쪽에 불빛이 보였다. 무서운 꿈속에서처럼 나는 현관에 도착해서 벨을 눌렀다. 한참 있으니 옆의 실험실

입구에 전등이 켜지고, 거기에 주인인 모로토가 서 있었다. 고무를 입힌 젖은 수술복을 입고, 피로 빨갛게 더러워진 두 손을 앞으로 내밀고 서 있었다. 전등 아래에서 그 빨간 빛이 괴상하게 빛났다.

나는 그때의 일을 생각하며 무서운 의문에 가슴이 막혔다. 그러나 그 의문을 어떻게 확인할 도리가 없었다. 나는 어둠이 밀려오는 거리를 터덜터덜 걸어서 돌아오기 시작했다.

내일 정오가 지나면

미야마기 고키치와 약속한 1주일이 지나고, 7월의 첫 일요일이 되었다. 아주 화창하고 무더운 날이었다. 아침 9시경 나는 가마쿠라에 가려고 옷을 갈아입는데, 미야마기로부터 전보가 왔다. 만나고 싶다는 것이었다.

기차는 그 여름 첫 피서객들로 혼잡했다. 해수욕은 좀 일렀지만, 덥기도 하고 첫 일요일이어서 성급한 피서객들이 속속 쇼낭 해안으로 밀어 닥쳤다.

길은 해안으로 가는 사람들의 발길이 끊이질 않았다. 빈터에서는 아이스크림 노점들이 새 깃발을 세우고 장사를 시작했다.

그러나 이렇게 화려하고 빛나는 풍경과는 반대로, 미야마기는 책들 속에서 몹시 음침한 얼굴로 생각에 잠겨 있었다.

"어디 갔다 오셨어요? 나 한 번 방문했었는데……."

내가 들어가자 그는 일어나지도 않고 옆의 더러운 테이블 위를 가리키며 말했다.

"이걸 봐."

거기에는, 한 장의 편지 같은 것과 찢은 봉투가 버려져 있었다. 편지는, 연필로 쓴 매우 서투른 글씨로 다음과 같이 씌어 있었다.

네 놈을 이제는 살려 둘 수 없다. 내일 정오가 지나면 네 놈의 목숨은 없는 것으로 생각하라. 그러나 네 놈이 가지고 있는 그 물품을 전 소유자에게 돌려주고, 오늘 이후 굳게 비밀을 지키겠다고 맹세한다면 목숨은 살려 준다. 그러나 내일 정오까지 네 놈이 직접 우체국에 가지고 가서 등기 소포로 부치지 않으면 소용없다. 어느 쪽이든 좋은 쪽을 택하라. 경찰에 말해 보았자 소용없다. 증거를 남기는 실수를 저지를 내가 아니다.

"시시한 장난을 하고 있군요. 우편으로 왔습니까?" 나는 대수롭지 않다는 듯 물었다.

"아니, 어젯밤에 창으로 던져 넣었어. 장난이 아닐지도 몰라." 미야마기는 진지한 투로 말했다.

그는 정말 공포를 느끼고 있는 듯 매우 창백했다.

"하지만 이런 어린애 장난 같은 것은 우습지 않습니까? 게다가 정오가 되면 목숨을 빼앗겠다니, 마치 영화 같지 않습니까?"

"아냐, 자네는 모르고 있어. 나는 말이야, 무서운 것을 보아 버렸어. 나의 추리가 완전히 적중했어. 악인이 있는 곳을 확인할 수는 있었지만, 그 대신 이상한 것을 보았어. 그게 잘못이었어. 나는 용기가 없어서 곧 도망쳐 나오고 말았어. 자네는 통 아무것도 모르고 있어."

"아닙니다. 나도 조금 안 것이 있습니다. 칠보 꽃병에 관해서 말입니다. 무엇을 의미하는지는 모르지만, 그것을 모로토 미치오가 사갔습니다."

"모로토가? 이상한데……."

그러나 미야마기는 그것에는 통 흥미가 없는 모양이었다.

"칠보 꽃병에는 대체 어떤 의미가 있습니까?"

"내 생각이 틀리지 않는다면, 아직 확인한 것은 아니지만, 실로 무서운 일이야. 전례가 없는 범죄야. 그런데 무서운 것은 꽃병뿐이 아니야. 더욱더 놀라운 일이 있어. 악마의 저주 같은 거야. 상상도 할 수 없는 사악이야."

"당신은 벌써 하쓰요를 죽인 범인을 아셨습니까?"

"나는 적어도 그들의 소굴을 밝혀냈다고 생각해. 조금만 더 기다려. 그런데 나는 살해당할지도 몰라."

미야마기는 자기가 말하는 악마의 저주에라도 걸렸는지, 매우 마음이 약해져 있었다.

"이상하군요. 그러나 만일에라도 그런 염려가 있다면, 경찰에 이야기하면 되지 않습니까. 당신 혼자의 힘으로 모자란다면, 경찰의 도움을 구해야죠."

"경찰에 이야기하면 적을 도망치게 만들 뿐이야. 그리고 상대를 알고 있긴 하지만, 그 놈을 검거할 만큼 확실한 증거는 잡지 못했어. 만일 지금 경찰이 개입한다면, 오히려 방해가 될 뿐이야."

"이 편지에 있는 물품이란 것을 당신은 알고 계십니까? 대체 무엇입니까?"

"알고 있고말고. 그러니까 무서운 거야."

"그것을 저쪽 요청대로 보내 줄 수는 없습니까?"

"나는 말이야, 그것을 적에게 돌려보내는 대신에……."

그는 주위를 둘러보며, 극도로 목소리를 낮추었다.

"자네에게 등기 소포로 보냈어. 오늘 돌아가면 이상한 것이 도착해 있을 테니, 상하게 하거나 부수거나 하지 않도록 소중히 보관해 줘. 내 수중에 두면 위험해. 자네라면 얼마쯤 안전하니까. 매우 소중한 것이니 틀림없도록 해 줘. 그리고 그것이 소중한 것이라는 사실을 남이 알지 못하도록 해야 돼."

나는 미야마기의 이러한, 너무 나를 믿지 못하는 것 같은 비밀스러운 태도가 어쩐지 나를 바보 취급을 하는 것 같아 불쾌했다.

"당신이 알고 있는 것을 나한테 이야기해 주실 수 없습니까? 이 사건은 내가 당신에게 부탁한 것이니, 내가 당사자가 아닙니까?"

"그럴 수 없는 사정이 있어. 그러나 이야기해 주지. 물론 이야기해 줄 셈이야. 그럼, 오늘 밤에 저녁이나 먹으면서 이야기 하지."

그는 왠지 흥분한 것처럼 손목 시계를 보았다.

"11시야. 해안에 가 보지 않겠나? 이상하게 기가 꺾여서는 안 되겠어. 한번 오랜만에 바닷물에 몸을 담가 볼까?"

나는 내키지 않았지만, 그가 벌써 나가고 있어 할 수 없이 그의 뒤를 따라 가까운 해변으로 갔다. 해안에는 눈이 아찔아찔할 정도로 야한 색깔의 수영복을 입은 사람들이 무리지어 있었다.

미야마기는 느닷없이 팬츠 하나만 걸친 채, 뭐라고 큰 소리를 지르며 물가로 달려가 바다 속에 뛰어들었다. 나는 조금 높은 모래 언덕에 주저앉아, 억지로 떠들고 다니는 그의 모습을 묘한 기분으로 바라보고 있었다.

나는 보지 않으려고 했지만 자꾸 시계가 들여다봐졌다. '설마 그런 일이……' 하고 생각은 했으나, 어쩐지 그 협박장의 '정오가 지나면'이라는 무서운 구절이 마음에 걸렸다. 시간은 사정없이 흘러갔다. 11시 반, 11시 40분…… 점점 정오가 가까워짐에 따라, 뭉클뭉클 불안이 솟아올랐다.

그런데 바로 그때, 나를 한층 불안하게 만드는 일이 생겼다. 과연——나는 '과연'이라는 느낌이 들었다——그 모로토 미치오가 해안의 군중에 섞여, 조금 먼 저쪽에 얼른 모습을 나타낸 것이다. 그가 꼭 이 순간, 이 해안에 나타난 것이 단순한 우연이었을까.

미야마기는 어디 있는가 하고 보니, 아이들을 좋아하는 그는 어느새 수영복 차림의 아이들에게 둘러싸여, 술래잡기를 하는지 소리를 지르며 그 근처를 뛰어다니고 있었다.

하늘은 끝없는 감청색으로 맑고, 바다는 다다미처럼 조용했다. 점프대에서는 명랑한 구령과 함께 아름다운 육체들이 차례로 공중에 호를 그리고 있었다. 모래밭은 반짝반짝 빛나고, 육지와 바다에서 즐겁게 지내는 많은 군중은, 산뜻한 초여름의 태양을 받아 밝고 화려하게 돋보였다. 그곳에는 참새처럼 노래하고, 인어처럼 희롱하고, 강아지처럼 엉겨 노는 사람 외에는, 즉 행복 이외의 것은 아무것도 없었다. 이 개방된 낙원에서 어두운 세계의 죄악 같은 것은 어느 한 구석을 찾아도 숨어 있을 것 같지 않았다. 그 한복판에서 피투성이의 살인이 일어나리라고는 상상도 할 수 없었다.

그러나 독자들이여, 악마는 그가 한 약속을 조금도 어기지 않았다. 그는 먼저는 밀폐된 집 안에서 사람을 죽이고, 이번에는 한 개방적인 해안에서, 더구나 수백 명 군중 한가운데에서 단 한 사람에게도 들키지 않고 훌륭히 살인을 해치웠다. 악마로서 그는 얼마나 불가사의한 솜씨를 가졌는가.

불가사의한 범행

나는 소설을 읽으며, 주인공이 사람이 좋아서 실수만 하는 것을 보면, 나라면 그렇게 쓰지 않을 거라고 안타깝게 생각하는 일이 종종 있다.

나의 이 기록을 읽는 사람도 주인공인 내가 무엇인가 오리무중에서 헤매는 꼴로 탐정 노릇을 한답시며 도무지 탐정다운 일도 하지 않고, 미야마기의 좋지 않은 버릇인 변죽울림에만 태평하게 끌려가는 모양을 보고 아마 답답해할 것이다.

나도 이처럼 있는 그대로를 써 가는 것은, 자신의 어리석음을 과장하는 것 같아 별로 내키지 않지만, 당시 나는 실제로 아이나 다름없었으니까 어쩔 수가 없었다. 독자를 안타깝게 한 점에 관해서는 '실화이기 때문에 이런 것일까' 하고 대범하게 봐 주기를 바랄 수밖에 없다.

그럼, 앞장에 이어서 미야마기 고키치의 불쌍한 변사의 전말을 써 나가겠다.

미야마기는 그때 팬츠 하나만 걸치고 수영복을 입은 아이들과 같이 모래 위를 즐겁게 뛰어다니고 있었다.

그가 아이들을 몹시도 좋아해서 개구쟁이들의 대장이 되어 순진하게 노는 것을 좋아했다는 것은 이미 여러 번 이야기했는데, 그때의 그의 태도에는 아이들을 좋아한다는 것 외에 더 깊은 이유가 담겨 있었다. 그는 두려워하고 있었던 것이다. 그 서투른 글씨로 쓴 협박장의 '정오가 지나면'이라는 구절에 떨고 있었던 것이다. 40대의 매우 총명한 그가, 그처럼 아이들을 속이는 것 같은 협박장을 액면 그대로 받아들인다는 것은 어쩐지 우스꽝스럽다. 그렇지만 그로서는 틀림없이 그것을 진지하게 두려워할 만한 충분한 이유가 있었을 것이다.

그는 이 사건에 관해, 자기가 알아 낸 것을 거의 나한테는 털어놓지 않았다. 그래서 나는 그처럼 호방한 남자를 이토록 두렵게 한 어떤 사실의 무서움을 상상할 수도 없었지만, 그가 참으로 두려워하는 모습을 보고 나도 그만 끌려들어가, 화려한 해수욕장의 몇백 명 군중에 둘러싸여 있으면서도 어쩐지 마음이 이상해지는 것을 어찌할 수가 없었다.

'정말로 현명한 살인은, 한적한 장소보다 오히려 군중 한가운데를 택한다'고 한 누군가의 말이 생각났다.

나는 미야마기를 보호할 생각으로 모래 언덕을 내려가서, 그가 즐겁게 노는 쪽으로 다가갔다. 그들은 술래잡기에 싫증난 듯, 이번에는 물가 가까운 곳에 커다란 모래 구멍을 파고 10살 안팎의 천진한 아이들 서너 명이 미야마기를 그 속에 묻고서, 그 위에 부지런히 모래를 덮고 있었다.

"자, 모래를 더 덮어. 발도 손도 모두 묻어야지. 야, 요놈. 얼굴은 안 돼. 얼굴만은 제발 덮지 마라."

미야마기는 좋은 아저씨가 되어 열심히 소리지르고 있었다.

"아저씨, 그렇게 몸을 움직이면 비겁해. 그러면 모래를 더 많이 덮어 줄 테야."

아이들은 두 손으로 모래를 긁어모아서 덮었다. 그러나 미야마기의 커다란 몸뚱이는 좀처럼 감춰지지 않았다.

거기에서 약 2미터쯤 떨어진 곳에 신문지를 깔고 양산을 받치고 단정히 옷을 입은, 유부녀인 듯한 두 부인이 바다에 들어가 있는 아이를 지켜보며 쉬고 있었는데, 가끔 미야마기가 있는 곳을 보고 호호호호 웃었다. 그 두 부인이 미야마기가 묻힌 장소에서 제일 가까웠다. 반대쪽의 더 떨어진 곳에는 멋진 수영복 차림의 아름다운 처녀가 발을 꼬고 앉아, 제멋대로 길게 누운 청년들과 웃으며 이야기하고 있었다. 그밖에는 한 곳에 자리를 잡고 있는 사람은 눈에 띄지 않았다.

미야마기 옆을 지나가는 사람은 계속 이어졌으나 이따금 잠깐 멈춰서서 웃고 가는 사람이 있을 정도이고, 아무도 그 가까이에 접근한 사람은 없었다. 그러한 광경을 보고 있으니, 이런 곳에서 사람을 죽일 수 있을 것인가 싶어, 역시 미야마기의 공포가 어리석다고 생각되었다.

"미노우라, 시간은?"

내가 가까이 가자, 미야마기는 아직 그것을 걱정하고 있는 듯 물었다.

"11시 52분, 앞으로 8분 남았습니다. 하하하하……."

"이렇게 하고 있으면 안전하지. 자네를 비롯해서 근처에 많은 사람들이 보고 있고, 주위에서 이렇게 소년 병정 네 명이 호위를 하고 있어. 게다가 모래의 성채야. 어떤 악마도 접근할 수 없지. 우후후후……."

미야마기는 약간 원기를 회복하고 있는 것 같았다.

나는 그 근처를 왔다갔다하다가 아까 언뜻 본 모로토의 일이 걱정되어 넓은 모래밭을 여기저기 살폈다. 그런데 어디로 갔는지 그의 모습이 보이지 않았다. 그리고 나는 미야마기가 있는 곳에서 6, 7미터 떨어진 곳에 서서 한참 동안 멍청히 점프대의 청년들의 묘기를 바라보고 있었는데, 조금 지나 미야마기 쪽을 돌아보니 그는 아이들의 정성으로 완전히 묻혀 있었다. 모래 속에서 목만 내놓고 눈을 뒤집고 하늘을 노리고 있는 모양은 이야기로 들은 인도의 고행자를 생각게 했다.

"아저씨, 일어나 봐요. 무거워?"

"아저씨, 우스꽝스런 얼굴을 하고 있군. 못 일어나겠어? 도와줄까?"

아이들은 열심히 미야마기를 놀려 댔다. 그러나 아무리 '아저씨, 아저씨' 하고 계속 불러도 그는 심술궂게 하늘을 노려본 채 대답하려 하지 않았다.

문득 시계를 보니 벌써 12시 2분이었다.

"미야마기 씨, 12시가 넘었어요. 결국 악마는 오지 않았군요. 미야마기 씨, 미야……."

불안한 예감이 들어 잘 살펴보니 미야마기의 태도가 이상했다. 얼굴이 점점 창백해지는 것 같고, 크게 뜬 눈이 오랫동안 깜빡거리지 않았다. 그러더니 가슴 근처의 모래 위에 검붉은 얼룩이 나타나 조금씩 퍼져가는 것처럼 보이지 않는가. 아이들도 심상치 않은 낌새를 느꼈는지 의아한 얼굴을 하고 말이 없었다. 나는 갑자기 미야마기에게 덤벼들어 머리를 두 손으로 흔들어 보았다. 머리는 마치 인형의 목처럼 흔들흔들할 뿐이었다. 급히 가슴의 얼룩진 곳을 파 보니, 두껍게 쌓인 모래 속에서 소형 단도의 흰 자루가 나타났다. 그리고 근처의 모래가 피로 엉켜 있었다. 모래를 더 파 보니, 단도는 심장 끝까지 꽉 박혀 있었다.

그 뒤의 소동은 빤하니까 자세한 이야기는 생략하는데, 어쨌든 일요일의 해수욕장에서 생긴 일이었으니, 미야마기의 변사는 정말 너무 공개적이어서 이상했다. 나는 몇백이나 되는 젊은 남녀의 호기심에 가득 찬 눈길을 받으며 가마니로 덮은 시체 옆에서 경관의 질문에 답하기도 하고, 검사 일행이 와서 현장 검증을 끝내자 시체를 본인의 집까지 나르는 데 따라가기도 했다. 그런 일을 하면서 나는 매우 부끄러웠다. 그런데 그런 경황없는 가운데서도 나는 그 군중들의 겹쳐진 얼굴 사이에서 문득 모로토 미치오의 약간 파래진 얼굴을 발견하고 무엇인가 강한 인상을 받았다. 그는 산더미처럼 모인 구경꾼들 뒤에서 미야마기의 시체를 물끄러미 보고 있었다. 시체를 나르고 있을 때에도 나는 끊임없이 등 뒤에 귀신같이 서 있는 그의 낌새를 느꼈다.

모로토가 살인이 일어난 당시 현장 부근에 없었던 것이 분명하니까 그를 의심할 하등의 이유가 없었으나 모로토의 이 이상한 거동은 대체 무엇을 의미하는 것일까. 솟구치는 의심을 막을 길이 없었다.

그리고 또 한 가지 말해 두어야 할 것은, 별로 의외의 일도 아니지만 미야마기의 시체를 들고 그의 집에 들어갔을 때, 그렇지 않아도 난잡한 그의 거실이 마치 태풍이 지나간 뒤처럼 엉망으로 흩어져 있었다는 점이다. 말할 것도 없이 범인이 그 '물건'을 찾기 위해 그의 빈 집에 숨어 들어왔던 것이 분명했다.

물론 나는 검사의 자세한 조사를 받았다. 그때 나는 모든 사정을 솔직히 털어놓았지만 어떤 예감이 들어(이 얘기는 나중에 독자에게 밝힐 것이다) 미야마기가 협박장에 적힌 '물건'을 나한테 보냈다는 것만은 일부러 말하지 않았다.

그 '물건'에 관해 질문을 받고, 나는 단지 모른다고만 대답했다.

취조가 끝나자 나는 곧 기차를 타러 갔다. 근처 사람들의 도움을 받아 죽은 사람의 친한 친구들에게 통지를 하고, 장례식 준비도 하느라고 꽤 오랜 시간을 보냈기 때문에 뒷일은 이웃집 부인에게 부탁하고 빠져 나온 것이다. 간신히 기차를 탄 것은 저녁 8시경이었다. 나는 모로토가 언제 돌아갔는지, 그가 그 사이에 어떤 일을 했는지 조금도 알 수 없었다. 취조 결과 범인은 전혀 알 수 없었다. 죽은 사람과 놀던 아이들은——그들 가운데 셋은 해안 가까이에서 사는 중류층 가정의 아이들이고, 하나는 나를 따라 해수욕장에 온 도쿄 아이였다——모래에 묻혀 있던 미야마기에게는 아무도 접근하지 않았다고 확실하게 말했다. 비록 10살 안팎의 어린 아이들이지만 사람이 찔려 죽는 것을 놓칠 리 없었다. 그리고 죽은 사람으로부터 2미터쯤 되는 곳에 앉아 있던 그 두 부인도 미야마기에게 가까이 간 사람이 있으면 알아차리지 못할 리가 없는 위치에 있었으나, 그런 의심스러운 사람은 한 명도 보지 않았다고 단언했다. 그리고 그 밖에 그 부근에 있던 사람들 중 범인 같은 사람을 본 사람은 하나도 없었다.

나도 역시 마찬가지로 의심스러운 사람은 전혀 보지 못했다. 그로부터 6, 7미터 떨어진 곳에서 젊은이들이 다이빙하는 것을 한참 보고 있었지만, 그에게 다가가 그를 찌른 사람이 있었다면 보지 못할 까닭이 없었다. 정말 꿈같이 불가사의한 살인 사건이라고 하지 않을 수 없었다. 피해자는 많은 사람들의 눈앞에 있었다. 그리고 그 누구도 범인의 그림자조차 보지 못했다. 미야마기의 가슴 깊이 그 단도를 찌른 것은, 사람의 눈에는 보이지 않는 귀신의 소행이었단 말인가. 나는 문득 누군가가 단도를 먼 곳에서 던진 것이 아닐까 하고 생각해 보았다. 그러나 그때의 모든 사정은 전혀 그런 상상을 허락하지 않았다.

주의해야 할 것은 미야마기의 가슴 상처와 그 찌른 방법이 하쓰요의 경우와 너무나 흡사하다는 것을 조사 결과 알 수 있었다는 점이다. 뿐만 아니라, 흉기인 흰 칼자루의 단도가 둘 다 같은 종류의 싸

구려임이 밝혀졌다. 즉, 미야마기를 살해한 범인은 하쓰요를 살해한 범인과 동일 인물일 것이라는 추정이 성립된 것이다.

그런데 이 범인은 도대체 어떤 마술을 터득하고 있는 것일까. 한 번은 전혀 출입구가 없는 밀폐된 집 안으로 바람처럼 숨어 들어가고, 한 번은 혼잡한 장소에서 수백 명의 눈을 속이고 지나가는 악마처럼 도망쳐 갔다. 미신 같은 것을 싫어하는 나였으나, 이 두 가지의 불가사의한 범행을 보고는 어쩐지 괴담을 들을 때와 같은 공포마저 느끼지 않을 수 없었다.

코 없는 석고상

나는 복수와 탐정 일에 있어서 순식간에 소중한 안내자를 잃어버렸다. 유감스럽게도 그가 생전에 알아 낸 일, 추리한 일을 나에게 털어놓지 않았기 때문에, 나는 그의 죽음으로 인해서 정말 어찌할 바를 모르게 되어 버렸다. 그가 두세 가지 암시 비슷한 말을 해 주지 않은 것은 아니다. 그러나 무딘 나로서는 그 암시를 해석할 힘이 없었다.

그러나 한편, 복수를 위한 일은 나에게 한층 더 중대하게 되었다. 이제 나는 연인의 원수를 갚음과 동시에 내 친구이자 선배인 미야마기의 원수도 갚지 않으면 안 될 입장에 놓였다. 미야마기를 직접 살해한 사람은 눈에 띄지 않는 범인이었으나, 그를 그러한 위험으로 이끈 사람은 분명히 나였다. 내가 사건을 의뢰하지 않았더라면 그는 살해될 이유가 없었다.

나는 미야마기에게 사죄하기 위해서라도, 무슨 일이 있어도 범인을 찾아 내지 않으면 안 되었다. 미야마기는 살해되기 조금 전에 협박장에 씌어 있던, 자신의 죽음의 원인이 된 '물건'을 등기 소포로 나에게 보냈다고 했는데, 그날 돌아와 보니 과연 우편물이 도착해 있었다.

그런데 튼튼한 포장 안에서 나온 것은 뜻밖에도 하나의 석고상이었다.

그것은 석고 위에 그림물감을 칠해서 청동처럼 꾸민, 어느 초상(肖像) 가게에나 흔히 있을 듯한 노기 대장(러일전쟁 때의 일본군 명장)의 반신상이었다. 꽤 낡은 것인지, 군데군데 그림물감이 벗겨져 흰 바탕이 보였고, 이 군신(軍神)에게 실례가 될 정도로 우스꽝스럽게 코가 떨어져 나가 있었다. 코가 없는 노기 대장이었다. 로댕에 이와 흡사한 이름의 작품이 있었던 것을 생각해 내고 나는 이상한 생각이 들었다.

물론 나는 이 '물건'이 무엇을 의미하는지, 왜 살인의 원인이 될 만큼 소중한 것인지 전혀 상상도 할 수 없었다. 미야마기는 '부서지지 않도록 소중히 보관하라'고 했다. 또 '그것이 소중한 물건이라는 사실을 남이 깨닫지 못하게 하라'고도 했다. 나는 아무리 생각해도 이 반신상의 의미를 발견할 수 없어, 어떻든 죽은 사람의 지시대로 남이 알아차리지 못하도록 일부러 너절한 물건들을 넣어 둔 벽장 고리 속에 살짝 감춰 두었다.

이 물건에 관해서는 경찰도 전혀 모르니까 급히 제출할 필요도 없었다. 그로부터 약 1주일 동안 나는 마음은 조급했지만 미야마기의 장례식 때문에 하루를 보낸 것 외에는 할 일이 없어, 지겨운 회사 근무를 계속했다. 회사가 끝나면, 한 번도 거르지 않고 하쓰요의 묘지로 갔다. 나는 계속해서 일어난 불가사의한 살인 사건의 전말을 나의 죽은 연인에게 보고했다.

집에 돌아와도 잠을 이룰 수가 없어, 나는 묘지에서 나와 거리를 배회하며 시간을 보냈다. 그 사이에 별로 특별한 일은 없었는데, 매우 시시한 일이지만 독자에게 알려 두지 않으면 안 될 일이 생겼다.

그 한 가지는, 두 번쯤 누군가가 내가 집에 없는 사이에 내 방에 들어와서 책상 서랍과 책꽂이 등을 흩트려 놓은 흔적이 있었다는 것이다. 나는 그다지 깔끔한 편이 아니어서 분명히 말하지는 못하겠는데, 어쩐지 방 안 물건의 위치, 예를 들어 책상 선반의 책을 꽂은 모양 등이 내가 방을 나설 때의 기억과는 다른 것 같았다. 집안 사람들에게 물으니 아무도 내 소지품에 손을 댄 적이 없다는 것이었다. 내 방은 이층에 있어서 창밖은 다른 집 지붕과 닿아 있으니까, 누군가가 지붕을 타고 숨어들려고 하면 전혀 못할 것도 없다. 신경이 예민해진 탓이라고 부인해 버려도 왠지 불안한 생각이 들어, 혹시나 하고 벽장 고리를 조사해 보았다. 코 없는 노기 장군은 별 이상 없이 늘 그 자리에 들어 있었다.

그리고 또 한 가지가 있다. 어느 날, 하쓰요의 묘 참배를 마치고 언제나 걸어다니는 변두리 거리를 걷고 있을 때였다. 그곳은 우구이스다니 국철 역과 가까운 거리였는데, 어느 공터에 천막을 친 곡마단이 있었다. 구식 악대며 괴상한 그림 간판이 좋아, 나는 전에도 그 앞에 서서 구경한 일이 있었다. 그날 저녁때 무심코 곡마단 앞을 지나려니까, 뜻밖에도 모로토 미치오가 출입문으로 급히 나가는 모습이 보였다. 그쪽에선 나를 알아보지 못한 것 같았다. 맵시 있는 양복 차림으로 보아 틀림없이 나의 이상한 친구 모로토 미치오 그 사람이었다. 이런 일로 해서 아무 증거도 없지만, 나의 모로토에 대한 의심은 점점 깊어져 갔다. 그는 왜 하쓰요가 죽은 후, 그렇게 여러 번 그녀의 집을 방문했을까? 무슨 필요가 있어, 문제의 칠보 꽃병을 사 갔을까? 그리고 그가 미야마기의 살인 현장에 와 있었던 것은 우연이라고 하기에는 다소 이상하지 않은가. 그때 그의 의아스러운 거동 또한 그렇지 않은가. 그리고 그가 그의 집과는 전혀 방향이 다른 우구이스다니의 곡마단에 구경하러 왔다는 것도 어쩐지 이상하지 않은가.

이렇게 겉으로 나타난 일뿐 아니라, 심리적으로도 모로토를 의심할 수 있는 이유는 충분히 있었다.

나로서는 매우 하기 어려운 이야기지만, 그는 나에게 보통 사람은 상상도 할 수 없을 정도로 강한 연정을 느끼고 있는 모양이다. 그렇기 때문에 그가 기자키 하쓰요에게 마음에도 없는 구혼을 했다는 사실은 그다지 의외의 일이 아니다. 하쓰요는 그에게 있어 연적이었으니까. 감정이 격해져서 그 연적을 남몰래 살해했을지 모른다는 상상도 전혀 불가능한 것은 아니다. 그가 하쓰요를 살해한 범인이라고 한다면, 그 살인 사건을 추적하여 뜻밖에도 빨리 범인을 점찍은 미야마기 고키치는 하루라도 살려 둘 수 없는 큰 적이었을 것이다. 그렇다면 모로토가 첫 번째 살인을 은폐하기 위해, 두 번째 살인도 저지를 수 있다고 상상할 수 있지 않겠는가.

미야마기를 잃은 나는, 이런 식으로라도 모로토를 의심해 보는 것 외에는 전혀 탐색의 방침이 서지 않았다.

나는 여러 가지 방향으로 거듭 심사숙고한 끝에, 결국 좀더 모로토에게 접근해서 내 의심을 확인해 볼 수밖에 없다고 결심했다. 그래서 미야마기 변사 사건 후 1주일쯤 지나, 나는 퇴근 후 발길을 모로토가 살고 있는 이케부쿠로로 돌리기로 작정했다.

다시 나타난 괴노인

나는 이틀 밤 계속해서 모로토의 집을 찾아갔다.

첫날밤엔 모로토가 없어서 허탕치고 현관에서 되돌아올 수밖에 없었으나, 다음 날 밤에는 뜻밖의 수확을 거두었다.

벌써 7월도 중순에 접어들어 이상하게 무더운 밤이었다. 당시의 이케부쿠로는 지금처럼 번화하지 않았다. 사범학교 뒤로 나가면 인가가 드문드문해서 좁은 시골길을 걷는 건 힘이 들 정도로 캄캄했다. 한쪽은 키가 큰 산울타리이고 한쪽은 쓸쓸한 들판이었다. 나는 어둠 속에 조금 어슴푸레하게 떠오르는 길을 눈을 크게 뜨고, 멀리에서 하나둘 보이는 등불을 의지하여 걷고 있었다. 해가 막 졌을 뿐인데 사람의 통행이 거의 없고, 이따금 스쳐 가는 사람이 있으면 오히려 귀신 같아서 으스스한 느낌이 들 정도였다.

먼저 이야기한 것처럼 모로토의 집은 상당히 멀어, 역에서 2킬로미터나 되었다. 나는 꼭 그 중간쯤 갔을 때, 앞에 이상한 모양을 한 것이 걸어가는 것을 발견했다. 키는 보통 사람의 반 정도밖에 안 되고, 옆으로는 보통 사람 이상으로 넓은 어떤 사람이 온몸을 기신기신 좌우로 흔들면서 걸어가고 있었다. 그는 걸을 때마다, 종이호랑이처럼 이상하게 낮은 곳에 달린 머리를 오른쪽 왼쪽으로 어른어른 보이며, 괴로운 듯이 걸어가고 있었다. 이렇게 말하면 난쟁이라고 생각되겠지만, 난쟁이가 아니라 상반신이 허리에서부터 45도 각도로 굽었기 때문에 뒤에서 보면 그렇게 키가 작게 보인 것이다. 즉 몹시 허리가 굽은 노인이었다. 그 이상한 노인의 모습을 보고, 당연히 나는 전에 하쓰요가 보았다는 으스스한 할아버지가 떠올랐다.

그리고 때가 때이고, 장소가 마침 내가 의심하고 있는 모로토의 집 부근인 만큼, 나는 갑자기 긴장했다.

나는 눈치채지 못하도록 조심스럽게 미행했다. 괴노인은 과연 모로토의 집 쪽으로 걸어갔다. 옆길로 구부러지니 한층 길목이 좁아졌다. 그 옆길이 모로토의 집에서 끝났으니 더 의심할 여지가 없었다. 저쪽에 희미하게 모로토의 양옥이 보였다.

그날 밤엔 어찌 된 일인지 어느 창에나 등불이 켜져 있었다.

노인은 철문 앞에서 잠깐 멈춰 서서 무엇인가 생각하는 것 같더니 이윽고 문을 밀고 안으로 들어갔다. 나는 급히 뒤를 쫓아 문 안으로 들어섰다. 현관과 문 사이에 조금 무성한 관목 숲이 있었는데, 그 그늘에 숨었는지 나는 노인을 놓쳐 버렸다. 한참 상황을 살피고 있었지만, 노인의 모습은 나타나지 않았다. 내가 문으로 달려가는 사이에 현관으로 들어가 버렸는지, 아니면 아직 숲 근처에서 서성거리고 있는지 짐작이 가지 않았다.

나는 상대방에게 들키지 않도록 조심하며 넓은 앞뜰을 이곳저곳 찾아보았다. 그러나 노인의 모습은 꺼져 버렸는지 어느 곳에서도 발견할 수 없었다. 이미 집 안으로 들어가 버린 모양이었다.

나는 결단을 내리고 현관의 벨을 눌렀다. 모로토를 만나 직접 그의 입에서 무엇인가를 찾아내려고 결심한 것이다.

이윽고 문이 열리고, 낯익은 젊은 학생이 얼굴을 내밀었다. 모로토를 만나고 싶다고 하니까 그는 잠깐 들어가더니 곧 돌아와서 나를 응접실로 안내했다. 벽지와 세간이 매우 잘 조화되어 주인의 고상한 취미를 말해 주었다. 부드러운 큰 의자에 앉아 있으려니, 모로토가 술을 마셨는지 상기된 얼굴을 하고 기세 좋게 들어왔다.

"여어, 잘 와 주었어. 요전에 스가모에서는 정말 실례했어. 그때는 어쩐지 몸이 좋지 않아서 말이야."

모로토는 경쾌한 목소리로 자못 쾌활한 듯 말했다.

"그 후에 또 한 번 만나지 않았습니까? 왜, 그 가마쿠라의 해안에서……."

이미 마음을 먹고 꺼낸 이야기라 나는 의외로 척척 말을 할 수 있었다.

"뭐, 가마쿠라? 아아, 그때 알고 있었어? 그런 소동이 생긴 때여서 일부러 인사를 하지 않았는데, 그 살해된 사람이 미야마기 씨라고 했던가? 넌 그분과 다정한 사이였나?"

"예, 실은 기자키 하쓰요 양 살인 사건을 그분에게 조사해 달라고 했지요. 그분은 홈즈같이 뛰어난 아마추어 탐정이었습니다. 그런데 겨우 범인을 알게 되었는데 그 소동이 일어났던 거지요. 난 정말 실망했습니다."

"나도 대강 그럴 거라고 생각은 하고 있었는데, 아까운 사람이 죽었군. 그건 그렇고, 식사는? 마침 지금 식사를 하려던 참이었어. 신기한 손님도 있는데, 뭣하면 함께 먹고 가지 않겠어?"

모로토는 화제를 바꾸듯 말했다.

"아, 아뇨, 식사는 했습니다. 기다릴 테니까 어서 드시고……. 그런데 그 손님이란, 혹시 허리가 몹시 구부러진 할아버지 아닙니까?"

"뭐, 할아버지라고? 천만에! 작은 아이지. 조금도 불편해할 필요 없는 손님이니까, 잠깐 식당에 가 보기라도 하지 않겠어?"

"그렇습니까? 그런데 내가 올 때 그런 할아버지가 이 집 문을 들어서는 것을 보았는데요."

"그래? 이상한데. 허리가 구부러진 할아버지라니, 잘 모르겠는데……. 정말 그런 사람이 들어왔어?"

뜻밖의 아마추어 탐정

모로토는 웬일인지 매우 걱정스러운 표정을 지었다.

그리고 또 나에게 식당에 가자고 권했다. 내가 굳이 사양하자, 그는 단념하고 학생을 불러내어 이렇게 시켰다.

"식당에 있는 손님이 밥을 먹게 하고, 지루하지 않도록 너하고 할멈이 잘 데리고 놀라구. 돌아가겠다고 떼를 쓰면 곤란하니까 말이야. 장난감이 있었던가 몰라……. 아, 그리고 이 손님께 차를 가지고 와."

학생이 가자 모로토는 억지로 미소를 지으며 나를 돌아보았다. 그 사이에 나는 방구석에 놓아 둔 문제의 칠보 꽃병을 알아보고, 이런 장소에 그것을 버젓이 내버려두고 있는 그의 대담함에 약간 어이 없어 하고 있었다.

"훌륭한 꽃병이군요. 이거, 어디선가 한번 본 일이 있는 것 같은데."

나는 모로토의 표정에 주의를 기울이며 물었다.

"아아, 저거? 보았는지도 모르지. 하쓰요 양 집 옆에 있는 고물상에서 사 왔으니까."

모로토는 놀랄 만큼 태연하게 대답했다. 그 말을 듣고, 나는 도저히 그의 상대가 될 수가 없다는 생각이 들어, 약간 겁이 났다.

"널 만나고 싶었어. 마음을 터놓고 이야기한 지가 오래되었으니까." 모로토는 취한 체하며 달콤한 말투로 이야기했다.

상기된 볼이 아름답게 빛나고, 긴 속눈썹에 덮인 눈이 우아하게 보였다.

"요전에 스가모에서는 어쩐지 부끄러워서 말을 못 했지만, 나는 네게 사과하지 않으면 안 돼. 네가 용서해주고 싶지 않을 정도로 나는 미안한 일을 하고 말았지. 하지만 그것은 나의 정열이 시킨 일이었어. 난 널 남에게 빼앗기고 싶지 않았던 거야. 아니, 이렇게 제멋대로 말을 하면 넌 언제나처럼 화를 내겠지만, 너도 내 진심을 알아 줄 거라고 생각해. 나는 그렇게 하지 않고는 견딜 수 없었어……. 넌 화를 내고 있겠지? 응, 그렇지?"

"당신은 지금 하쓰요 양에 관한 이야기를 하고 있는 겁니까?" 나는 무뚝뚝하게 되물었다.

"그래, 나는 너와 하쓰요 양의 일이 시샘이 나서 견딜 수 없었어. 그때까지는, 비록 네가 내 마음을 진정으로 이해해 주지 않더라도, 적어도 네 마음은 남의 것이 아니었어. 그런데 하쓰요 양이 네 앞에 나타난 뒤로, 넌 태도가 돌변해 버렸어. 기억나? 벌써 지지난 달이군. 함께 데이게키에 구경 간 날 밤 일 말이야. 나는 너의 그 끊임없이 환상을 쫓고 있는 듯한 눈빛을 차마 볼 수가 없었어. 그런데다가 넌 잔혹하게도 태연히, 자못 기쁜 듯이 하쓰요 양 이야기까지 들려주지 않았나. 내가 그때 어떤 마음이었으리라고 생각해? 부끄러운 일이야. 언제나 말했던 것처럼 나는 이런 일로 널 책망할 권리 따위는 없어. 하지만 난 그런 네 태도를 보고, 이 세상의 온갖 소망을 잃어버린 것 같은 생각이 들었어. 정말 슬펐어. 네 사랑도 슬펐지만, 그보다 한층 더 나의 이 비정상적인 마음이 원망스러워서 견딜 수가 없었네. 그 이후로는, 내가 몇 번이나 편지를 보냈는데도 넌 답장조차 주지 않았어. 전에는 아무리 박정한 내용이라도 답장만큼은 꼭 해주었는데……."

취한 모로토의 말투는 전에 없이 힘차고 거침이 없었다. 그의 여자 같아 보이는 푸념은, 가만히 있으면 끝이 없었다.

"그래서 당신은 마음에도 없는 구혼을 하셨습니까?"

나는 화를 내며 그의 푸념을 중단시켰다.

"넌 역시 화를 내고 있어. 무리가 아니야. 너한테 용서받을 수 있다면 무슨 짓이라도 하겠어. 네가 흙발로 내 얼굴을 짓밟아도 상관없어. 더욱 심한 짓을 해도 좋아. 정말 내가 잘못했으니까."

모로토는 슬픈 듯이 말했다.

그러나 그렇다고 나의 화가 가라앉을 수는 없었다.

"당신은 자기 말만 하고 있습니다. 당신은 너무 제멋대로입니다. 하쓰요 양은 내 생애에 단 한 번 만난, 나에게 있어 둘도 없는 여자였습니다. 그런데, 그런데……."

지껄이고 있는 사이에 새로운 슬픔이 솟아나, 나는 그만 울먹거리고 말았다. 그리고 한참 동안 입을 열 수가 없었다. 모로토는 나의 눈물에 젖은 눈을 물끄러미 보고 있더니, 느닷없이 두 손으로 내 손을 꽉 잡고 소리치는 것이었다.

"용서해 줘, 용서해 줘!"

"그것이, 그것이 용서할 수 있는 일이란 말인가요?"

나는 그의 열띤 손을 뿌리치고 말했다.

"하쓰요는 죽어 버렸습니다. 이제는 돌이킬 수 없습니다. 나는 암흑의 골짜기로 밀려 떨어지고 말았어요."

"네 마음은 너무나 잘 알고 있어. 하지만 넌 나한테 비하면 행복했어. 내가 그토록 열심히 구혼을 해도, 의붓어머니가 그렇게 권해도 하쓰요 양은 마음이 조금도 흔들리지 않았어. 하쓰요 양은 모든 장애를 물리치고 끝까지 너만을 생각했어. 네 사랑은 너무 충분할 정도로 보답받았어."

"그런 말이 어디 있습니까?" 나는 벌써 우는 목소리가 되었다. "하쓰요 양이 나를 그처럼 생각해 주었으니까, 그 사람을 잃은 지금 나의 슬픔은 몇 배가 되는 겁니다……. 그런 그런…… 말이 어디 있습니까?…… 당신은 구혼에 실패해서…… 그래서, 그래……."

나는 차마 그 다음 말을 잇지 못했다.

"응, 뭐라구? 아아, 역시 그랬군. 넌 나를 의심을 하고 있군. 그렇지? 나에게 무서운 혐의를 두고 있어."

나는 갑자기 왈칵 눈물을 흘리며 외쳤다.

"나는 당신을 죽여 버리고 싶어, 죽이고 싶어! 사실대로 말해 줘요."

"아아, 나는 정말 미안한 짓을 했군."

모로토는 다시 내 손을 잡고 조용히 어루만지면서 말했다.

"연인을 잃은 사람의 슬픔이 이렇게까지 클 줄은 몰랐어. 미노우라, 나는 결코 거짓말은 하지 않아. 그것은 엉뚱한 생각이야. 누가 뭐라고 해도 나는 결코 살인을 할 수 있는 사람이 못 돼."

"그럼 어째서 그런 기분 나쁜 할아버지가 이 집에 드나듭니까? 그 사람은 하쓰요 양이 본 할아버지입니다. 그 사람이 나타난 뒤, 얼마 안 되어 하쓰요 양이 살해되었습니다. 그리고 왜 당신은 미야마기 씨가 살해된 날에 그곳에 있었지요? 당신은 의심을 받을 만한 거동을 보였습니다. 당신은 왜 우구이스다니의 곡마단에 드나들었습니까? 나는 당신이 그런 것에 흥미를 가지고 있다는 말을 한 번도 들은 일이 없어요. 당신은 어째서 그 칠보 꽃병을 샀습니까? 이 꽃병이 하쓰요 양의 사건에 관계가 있다는 것을, 나는 다 알고 있습니다. 그리고, 그리고……."

나는 미친 사람처럼 모두 지껄여 댔다. 그리고 말이 끊기자, 격정 때문에 학질에 걸린 사람처럼 부들부들 떨었다. 모로토는 급히 내 곁에 와서 나와 의자를 반반씩 걸쳐 앉듯 하고, 두 손으로 나의 가슴을 꼭 껴안았다.

그리고 내 귀에 입을 대고 부드럽게 속삭이는 것이었다.

"여러 가지 사정이 있었군. 네가 나를 의심한 것도 무리가 아니었어. 하지만 그런 이상한 일치에는 전혀 다른 이유가 있었어. 아아, 나는 더 일찍 그것을 네게 털어놓았어야 했어. 그리고 너와 힘을 합해 일했어야 했어. 나는 말이야, 미노우라. 역시 너나 미야마기 씨와 마찬가지로, 이 사건을 혼자서 연구해 본 거야. 왜 그런 짓을 했는지 알아? 그건 너에 대한 사죄의 뜻에서였어. 물론 나는 살인 사건에는 조금도 관계가 없지만, 하쓰요 양에게 결혼신청을 해서 널 괴롭혔어. 그런데 하쓰요 양이 죽어 버렸어. 네가 너무나 불쌍했지. 그래서 범인이라도 찾아내어 네 마음을 위로하고 싶었던 거야. 그뿐만이 아냐. 하쓰요 양의 어머니는 억울한 혐의를 받고 검사국에 끌려갔어. 혐의를 받은 이유 가운데 한 가지는, 결혼 문제에 관해 딸과 말다툼을 했다는 것이었어. 간접적으로 내가 어머니를 혐의자로 만든 셈이지. 그런 점에서도 나는 범인을 찾아내서 그 분의 혐의를 풀어 드려야 할 책임을 느낀 거지. 그런데 그녀의 어머니를 위해서는 그럴 필요가 없어졌어. 너도 알고 있겠지만, 하쓰요 양의 어머니는 증거 불충분으로 아무 탈 없이 집에 돌아오셨으니까. 어제 여기에 오셔서 말씀하시더군."

그러나 의심이 많은 나는 그의 그럴듯한, 자못 친절한 듯한 변명을 쉽게 믿으려 하지 않았다. 창피한 이야기지만, 나는 모로토의 팔 안에서 마치 떼쓰는 아이처럼 굴었다. 이것은 나중에 생각해 보니, 남 앞에서 소리를 내어 울었다는 부끄러움을 속이기 위해, 그리고 의식하고 있지는 않았으나 나를 그렇게 사랑해 준 모로토에게 얼마쯤 어리광을 부리고 싶은 마음 때문이 아니었던가 생각된다.

"난 믿을 수가 없어요. 당신이 그런 탐정 흉내를 내다니……."

"그 말은 이상한데. 나는 탐정 노릇을 못 한다는 말인가?"

모로토는 얼마쯤 가라앉은 내 태도에 조금 안심된 듯이 말을 이었다.

"나는 이래 봬도 꽤 명탐정인지도 몰라. 법의학도 웬만큼 배웠으니. 아아, 이 말을 하면 너도 믿어 주겠지. 아까 넌 이 꽃병이 살인 사건에 관계가 있다고 했지? 실로 명쾌한 통찰이야. 눈치챘나? 아니면, 미야마기 씨가 가르쳐 주던가? 이것이 그 사건과 어떤 관계가 있는지 넌 모르는 것 같군. 문제의 꽃병은 여기 있는 이것이 아니고 이것과 쌍으로 된 다른 것이지. 하쓰요 양이 살해되던 날 그 고물상에서 누군가가 사 간 거야. 알겠나? 내가 이 꽃병을 샀다는 사실이 곧 내가 범인이 아니고, 탐정임을 입증하는 게 아니겠나? 즉, 이 꽃병을 사 가지고 와서 이 꽃병의 성질을 찾아 내려고 했으니까 말이야."

여기까지 들은 나는 모로토의 말을 조금 귀기울여 듣고 싶어졌다. 그의 말이 거짓이라고 하기에는 너무나 진실하게 느껴졌기 때문이다.

"만약 그것이 사실이라면 나는 사과하겠어요." 나는 매우 어색해지는 것을 참으며 말했다. "당신은 정말 그런 탐정 일을 했습니까? 그러면 뭔가 알아냈습니까?"

"그래, 알아냈지." 모로토는 약간 자랑스러운 모양이었다. "만약 내 추리가 잘못되지 않았다면, 나는 범인을 알고 있어. 언제든지 경찰에 넘겨 줄 수 있어. 그런데 유감스럽게도 그가 무슨 까닭으로 그 두 사람을 다 죽였는지를 모르겠어."

"예? 두 사람이라고요?" 나는 어색한 것도 잊고 놀라서 그에게 반문했다. "그럼 역시 미야마기 씨를 살해한 범인이 동일 인물이었습니까?"

"그렇게 생각해. 만약 내 생각대로라면, 실로 전대미문의 기괴한 사건이야. 이 세상일이라고는 생각되지 않을 정도지."

"그럼 말씀해 주십시오. 놈은 어떻게 입구가 없는 밀폐된 집 안으로 숨어 들어갈 수 있었지요? 어떻게 그 군중 속에서 누구에게도 들키지 않고 사람을 죽일 수 있었지요?"

"아아, 정말 무서운 일이야. 상식적으로 생각해서는 전혀 불가능한 범죄가 쉽게 이루어졌다는 것이 이 사건의 가장 전율할 만한 점이야. 언뜻 보아서는 불가능할 것 같은 일이 어떻게 해서 가능했던가. 이 사건을 연구하는 사람은 먼저 이 점에 착안해야 해. 그것이 출발점이야."

나는 그의 설명을 기다릴 수 없어 성급히 다음 질문으로 옮겼다.

"대체 범인은 누굽니까? 우리가 아는 놈인가요?"

"아마 자네도 알고 있을 거야. 그러나 얼른 상상할 수는 없을 테지."

아아, 모로토 미치오는 과연 무슨 말을 꺼내려는 것일까. 나도 그제서야 어렴풋이 범인의 정체를 알 수 있을 것 같았다. 그런데 그 괴노인은 대체 누구이며, 어째서 모로토의 집을 방문했을까? 그는 지금 어디에 숨어 있을까? 모로토가 곡마단 출입문에 나타난 것은 무슨 까닭에서였을까?

칠보 꽃병은 어떤 의미에서 이 사건과 관계가 있는 것일까? 모로토에 대한 의심은 완전히 풀렸으나, 그를 믿으면 믿을수록 나는 여러 가지의 의문이 구름처럼 나의 뇌리에 솟아오르는 것을 느끼지 않을 수 없었다.

맹점의 작용

상황이 갑자기 달라졌다.

내가 앞장에서 말한 여러 가지 이유로 모로토가 틀림없이 이 사건에 관계가 있을 것이라 생각하고 일부러 트집을 잡아 따지려고 찾아갔는데, 이야기를 해 보니 그는 뜻밖에도 범인이기는커녕 죽은 미야마기 고키치처럼 아마추어 탐정이었다. 뿐만 아니라 모로토는 이미 이 사건의 범인을 알고 있다고 했고, 그것을 나에게 털어놓으려고까지 했다.

생전의 미야마기의 예리한 탐정적인 안목에 놀랐던 나는, 그보다 뛰어난 명탐정을 발견하고 더욱 큰 놀라움을 맛보아야 했다. 오랫동안의 교제를 통해 모로토가 성도착자로서 또 기분 나쁜 해부 학자로서 매우 색다른 인물이라는 것은 알고 있었지만, 그런 그에게 그처럼 뛰어난 탐정 능력이 있으리라고는 미처 상상도 못했다.

뜻밖의 국면 전환에 나는 어안이 벙벙했다. 독자 여러분도 마찬가지겠지만, 나로서도 모로토 미치오는 완전히 수수께끼의 인물이었다. 그에게는 왠지 세상의 보통 사람과 다른 데가 있었다. 그가 이상한 연구를 하고 있다는 사실(그 자세한 것은 나중에 설명할 기회가 있다)과 그가 성도착자였다는 사실 등이 그를 그렇게 보이게 했는지도 모른다. 그러나 아무래도 그것만은 아니었다. 모로토 미치오는 겉으로는 착한 사람처럼 보이나 그 이면에 정체 모를 악이 숨어 있었다. 그의 신변에는 으스스한 기운이 아지랑이처럼 서려 있는 것 같았다. 그러한 그가 아마추어 탐정으로서 내 앞에 나타난 것이 너무나 갑작스러워서 나는 그의 말을 믿을 수 없었던 것이다. 그런데 탐정 모로토의 추리력은 앞으로도 이야기하겠지만, 실로 굉장한 것이었다. 그리고 인간적인 면에서의 선량함도 표정이나 말끝마다 느낄 수 있었다.

나는 마음 깊은 곳에 아직도 한 가닥 의문을 남았지만 그냥 그의 말을 믿기로 하고 그의 의견에 따를 생각까지 했다.

"내가 아는 사람이라구요? 이상한데…… 조금도 모르겠는데…… 가르쳐 주십시오."

나는 거듭 부탁했다.

"갑자기 말하면 자네가 잘 모를거야. 그러니 좀 귀찮지만 내 분석 과정을 들어 주지 않겠나? 탐정으로서의 내 고심담 말일세. 모험을 하며 돌아다닌 고심담은 아니지만 말이야."

모로토는 완전히 안심한 투로 말했다.

"예, 듣겠습니다."

"이 두 살인 사건은 어느 쪽이나 언뜻 보면 불가능하게 보여. 하나는 밀폐된 집 안에서 이루어지고 범인의 출입이 불가능했으며, 하나는 대낮에 군중의 눈앞에서 이루어졌는데도 아무도 범인을 목격하지 못했으니까, 이것도 거의 불가능한 일이야. 그런데 불가능은 결코 이루어질 수가 없으니까, 이 두 사건에 있어서는 일단 그 '불가능' 자체에 관해서 음미를 해 보는 것이 무엇보다도 필요하겠지.

불가능의 안쪽을 들여다보면 의외로 시시한 마술의 수가 숨겨져 있는 법이니까."

모로토는 마술이라는 말을 썼다. 나는 미야마기도 전에 같은 비유를 든 것을 생각해 내고, 한층 모로토의 판단을 신뢰할 마음을 먹었다.

"매우 시시한 일이지(미야마기도 같은 말을 했었다). 너무 시시해서 나는 쉽사리 믿을 수가 없었어. 첫 번째 사건만으로는 믿을 수 없었어. 그러나 미야마기 씨 사건이 일어났기 때문에 역시 나의 상상이 들어맞았다는 것을 확인할 수 있었지. 시시하다는 것은 말이야, 그 방법이 아이들 속임수와 같았다는 뜻이야. 그러나 그 수법은 실로 뛰어나 대담무쌍했지. 그래서 범인은 오히려 안전했다고 할 수도 있지. 글쎄, 뭐라고 하면 될까. 이 사건에는 인간 세계에서는 상상할 수 없을 정도의 추악하고 잔인한 야수성이 숨겨져 있어. 언뜻 보아 시시한 것 같은데, 인간이 아닌 악마의 지혜가 아니면 생각해 낼 수 없는 종류의 범죄였지."

모로토는 약간 흥분하여 지긋지긋하다는 듯 이야기하더니, 잠깐 말을 끊고 내 눈을 들여다보았다.

나는 그때 모로토의 눈 속에서 평소의 사랑스러워하는 표정이 사라지고 깊은 공포의 빛이 감도는 것을 느꼈다. 나도 아마 똑같은 눈이었을 것이다.

"나는 이렇게 생각했지. 하쓰요 양의 경우, 모두가 알고 있는 것처럼 범인은 전혀 출입이 불가능한 상태였어. 어느 문이나 안에서 잠가 두었어. 범인이 내부에 남아 있었거나, 아니면 공모자가 집 안에 있었다고 생각할 수밖에 없는 상황이었지. 그런 점이 하쓰요 양의 어머니를 피의자로 만들어 버린 셈이지. 그러나 내가 들은 바로는 어머니가 범인이라고 생각할 수는 없었어. 무슨 일이 있었다고 하더라도 외동딸을 죽이는 어머니는 있을 리가 없지. 그래서 나는 이 겉보기에는 '불가능'처럼 생각되는 사정의 이면에는 뭔가 남이 알지 못하는 트릭이 숨겨져 있다고 보았지."

모로토가 열심히 하는 이야기를 듣다가 나는 문득 이상한, 뭔가 어울리지 않는 데가 있음을 느꼈다. 나는 모로토의 태도가 이상하다고 생각했다. 모로토 미치오는 대체 어째서 이렇게도 하쓰요 양의 사건에 정력을 쏟고 있는 것일까? 연인을 잃은 나에 대한 동정에서일까? 아니면 본래 탐정 노릇을 좋아하기 때문일까? 아무래도 이상했다. 단지 그런 이유로 이렇게까지 열심일 수 있을까? 뭔가 또 다른 이유가 있지 않을까? 나중에 생각난 일이지만 나는 어쩐지 그런 느낌이 들었었다.

"가령 말이야. 대수(代數) 문제를 풀 경우, 아무리 해 보아도 풀 수 없을 때, 밤새도록 풀어도 끄적거린 종이만 많아질 뿐일 때, 이것은 불가능한 문제임에 틀림없다고 생각하게 되는데, 어떤 순간에 같은 문제를 전혀 다른 방향에서 생각해 보니 힘들이지 않고 쉽게 풀어지는 일이 있어. 그것이 풀리지 않은 것은 어떤 주문(呪文)에 걸려 있었기 때문이지. 사고력의 맹점 같은 것 때문에 애를 먹은 거지.

나는 하쓰요 양의 사건을 전혀 다른 각도에서 생각해 볼 필요가 있다고 여겼지. 출입구가 전혀 없었다는 것은 옥외에서 출입구가 없었다는 것이지. 문단속도 완전하고, 뜰에 발자국도 없고, 천장도 마찬가지이고, 마루 밑에는 외부에서 들어갈 수 없게 철망이 쳐져 있었어. 즉 밖에서 들어갈 곳은 전혀 없었어. 이 '밖에서'라는 사고방식이 잘못이었어. 범인은 밖에서 들어갔다가 밖으로 나온다는 선입견이 적절치 않았던 거야."

학자인 모로토는 묘하게 변죽을 울리는 학문적인 투로 말했다. 나는 의미를 얼마쯤 안 것도 같고 또 전혀 짐작되지 않는 것도 같아서, 어안이 벙벙한 채 그러나 매우 흥미롭게 그의 말을 듣고 있었다.

"밖에서가 아니면 대체 어디에서 들어갔을까? 안에 있었던 사람은 피해자와 어머니뿐이었으니까 '밖에서 들어가지 않았다면, 범인은 역시 어머니였다는 말인가' 하고 반문하겠지? 그렇다면 아직도 맹점에 걸려 있는 셈이지. 아무것도 아닌 일이야. 이것은 말하자면 일본 건축의 문제야. 기억하겠지? 하쓰요 양의 집은 이웃집과 한 동(棟)으로 돼 있어. 그 두 집만이 단층집이니까 곧 알 수 있지……."

모로토는 얼굴에 묘한 웃음을 띠고 나를 보았다.

"그럼 범인은 이웃집에서 들어와 이웃집으로 도망쳤다는 말인가요?" 나는 놀라서 물었다.

"그것이 또 한 가지 가능한 경우지. 한 동으로 돼 있으니까, 일본 건축의 관례로 천장 밑과 마루 밑은 두 집이 통해 있어. 나는 언제나 생각하는데, 문단속, 문단속 하고 야단을 쳐도 길게 한 동으로 지은 집에서는 아무 소용없어. 우습지. 안팎의 문단속만 엄중히 하고, 천장 밑이나 마루 밑의 통로는 내버려 두다니, 일본인은 참 태평해."

"그러나……." 나는 솟구쳐 오르는 의문을 참을 수 없어 말했다. "옆 건물은 사람 좋은 노인 부부가 운영하던 고물상입니다. 노인 부부는 당신도 아마 들으셨겠지만, 그날 아침 하쓰요 양의 시체가 발견된 뒤에 이웃 사람들에 의해 잠이 깼어요. 그때까지는 그 집도 확실히 문단속이 되어 있었어요. 그리고 노인이 문을 열었을 무렵에는 이미 구경꾼이 모여들어 그 고물상이 휴게소처럼 됐으니까 범인이 도망칠 틈은 없었을 겁니다. 설마 그 노인이 공범자여서 범인을 숨겨 두었으리라고 생각되지는 않습니다."

"네 말 그대로야, 나도 그렇게 생각했지."
"그리고 더욱 확실한 것은, 천장 밑을 지나서 갔다면 그곳의 먼지 위에 발자국 정도는 남아 있어야 하는데 경찰 조사 결과 아무 흔적도 없었다는 것입니다. 그리고 마루 밑은 입구에 철망을 쳐 놓아 드나들 수 없게 되어 있지 않습니까? 범인이 용이판을 부수고 다다미를 들어 올리고 들어갔다고 생각할 수도 없잖겠어요?"
"그래, 그런데 더 좋은 통로가 있어. 마치 '이곳으로 들어오십시오' 하는 듯한 극히 흔해 빠진, 그래서 오히려 사람이 알지 못하는 큰 통로가 있어."
"천장과 마루 밑 외에 말입니까? 설마 벽으로 들어간 것은 아니겠지요?"
"아니, 그렇게 생각하면 안 돼. 벽을 부수거나 판자를 벗기거나 하는 잔재주를 부리지 않고, 아무런 흔적도 남기지 않고 당당히 출입할 수 있는 곳이 있어. 포의 소설에 〈도둑맞은 편지〉라는 것이 있지. 읽은 일이 있나? 어느 재치 있는 사나이가 편지를 감추는데, 가장 현명한 방법은 숨기지 않는 것이라고 생각하고 아무렇게나 벽의 편지꽂이에 던져 넣어 두었기 때문에, 경찰은 가택 수색을 하고도 찾아 내지 못했다는 이야기지. 이것을 달리 말하면, 누구나 알고 있는 빤히 드러난 장소는, 범죄가 일어난 심각한 상황에서는 오히려 잘 생각해내지 못한다는 이야기가 되지. 내 표현으로 한다면, 일종의 맹점 작용이지. 말하자면 하쓰요 양의 사건에서도, '어째서 그런 간단한 것을 놓쳤을까' 하고 시시하게 생각될 정도인데, 아까 말한 '도둑은 밖으로부터'라는 관념에 사로잡혔기 때문이야. 한번 '안에서'라고 생각한다면 곧 깨닫게 되지."
"모르겠는데요. 대체 어디로 출입했다는 말입니까?"
나는 놀림을 받고 있는 것 같아 다소 불쾌하기까지 했다.

"왜, 그 어느 집에나 일자집 같은 데는 부엌 마루에 석 자 사방쯤 마루 판자를 들추게 되어 있는 곳이 있지? 연탄이나 장작 같은 것을 넣어 두는 장소 말이야. 그 밑은 대개 칸막이가 없이 쭉 마루 밑으로 이어지게 되어 있지. 내부에서는 도둑이 들어온다고는 생각지 않기 때문에 밖으로 향한 곳에는 철망을 칠 정도로 조심성 있는 사람이라도 그곳만은 통 단속을 안 하지."

"그럼, 그곳으로 하쓰요 양을 죽인 사나이가 출입했다는 말인가요?"

"나는 그 집에 몇 번 가 보고 부엌에 그런 것이 있다는 것, 그 밑에는 칸막이가 없이 전체의 마루 밑과 통하게 되어 있다는 것을 확인했지. 즉 범인은 이웃 고물상 부엌의 그 구멍으로 들어와 마루 밑을 지나 하쓰요 양 집 부엌으로 숨어들고, 같은 방법으로 도망쳤다고 생각할 수 있지."

이 방법에 의하면, 신비하게 보이기까지 하던 하쓰요 살해의 비밀을 실로 어이없이 풀 수 있었다. 나는 이 모로토의 조리 정연한 추리에 일단은 감복했으나, 잘 생각해 보니 통로는 해결되었지만 더 중요한 문제가 여러 가지 남아 있었다. 고물상 주인이 왜 그 범인을 알아보지 못했을까? 많은 구경꾼 앞을 범인은 어떻게 해서 도망칠 수 있었을까? 대체 범인은 누구일까? 범인은 내가 아는 사람이라고 모로토는 말했다. 누구일까? 나는 모로토의 너무나 우회적인 말에 초조해하지 않을 수 없었다.

마법의 항아리

"여하튼 천천히 들어 줘. 나는 하쓰요 양이나 미야마기 씨의 복수에 네 힘을 빌려 범인을 찾아 낼 생각이니까, 내 생각을 완전히 순서를 세워 이야기한 다음 네 의견을 듣기로 하지. 나의 추리가 확실한 것만은 아니니까."

모로토는 나의 잇달은 질문을 가로막고, 그의 전문인 학술 강연이라도 하는 말투로 순서 바르게 이야기를 계속했다.

"나도 물론 그 점은, 나중에 근처 사람들로부터 들어서 잘 알고 있어. 범인이 고물상 주인이나 구경꾼들의 눈을 속이고 도망쳤다고 생각할 수는 없는 상황이었지. 고물상 문이 열렸을 때에는 이미 근처 사람들이 행길에 모여 있었어. 그러니까 비록 범인이 마루 밑을 지나 고물상 부엌에서 가게나 뒤곁에 이르렀다 하더라도, 주인 부부나 구경꾼들에게 들키지 않고 문 밖에 나서는 건 전혀 불가능했지. 그는 이 난관을 어떻게 통과할 수가 있었는가? 나의 추리는 거기서 딱 막혀 버렸어. 무언가 트릭이 있다고 생각했지. 부엌의 경우와 비슷한, 남이 알아차리지 못하는 것이 있을 것이라고 말이야. 그래서, 나는 가끔 하쓰요 양 집 부근을 서성거리며 근처 사람의 이야기를 들었지. 문득 깨달은 것은, 사건 후에 그 고물상에서 뭔가 물건을 사 가지 않았는가 하는 거였지. 장사니까, 가게에는 여러 가지 물건이 진열되어 있어. 그중에서 뭔가 없어진 것이 없는가 하고 말이야. 그래서 조사해 본 결과, 사건이 발견된 날 아침, 경찰의 취조로 혼잡한 사이에 여기 있는 것과 한 쌍인 꽃병을 사간 사람이 있다는 사실을 알게 되었지. 그 외에는 아무것도 큰 물품은 팔리지 않았어. 나는 곧 이 꽃병이 수상하다고 점찍었지."

"미야마기 씨도 똑같은 말을 했어요. 그러나 나는 그 의미를 조금도 몰랐어요."

나는 말참견을 했다.

"그래, 나도 몰랐어. 그러나 어쩐지 수상쩍다는 생각이 들었어. 왜냐하면 그 꽃병은 사건 전날 밤, 한 손님이 와서 값을 치렀고 주인이 보자기에 잘 싸 놓은 것을 다음 날 아침에 심부름꾼이 찾으러 와서 짊어지고 갔다는 거야. 시간적으로 꼭 일치되었어. 뭔가 의미가 있을 것 같았어."

"설마 꽃병 속에 범인이 숨어 있지는 않았겠지요?"

"그런데 뜻밖에도 그 속에 사람이 숨어 있었다고 상상할 만한 이유가 있어."

"예? 이 속에? 농담 마십시오. 높이가 기껏해야 석 자, 지름도 긴 곳이라야 한 자 다섯 치 정도겠는데요. 그리고 이 입을 보십시오. 내 머리 하나도 들어갈 수 없는데 이 속에 커다란 사람이 들어가다니…… 옛날 이야기에 나오는 마법 항아리도 아닐 텐데……."

나는 방구석에 놓여 있는 꽃병 옆으로 가서 그 지름을 재보이며, 너무 우스워서 웃어 버렸다.

"마법 항아리……. 그렇지, 마법 항아리인지도 모르지. 나도 처음에는 그런 꽃병에 사람이 들어갈 수 있으리라고는 생각지 않았어. 그런데 실로 불가사의한 일인데, 확실히 사람이 숨어 있었다고 생각할 만한 이유가 있어. 나는 연구를 하기 위해 그 남은 꽃병을 사 왔는데 아무리 생각해도 알 도리가 없었어. 그리고 그 사이에 제2의 살인 사건이 일어났어. 미야마기 씨가 살해된 날, 나는 다른 용건이 있어 가마쿠라에 갔었는데, 도중에 우연히 네 모습을 보고 네 뒤를 밟아 해안으로 가게 되었지. 그리고 예기치도 않게 두 번째 살인 사건을 목격하게 된 거야. 그 사건에 관해 나는 여러 가지로 연구했어. 미야마기 씨가 하쓰요 양의 사건을 추적하고 있었다는 사실을 알고 있었으니까. 그 미야마기 씨도 하쓰요 양의 경우처럼 신비한 방법으로 당했어. 그렇다면 이 두 가지 사건에 무슨 관계가 있는 것이 아닌가, 생각했지. 나는 하나의 가설을 정해봤어. 그 가설은 확실한 증거를 보기까지는 공상이라고 해도 어쩔 수 없지. 그런데 그 가설이 생각할 수 있는 유일한 것이며, 두 사건의 어느 부분에 맞추어 보아도 딱 들어맞는다고 한다면, 우리는 그 가설을 신용해도 지장이 없다고 봐."

모로토는 취기와 흥분 때문에 충혈된 눈으로 나를 똑바로 바라보았다. 그는 마른 입술을 혓바닥으로 핥아가며, 점점 연설투가 되어 거침없이 이야기를 계속했다.

"하쓰요 양의 사건은 조금 제쳐 놓고, 두 번째 살인 사건부터 이야기해 가는 것이 편리할 거야. 나의 추리가 그런 순서로 이루어졌으니까. 미야마기 씨는 많은 사람들의 눈앞에서 언제, 누가 죽였는지 전혀 알 수 없는 불가사의한 방법에 의해 살해되었어. 극히 가까운 곳에서 계속해서 그 사람을 보고 있던 사람이 몇 명 있었어. 자네도 그중의 한 사람이겠지. 그 밖에 그 해안에는 수백 명의 군중이 있었어. 그리고 네 명의 어린이가 미야마기 씨의 주변에서 놀고 있었어. 그런데 단 한 사람도 범인을 보지 못했어. 이것은 실로 전례가 없는 기괴한 일이 아닌가? 정말 상상도 할 수 없는 일이야. 불가능한 일이지. 그러나 피해자의 가슴에는 분명히 단도가 꽂혀 있었고, 그렇다면 범인은 있어야 해. 범인은 어떻게 이 불가능한 일을 할 수 있었을까? 나는 여러 가지 경우를 생각해 보았어.

그러나 아무리 여러 가지로 상상해봐도 단 두 가지 경우를 제외하면, 이 사건은 해결이 전혀 불가능해. 미야마기 씨가 남몰래 자살했다고 보는 것과, 또 한 가지는, 매우 무서운 일이지만 놀고 있던 아이들 가운데 한 사람, 그 10살도 못 된 천진한 아이들 가운데 하나가 모래덮기를 하는 사이에 미야마기 씨를 죽였다는 경우야. 네 아이가 있었으나 미야마기 씨를 묻기 위해 저마다 다른 방향에서 모래 모으기에 열중하고 있었을 테니까, 그 가운데 한 아이가 다른 아이들에게 들키지 않게 모래를 덮는 시늉을 하며 숨겨 가지고 있던 단도를 미야마기 씨의 가슴에 꽂는 것은 그다지 곤란한 일이 아니야. 미야마기 씨는 상대가 어린아이들이니까 단도에 찔릴 때까지는 마음을 놓고 있었을 것이고, 찔리고 나서는 소리를 지를 틈도 없었겠지. 범인인 아이는 시치미를 떼고 피와 흉기를 감추기 위해 자꾸만 모래를 덮어 버렸겠지."

나는 모로토의 이런 허무맹랑한 공상이 섬뜩해서 그의 얼굴을 응시했다.

"이 두 가지 경우 가운데, 미야마기 씨의 자살설은 여러 가지 점으로 미루어 전혀 성립되지 않아. 그렇다면, 비록 그것이 지극히 부자연스럽다고 생각되더라도 범인은 그 네 아이 중에 있었다고 생각하는 것 외에는, 우리로서는 해석의 방법이 전혀 없지. 그리고 이런 해석에 의하면, 이제까지의 모든 의문이 다 풀려. 불가능하게 보이던 사실이 조금도 불가능하지 않게 돼. 자네가 말하는 마법의 항아리도 마찬가지야. 그런 작은 꽃병 속에 사람이 숨는다는 것은, 악마의 신통력이라도 빌리지 않는 한 불가능하다고 생각되었지.

그런데 그렇게 생각한 것은, 역시 우리의 사고방식이 고정되어 있었기 때문이야. 보통 우리는 살인자를 범죄학 책 삽화에 있는 것 같은 거칠고 사나운 장년 남자일 거라고 잘못 생각하고 있기 때문에, 어린아이의 존재 따위에는 전혀 주의하지 않았어. 이 경우, 맹점에 의해 아이라는 생각을 할 수 없었던 거야. 그러나 한번 아이라는 것에 주목하면 꽃병의 수수께끼는 당장 풀려 버려. 그 꽃병은 작지만 10살쯤 되는 어린아이라면 숨을 수 있을지도 몰라. 그리고 큰 보자기로 싸 두면 꽃병 속이 보이지 않고, 보자기를 맨 사이로 드나들 수도 있어. 들어간 다음에 그 매듭을 안에서 고쳐 꽃병 입을 감추면 되니까. 마법은 꽃병 그 자체에 있지 않고 안에 들어간 사람 쪽에 있었던 거지."

모로토의 추리는 일사불란하게, 세밀한 순서에 따라 매우 교묘하게 진행되어 갔다. 그러나 나는 여기까지 듣고도 아직 어쩐지 불만스러웠다. 나의 그러한 불만이 표정에 나타났던지, 모로토는 나의 얼굴을 응시하고 다시 이야기를 계속했다.

"하쓰요 양의 사건에는 범인이 출입한 곳이 명확하지 않은 것 외에, 또 한 가지 중대한 의문이 있었지. 잊지 않았겠지? 왜 범인이 그런 위급한 상황에 초콜릿 깡통 같은 것을 가지고 갔는가 하는 거 말일세. 그런데 이 점도 범인이 10살짜리 아이였다고 한다면, 문제없이 해결할 수 있지. 예쁜 깡통에 든 초콜릿은, 그 나이쯤의 아이에게 있어서는 다이아몬드 반지나, 진주 목걸이보다도 매력 있는 물건이니까."

"아무래도 난 모르겠습니다."

나는 거기서 참견을 하지 않을 수 없었다.

"초콜릿이 탐나는 천진한 아이가 어째서 죄도 없는 어른을 더구나 둘씩이나 살해할 수 있었을까요? 과자와 살인의 대조가 너무나 우스꽝스럽지 않습니까? 이 범죄에 나타난 극도의 잔인성, 면밀한 준비, 훌륭한 기지, 범행의 뛰어난 정확성 등을 어떻게 그런 작은 아이에게서 구할 수 있을까요? 당신의 그러한 생각은 너무나 파고든, 결국 잘못된 추리가 아닐까요?"

"어린아이 자신이 이 살인의 계획자라고 생각하니까 이상하지. 이 범죄는 아이가 생각해 낸 것이 아니라, 배후에 다른 사람이 숨어 있어. 진짜 악마는 숨어 있는 거야. 아이는 단지 잘 훈련된 자동기계에 불과했어. 얼마나 기발한, 그러나 소름끼치는 착상인가? 10살짜리 어린아이가 하수인이라고는 아무도 생각하지 못할 것이고, 비록 알았다 하더라도 어른과 같은 형벌은 받지 않아. 날치기 두목이 순진한 소년을 앞잡이로 쓰는 것과 같은 착상을 확대한 경우라고 할 수 있겠지. 그리고 아이니까 꽃병 속에 숨겨 안전하게 옮길 수도 있었고, 조심성 있는 미야마기 씨를 마음놓게 할 수도 있었던 거야. 아무리 훈련을 받았다 하더라도 초콜릿에 집착하는 순진한 아이가 과연 살인을 할 수 있겠느냐고 할지도 모르지.

그런데 한 아동 연구가는 아이들이 의외에도 어른에 비해 비상한 잔인성을 가지고 있다는 사실을 말하고 있어. 개구리의 생가죽을 벗기거나, 뱀을 반죽음시켜 놓고 좋아하는 것은 어른이 이해할 수 없는 아이들 특유의 반응이야. 그리고 이 살생에는 전혀 아무런 이유도 없어. 진화론자의 설에 따르면, 아이는 인류의 원시 시대를 상징하고 있어서 어른보다 야만스럽고 잔인하다는 거야. 그런 아이를 자동 살인기계로 택한 범인의 나쁜 지혜에는 실로 놀라지 않을 수 없지. 자네는 아무리 훈련시킨다 하더라도 10살쯤 된 아이를 이토록 교묘한 살인자로 만들기는 불가능하다고 생각하고 있을지 몰

라. 하긴 매우 어려운 일이야. 아이는 전혀 소리나지 않게 마루 밑을 지나 하쓰요 양의 방에 숨어들고, 그녀가 소리를 지를 틈도 없이 재빨리, 그리고 정확히 심장을 찌르고, 다시 고물상으로 돌아가 밤새도록 꽃병 속에서 옹색한 꼴로 있어야만 했지. 그리고 해안에서는 세 명의 낯선 아이들과 놀다가 그 아이들이 조금도 눈치채지 않는 사이에 모래 속의 미야마기 씨를 찔러 죽이지 않으면 안 되었고. 10살짜리 아이가 과연 이런 어려운 일을 해 낼 수 있었을까? 그리고 비록 했다고 하더라도 나중에 아무도 모르게 굳게 비밀을 지킬 수 있었을까? 이렇게 생각하는 것은 당연해.

그러나 그것은 상식에 불과해. 훈련이라는 것이 얼마나 위력을 가지고 있는가? 이 세상에는 상식 이상의 기괴한 일들이 얼마나 많은지를 모르는 사람의 말이야. 중국의 곡예사는 5, 6살짜리 아이에게 가랑이 사이로 머리를 낼 만큼 몸을 젖히는 기술을 가르칠 수 있지 않아? 찰리네의 곡예사는 10살도 안 되는 아이에게 10미터나 되는 공중에서 막대기 사이를 새처럼 건너는 기술을 가르칠 수 있다고 하지 않나? 여기에 한 극악무도한 사람이 있어, 모든 수단을 다 한다면 10살짜리 어린애에게 살인을 가르치지 않는다고 어떻게 단언할 수 있겠는가? 그리고 거짓말도 마찬가지야. 행인들의 동정을 사기 위해 앵벌이를 하는 어린애가 너무나 교묘하게 배고픔을 가장하고 옆에 서 있는 어른 거지를 자기 부모인 양 꾸미는 걸 보지 않았는가. 넌 그 놀라운 어린아이들의 기교를 본 일이 있지? 아이들은 훈련하기에 따라서 결코 어른에게 뒤떨어지지 않아."

모로토의 설명을 들으면 과연 지당하다고 생각되긴 하지만, 나는 무심한 아이에게 피투성이의 살인죄를 범하게 했다는 이 용서할 수 없는 극악무도함을 믿고 싶지 않았다.

뭔가 아직도 항변의 여지가 있을 것같이 생각되었다.

나는 악몽에서 도망치려고 몸부림치는 사람처럼 방 안을 둘러보았다. 모로토가 입을 다물자 갑자기 조용해졌다. 비교적 번화한 곳에서 오래 살아온 나에게는 그 방이 이상한 별세계처럼 생각되었다. 더워서 창을 조금씩 열어 두었으나 바람이 전혀 없었다.

밖의 어두움이 두께를 알 수 없는 새까만 벽처럼 느껴졌다.

나는 문제의 꽃병에 눈길을 쏟았다. 이와 같은 꽃병 속에 소년 살인귀가 하룻밤 동안 몸을 숨기고 있는 것을 상상하며, 나는 뭐라고 표현할 수 없는 암담한 혐오감에 사로잡혔다. 동시에 어떻게 해서라도 모로토의 이 지겨운 상상을 깰 방법이 없을까 생각했다. 그리고 가만히 꽃병을 바라보고 있는 동안에, 나는 문득 어떤 사실을 깨달았다. 나는 갑자기 활기띤 목소리로 모로토의 의견에 반대했다.

"이 꽃병의 크기와 해안에서 본 네 아이의 키를 비교해 보시죠. 아무래도 무리입니다. 석 자가 못 되는 항아리 속에 석 자가 넘는 아이가 숨는다는 것은 불가능합니다. 안에서 쪼그리고 앉기에는 목이 너무 좁고, 그보다도, 아무리 마른 아이라 하더라도 이 작은 입으로 들어갈 것 같지 않습니다."

"나도 처음에는 그렇게 생각했어. 그리고 실제로 같은 또래의 아이를 데리고 와서 시험해 보기까지 했어. 그랬더니 예상대로 그 아이는 들어가지 못했어. 그런데 아이의 몸뚱이와 항아리의 용적을 비교해 보니, 만약 아이가 고무처럼 자유로이 움직일 수 있는 물질로 되어 있다면, 충분히 들어갈 수 있다는 사실을 확인했어. 다시 말하면, 사람의 손발이나 몸뚱이가 고무처럼 자유롭게 구부러지지 않기 때문에 완전히 숨을 수 없는 거지. 그리고 나는 아이가 여러 가지 방법으로 들어가려고 하는 것을 보는 사이에 묘한 것을 연상했어. 그것은 훨씬 전에 누구한테선가 들은 이야긴데, 감옥 탈출의 명수가 있어 머리를 내놓았다 들여놓았다 할 수 있는 틈만 있으면,

몸을 여러 가지로 굽혀서——물론 그것에는 특별한 비술(秘術)이 있는 모양인데——그 구멍으로 온몸이 빠져 나올 수 있대. 그런 짓을 할 수 있는 사람이라면, 즉 어떤 특별한 아이라면, 이 꽃병의 입이 10살짜리 아이의 머리보다 크고 안의 용적도 충분하니까, 이 속에 숨는 것이 전혀 불가능하지는 않겠다고 생각했지. 그럼 어떤 아이가 그것을 할 수 있을까?

바로 연상되는 아이는, 어릴 때부터 매일 초를 먹어서 몸의 마디 마디가 해파리처럼 자유자재로 된 곡예사의 아들이야. 곡예라면, 묘하게 이 사건과 일치되는 곡예가 있어. 그건 말이야, 발 곡예인데, 발 위에 커다란 항아리를 올려놓고 그 속에 아이를 넣고 빙글빙글 돌리는 곡예야. 본 일이 있겠지? 그 항아리 속에 들어가는 아이는, 항아리 속에서 갖가지 방법으로 몸을 구부려 마치 공처럼 둥그렇게 돼 버려. 허리 근처를 꺾어 두 무릎 사이에 머리를 넣고 있어. 그런 곡예를 할 수 있는 아이라면, 이 꽃병 속에 숨는 것이 그다지 곤란하지는 않을 거야. 어쩌면, 범인으로선 마침 그런 아이가 있어서 이 꽃병의 트릭이 생각났는지도 모르지. 나는 그것에 생각이 미쳐, 친구 중에 곡예를 매우 좋아하는 자가 있어 당장 물어보았지. 그래서 마침 우구이스다니 가까이에 곡마단이 와 있는데, 그곳에서 그런 발 곡예를 하고 있다는 것을 알아냈지."

여기까지 듣고 나는 깨닫는 바가 있었다.

이 대화의 처음에 모로토가 아이 손님이 있다고 했는데, 이 아이 손님은 그 곡마단의 소년 곡예사인 것 같았다. 내가 언젠가 우구이스다니에서 모로토를 본 것도 그가 그 아이의 얼굴을 확인해 두려고 갔었기 때문이었다.

"그래서 나는 곧 그 곡마단을 구경하러 가 보았는데, 발 곡예의 아이가 아무래도 가마쿠라의 해안에 있던 네 아이 중의 한 아이같이 생각되었단 말이야. 확실히 기억이 안 나 단정할 수는 없었지만 여하튼 이 아이를 조사해 보지 않으면 안 되겠다고 생각했어. 목적한 아이가 도쿄에 있다는 것은, 그 네 아이 가운데 도쿄에서 해수욕하러 온 아이가 하나 있었다는 것과 일치하니까. 그런데 함부로 손을 댔다가는 상대의 의심을 사 진짜 범인을 놓쳐 버릴 염려가 있었어. 그래서 많이 더딘 방법이지만, 나는 나의 직업을 이용해서 아이만을 밖으로 빼낸 거야. 즉, 의학자로서 곡예사 아이의 기형적으로 발육한 생리 상태를 조사하겠으니, 하룻밤만 데려가게 해달라고 요청했지. 아이를 빼내 오려고 그쪽 계통에 세력이 있는 왕초를 내세워 도움을 받기도 하고, 단장에게 많은 사례금을 주기도 하고, 아이에게는 좋아하는 초콜릿을 많이 사 주겠다고 약속하기도 하고…… 매우 힘들었지."

모로토는 창가의 작은 탁자 위에 있는 종이 보퉁이를 펴 보였다.

그 속에는 예쁜 초콜릿 깡통과 종이 갑에 든 초콜릿 서너 개가 들어 있었다.

"겨우 오늘 밤 그 목적이 달성되어, 소년 곡예사를 이곳에 끌고 올 수 있었어. 식당에 있는 손님이 바로 그 아이야. 그런데 조금 전에 와서 아직 아무것도 묻지 못했어. 해안에 있던 아이와 같은 아이인지 아닌지도 모르거든. 마침 다행이야. 지금부터 함께 조사해 보지 않겠나? 자네라면, 그 아이들의 얼굴을 기억하고 있을 테니까. 그리고 이 꽃병 속에 들어갈 수 있는지 없는지도 실제로 실험해 볼 수 있겠지."

말을 마친 모로토는 일어섰다. 나와 함께 식당으로 가기 위해서였다. 모로토의 탐정담은 이 세상에는 있을 것 같지도 않은, 매우 이상한 결론에 도달해 있었다. 그러나 나는 매우 복잡하면서도 실로 질서정연한 그의 장황한 설명에 완전히 만족한 꼴이 되어 이의를 제기할 용기마저 잃고 있었다.

우리는 소년 곡예사를 보기 위해 의자에서 일어나 복도로 나갔다.

소년 곡예사

나는 한눈에 그 아이가 가마쿠라의 해안에 있던 아이임을 알 수 있었다. 모로토에게 맞다는 신호를 보내자, 그는 만족한 듯 끄덕거리고 아이 옆에 앉았다. 나도 식탁을 사이에 두고 앉았다. 마침 그때, 아이는 식사를 마치고 학생으로부터 그림 잡지 설명을 듣고 있었는데, 우리가 온 것을 알아차리고 히죽히죽 웃으며 우리 얼굴을 바라보았다. 때 묻은 해군복을 입은 아이는 뭔지 입을 우물거렸다. 언뜻 보아 백치 같은데, 그 깊은 곳에는 뭐라고 표현할 수 없는 음험한 데가 있었다.

"이 아이는 예명이 도모노스케(友之助)라고 해. 나이는 12살이라는데 발육 불량으로 몸집이 작아서 10살쯤으로밖에 안 보이지. 그리고 의무 교육도 받지 않았어. 말이 유치하고 글자도 몰라. 다만 곡예는 아주 잘해. 동작이 다람쥐처럼 빠른 것 외에는 지능이 떨어지는 일종의 저능아지. 그런데 동작이나 말에 묘하게 비밀스러운 데가 있어. 상식은 몹시 모자라지만, 그대신 악한 일에 있어서는 보통 사람은 따를 수 없는 비상한 감각을 가지고 있는지도 몰라.

소위 선천적 범죄자형에 속하는 아이인지도 모르지. 지금까지는 무슨 말을 물어도 아리송한 대답밖에 하지 않아. 이쪽이 하는 말을 모르는 체하고 있는 거야."

모로토는 나에게 이렇게 알려 주고, 소년 곡예사 도모노스케 쪽으로 돌아앉았다.

"얘, 너는 요전에 가마쿠라의 해수욕장에 갔었지? 그때, 아저씨는 네 바로 옆에 있었단다. 몰랐지?"

"몰라, 난 해수욕 같은 거 하러 간 일 없어."

도모노스케는 흰 자위가 드러나게 눈을 치뜨며 거칠게 대답했다.

"모르기는 왜 몰라. 왜 그 너희가 모래 속에 묻고 있던 뚱뚱한 아저씨가 칼에 찔려 죽어 큰 소동이 있었잖아, 알고 있겠지?"

"알게 뭐야, 난 이제 돌아가겠어."

도모노스케는 화난 듯한 얼굴로 발딱 일어서더니 실제로 돌아갈 듯한 태도를 보였다.

"바보 같은 소리 하지 마. 이렇게 먼 곳에서 혼자 어떻게 돌아가? 넌 길을 모르잖아."

"길 같은 거 알고 있어. 모르면 어른들에게 물어보면 돼. 난 전에 4킬로미터쯤 걸은 일도 있으니까."

모로토는 쓴웃음을 짓고 한참 생각하고 있더니, 학생에게 말해 그 꽃병과 초콜릿 보퉁이를 가져오게 했다.

"조금만 더 있어 줘. 아저씨가 좋은 걸 줄게. 너는 뭘 제일 좋아하지?"

"초콜릿."

도모노스케는 선 채 아직도 성난 목소리로 그러나 정직하게 대답했다.

"초콜릿이랬지? 여기 초콜릿이 많이 있어. 너는 이게 먹고 싶지 않니? 싫으면 돌아가라구. 돌아가면 이걸 주지 않을 테니까."

아이는 큰 초콜릿 보퉁이를 보고 한순간 아주 기쁜 듯한 표정이 되었다. 그러나 고집스럽게도 달라고는 하지 않았다.

다만 먼저 의자에 앉아 잠자코 모로토를 노려보았다.

"그것 봐, 먹고 싶지? 그럼 줄 테니까, 아저씨 말을 잘 들어야 해. 자, 이 꽃병을 보라구. 예쁘지? 넌 이것과 똑같은 꽃병을 본 일이 있지?"

"아니."

"본 일이 없다구? 아무래도 넌 고집쟁이구나. 그럼 그 이야기는 나중에 하기로 하지. 그런데 이 꽃병과 네가 언제나 들어가는 발곡예 항아리와 어느 쪽이 크다고 생각하니? 이 꽃병이 작지? 이 속에 들어갈 수 있겠니? 아무리 네가 곡예를 잘 한대도 이 속에는 못 들어가겠지. 어때?"

이렇게 말해도 아이가 잠자코 있자 모로토는 다시 말을 이었다.

"어때, 한번 해 보지 않겠니? 상을 주지. 네가 그 속에 멋지게 들어가면 초콜릿 한 갑을 주지. 여기서 먹어도 돼. 그런데 안됐지만 넌 도저히 들어갈 것 같지 않구나."

"들어갈 수 있어. 들어가면 틀림없이 그걸 줄래?"

아무래도 어린애인 도모노스케는 그만 모로토의 수단에 빠져 버렸다.

아이는 재빨리 칠보 꽃병에 다가가더니, 그 가장자리에 두 손을 대고 폴짝 나팔꽃 모양의 꽃병 입 위에 뛰어 올랐다. 그리고 먼저 한 발을 넣고 남은 발은 허리에서 둘로 꺾고, 엉덩이 쪽부터 비비 꼬며 이상한 기교를 부리더니 꽃병 속으로 들어갔다. 머리가 감추어지고 나서도, 들어 올린 두 손이 한참 동안 허공을 휘젓더니 이윽고 그것도 보이지 않게 되었다. 실로 불가사의한 곡예였다. 위에서 들여다보니, 아이의 검은 머리가 마치 꽃병 마개처럼 꽃병 주둥이 가득히 보였다.

"잘 했어, 잘 했어. 이제 됐어. 그럼 상을 줄 테니까 나와."

나오는 것은 들어가는 것보다 어려운지 조금 시간이 걸렸다. 머리와 어깨는 어렵지 않게 빠져 나왔으나, 들어갈 때와 마찬가지로, 다리를 구부리고 엉덩이를 빼내는 것이 제일 어려웠다. 도모노스케는 꽃병에서 나오더니 조금 자랑스러운 듯 미소를 짓더니 아래로 내려왔다.

그런데 아이는 별로 상품을 재촉하는 기색도 없이 말똥말똥 우리 얼굴만 바라본 채 우뚝 서 있었다.

"그럼 이걸 먹어. 괜찮으니까 맘껏 먹어요."

모로토가 종이 갑에 든 초콜릿을 넘겨주자, 아이는 그것을 낚아채듯 받아 초콜릿 한 개를 종이 갑에서 꺼내더니 은종이를 벗기고 입에 밀어 넣었다. 그리고 아주 맛있는 듯 입맛을 다시며, 눈으로는 모로토의 손에 남은 예쁜 깡통에 든 초콜릿을 탐나는 듯 바라보았다. 아이는 자기가 얻은 것이 허술한 종이 갑에 든 초콜릿이어서 매우 불만스러운 모양이었다.

이러한 사실로 미루어 그 아이는 초콜릿이나 그 용기에 대해, 실로 보통 이상의 집착을 갖고 있다는 사실을 알 수 있었다.

모로토는 아이를 무릎 위에 앉혀 놓고, 머리를 쓰다듬어 주면서 말했다.

"맛있니? 넌 참 좋은 애구나. 그런데 말이야, 그 초콜릿은 별로 고급이 아니야. 이 금빛 깡통에 든 것은 그보다 열 배나 예쁘고 맛있어. 이거, 이 예쁜 깡통을 보라구. 마치 해님처럼 번쩍번쩍하잖아. 이번에는 이걸 너에게 주겠어. 그런데 넌 진짜 이야기를 하지 않으면 안 돼. 내가 묻는 말에 사실대로 말하지 않으면 줄 수 없어. 알았니?"

모로토는 최면술에서 암시를 줄 때처럼 한 마디 한 마디 힘을 주며 타일렀다.

도모노스케는 놀라운 속도로 자꾸자꾸 은종이를 벗겼다. 아이는 초콜릿을 입에 넣기에 바빠, 모로토의 무릎에서 도망치려고 하지도 않고 정신없이 고개를 끄덕거리기만 했다.

"이 꽃병은 어느 날 밤에 스가모의 고물상에 있던 것과 모양이나 무늬가 똑같지? 너, 그날 밤에 이 속에 숨어 있다가 한밤중에 살짝 빠져 나와 마루 밑을 지나 이웃집에 들어간 일을 잊지 않았겠지? 거기서 넌 무엇을 했더라? 잘 자고 있는 사람의 가슴을 단도로 찔렀지? 그 사람 머리맡에 예쁜 깡통에 든 초콜릿이 있었지? 그것을 네가 가지고 왔잖아. 그때 네가 찌른 사람이 어떤 사람이었는지 기억하고 있지? 자, 대답해 봐."

"예쁜 누나였어. 난 그 사람 얼굴을 잊어서는 안 된다고 협박을 받은걸."

"됐어, 됐어. 그런 식으로 대답하는 거야. 그리고 너는 아까 가마쿠라 해안에는 간 일이 없다고 했는데, 그것은 거짓말이지? 모래 속의 아저씨 가슴에도 단도를 찔렀지?"

도모노스케는 여전히 초콜릿 먹는 데 정신을 팔아 이 물음에도 무심히 고개를 끄덕거렸다. 그런데 아이는 갑자기 무슨 일을 깨달은 듯 매우 무서운 듯한 표정을 지었다. 그리고 갑자기 먹다 만 초콜릿을 내던지고 모로토의 무릎에서 뛰쳐나가려고 했다.

"무서워할 것 없어. 우리도 네 왕초와 동료니까 사실대로 말해도 괜찮아." 모로토는 재빨리 도모노스케를 말리며 말했다.

"왕초가 아냐, 아버지야. 너도 아버지와 한패야? 난 아버지가 무서워 죽겠어. 비밀로 해 줘, 응?"

"걱정 안 해도 괜찮아. 자, 이제 한 가지만 대답하면 돼. 아저씨가 묻는 말에 대답해 줘. 그 '아버지'는 지금 어디에 있지? 그리고 이름은 뭐라고 하지? 넌 잊어버리진 않았겠지?"

"바보 같은 소리 하네. 아버지 이름을 잊다니……."

"그럼 말해 봐. 뭐랬더라. 아저씨는 몽땅 잊어버렸단 말야. 자, 말해 봐. 자, 그러면 이 해님처럼 예쁜 초콜릿 깡통이 네 것이 되는 거야."

이 아이에 대해 초콜릿 깡통은 마법 같은 작용을 했다. 도모노스케는, 마치 어른들이 막대한 황금 앞에서는 모든 위험을 돌보지 않듯이 초콜릿 깡통의 매력에 모든 것을 잊어버린 것처럼 보였다. 아이는 곧 모로토에게 대답을 하려고 했다.

그 순간 이상한 소리가 나는가 싶더니, 모로토는 '앗' 하고 소리치며 아이를 밀어 내고 뒤로 물러났다. 이상한, 있을 법하지 않은 일이 생긴 것이다. 순식간에 도모노스케는 융단 위를 뒹굴었다. 흰 해군복 가슴께가 빨간 잉크를 엎지른 것처럼 새빨갛게 물들었다.

"미노우라, 위험해. 권총이야."

모로토는 소리치고, 나를 방구석으로 떠밀었다. 그러나 두 번째 탄알은 날라오지 않았다. 족히 1분간 우리들은 묵묵히, 멍청히 서 있었다.

누군가가 열어 놓은 창밖의 어둠 속에서 소년을 침묵시키기 위해 발포한 것이다. 말할 것도 없이 도모노스케의 고백으로 위험을 느낀 자의 소행일 것이다. 어쩌면 도모노스케의 소위 '아버지'인지도 모른다.

"경찰에 알려야겠어."

모로토는 갑자기 방에서 뛰쳐나갔다. 이윽고 그의 서재에서 인근 경찰서에다 전화 거는 소리가 들려왔다.

그 소리를 들으며 나는 우뚝 서서 문득 아까 여기 올 때 본 으스스한, 허리께에서 둘로 꺾인 듯한 노인의 모습을 떠올리고 있었다.

석고상의 비밀

누군지는 알 수 없으나 상대가 총을 가지고 있고, 더구나 그가 단순히 위협만 하는 게 아니라는 사실을 알고 있었기 때문에 범인을 추적하기는커녕, 나나 학생이나 할멈은 모두 얼굴이 파래져서 그 방에서 도망치듯 나와 모두 약속이나 한 것처럼 경찰에 전화를 걸고 있는 모로토의 서재에 모여 버렸다.

그러나 모로토만은 비교적 용감해서 전화를 다 걸고 나더니 현관으로 달려가 학생에게 큰 소리로 등불을 켜 오라고 했다. 그렇게 되자 나도 가만히 있을 수만은 없어 학생을 도와 두 개의 등불을 준비하고 이미 문 밖으로 달려 나가고 있는 모로토의 뒤를 쫓았다. 그러나 어둠 때문에 앞을 내다볼 수 없어 범인이 어디로 도망쳤는지 전혀 알 길이 없었다. 혹시 집 앞에 잠복하고 있지 않은가 하여 등불을 비춰 가며 대충 찾아보았으나 어느 숲 그늘에도, 건물 구석에도 사람 모습은 없었다.

물론 범인은 우리가 전화를 걸고 등불을 켜는 등, 우물쭈물 시간을 보내고 있는 사이에 멀리 도망쳤을 것이다. 우리는 빈손을 쥐고 경관이 오기를 기다릴 수밖에 없었다. 한참 있으니 관할 경찰서에서 몇 명의 경관이 왔으나, 시골길을 걸어서 왔기 때문에 상당한 시간이 지난 뒤여서 범인을 추적할 수가 없었다.

가까운 전차 역에 전화를 걸어 수배를 한다 해도 벌써 늦었다.

제일 먼저 도착한 사람들이 도모노스케의 시체를 조사하고 뜰 안을 정성껏 수색하는 사이에, 이윽고 검사국과 경찰국에서도 사람이 와서 우리는 여러 가지로 질문을 받았다. 우리는 할 수 없이 모든 사정을 털어놓았다. 결국 우리는 당국을 제쳐 놓고 쓸데없이 끼여 드는 게 아니라고 심한 질책을 받았을 뿐 아니라, 그 후에도 가끔 호출을 받아 여러 사람에게 똑같은 대답을 되풀이하지 않으면 안 되었다. 말할 것도 없이 우리의 진술에 의해서, 경찰을 통해 우구이스다니의 곡마단에 이 소식이 전해졌다. 곡마단에서 시체 인수자가 왔는데, 그쪽에서는 이 사건에 전혀 짚이는 데가 없다는 것이다.

모로토는 그 이상한 추리——소년 곡예사 도모노스케가 두 가지 사건의 하수인이라는 추리——를 경찰들에게 이야기하지 않으면 안 되는 상황에 이르렀다. 그의 얘기를 듣고 경찰에서는 일단 곡마단에도 손을 써서 엄중히 취조를 했지만, 단원 중에 의심스러운 사람은 한 사람도 없었다. 이윽고 곡마단이 우구이스다니 흥행을 포기하고 지방으로 떠나자 이 곡마단에 대한 의심도 사라져 버렸다. 그리고 경찰은 나의 진술에 따라 80살가량으로 보이는 그 괴노인에 관한 사실도 알게 되었지만, 아무리 수사를 해도 그런 노인을 발견할 수 없었다. 10살의 순진무구한 소년이 두 번이나 살인을 범하고, 80살의 휘청휘청한 노인이 최신식 브로우닝을 발사해서 그 소년을 죽였다는 따위의 생각이 너무나 황당무계해서인지 상식이 풍부한 경찰 당국 사람들의 만족을 살 수 없었던 것 같다.

모로토는 제국대학 졸업생이기는 했으나 관직에 있지도 않고, 개업도 하지 않고, 기괴하기 짝이 없는 연구에만 몰두하고 있었다. 또 나는 사랑에 미친 문학청년 같은 사내였다. 그래서 경찰에서는 우리를 일종의 망상가——복수나 탐정에 정신이 없는 색다른 사람들——라고 해석했는지, 모로토의 그 조리 정연한 추리마저도 망상가의 몽상이라 하여 진지하게 들어 주지 않는 것 같았다(10살 안팎의 아이가 초콜릿에 끌려서 한 자백 따위는 경찰에서는 전혀 문제시하지 않았다).

경찰은 그들 나름대로 해석을 해서 이 사건의 범인을 찾는 모양이었다. 그러나 결국 이렇다 할 용의자조차도 검거되지 않은 채 날짜만 지나가고 있었다.

곡마단에는 손해 배상이라는 명목으로 많은 금액의 조위금을 뜯기고, 경찰로부터는 호되게 혼난 데다가 탐정광 취급을 받게 되는 등, 이 사건에 관계해서 심한 피해를 입었지만 모로토는 그것 때문에 원기를 잃지 않고 오히려 한층 열성을 더하는 것 같았다.

뿐만 아니라 경찰이 망상적인 모로토의 추리를 믿지 않은 것처럼 모로토 쪽에서도 너무나도 실제적인 경찰들을 별로 염두에 두지 않는 것 같았다. 모로토는 내가 후에, 미야마기 고키치가 받은 협박장에 기록된 '물건'에 관한 이야기, 그것을 미야마기가 나에게 보낸다고 했던 일, 보내 온 것이 뜻밖에도 한 개의 코 없는 노기 장군 석고상이었다는 것 등을 그에게 털어놓았는데도 취조 때에 그것들에 관해서는 일언반구도 진술하지 않고, 나에게도 말해서는 안 된다고 주의를 주었다. 마치 이 일련의 사건을 그는 자신의 힘으로 철저히 조사해 내려는 모양이었다. 당시 나는 하쓰요를 살해한 범인에 대한 복수심은 처음에 비해 조금도 변하지 않았으나, 사건이 점점 복잡해지고 예상외로 커져 가자 망연히 지켜보고만 있는 꼴이 되었다. 살인 사건이 하나씩 거듭되어 감에 따라 진상을 알게 되기는커녕 반대로 점점 이해할 수 없게 되는 일을 자꾸 겪다 보니 무서운 생각마저 들었다. 그리고 모로토 미치오가 보여주는 뜻밖의 열성도 나에게 있어서는 이해할 수 없는 한 가지 수수께끼였다.

먼저도 잠깐 이야기한 것처럼, 그가 아무리 나를 사랑하고 있었다 하더라도, 그리고 탐정이라는 것에 흥미를 가지고 있었다 하더라도 그토록 열심일 수는 없을 것이다. 나는 거기에는 뭔가 또 다른 이유가 있는 것이 아닐까 하는 의심까지 생기기 시작했다.

여하튼 소년 참살 사건이 있은 후 며칠간 우리는 복잡하고 정체를 알 수 없는 적에 대한 두려움 때문에 잔뜩 긴장하고 있었다. 그래서 나는 가끔 모로토를 방문했으나, 천천히 어떻게 할지를 의논할 정도로 우리는 마음을 편히 먹지 못했다.

우리가 취해야 할 일에 관해 이야기한 것은, 도모노스케가 살해된 뒤 며칠이나 지날 무렵이었다.

그날도 나는 회사를 쉬고——사건 이후에 회사는 거의 나가지 않았다——모로토의 집을 방문했다. 우리는 서재에서 이야기했다.

모로토는 이렇게 말했다.

"경찰 쪽에서 어느 정도까지 진척되고 있는지 모르겠지만 별로 신뢰할 수 없을 것 같아. 이 사건은, 내 생각으로는 경찰의 상식을 뛰어넘는 것이라고 생각해. 경찰은 그들 방식으로 진행하는 것이 좋겠고, 우리는 우리대로 한번 연구해 보자구. 도모노스케가 진범의 하수인에 불과했던 것처럼, 도모노스케를 쏜 자 역시 같은 하수인의 하나일지 몰라. 원흉은 먼 안개 속에 완전히 모습을 감추고 있어. 그러니까 막연히 원흉을 찾아 보았자 아마 헛수고로 끝날 거야. 지름길은 '이 세 살인 사건의 이면에는 어떤 동기가 숨겨져 있는가? 무엇이 이 범죄의 원인이 되었는가?' 하는 것을 알아내는 거라고 생각해. 네의 이야기에 의하면 미야마기 씨가 살해되기 전에 받은 협박장에 '물건'을 넘기라는 문구가 있었어. 아마 범인에게 있어서는 이 '물건'이 어떤 사람의 생명보다도 소중한 것이어서, 그것을 입수하기 위해 이번 사건을 일으켰다고 보아야 할 거야. 하쓰요 양을 죽인 것도, 미야마기 씨를 죽인 것도, 자네의 방에 누군가가 숨어 들어가 수색을 한 것도 모두 이 '물건' 때문이야. 도모노스케를 죽인 것은 물론 원흉의 이름이 알려질까 두려워서였고. 그런데 그 '물건'은 다행히 우리 수중에 있어. 코 없는 노기 장군 석고상이 얼마만 한 값어치가 있는지 전혀 알 수 없지만, 좌우간 그들의 '물건'이라는 것은 틀림없이 이 노기 장군 석고상인 것 같아. 그러니 우선 이 이상한 석고상을 조사해 보지 않으면 안 되겠어. 이 '물건'에 관해서 경찰은 아무것도 모르고 있으니까, 우리는 큰 공을 세울 수 있을지도 몰라.

그래서 말인데, 내 집이나 네 집은 이미 적에게 알려져서 위험하니까 따로 몰래 우리의 탐정 본부를 만들 필요가 있어. 실은 그래서 나는 간다의 어느 곳에 방을 얻어 두었어. 넌 내일 그 석고상을 헌 신문지에 싸서 시시한 물건처럼 보이게 하고 만약을 위해 차를 타고 그 집으로 와 줘. 나는 먼저 가 있을 테니까. 거기서 천천히 석고상을 조사해 보기로 하지."

나는 말할 것도 없이 모로토의 의견에 동의하고, 이튿날 약속한 시간에 렌터카를 몰아 그 집으로 갔다.

음식점이 어수선하게 늘어서 구불거리는 뒷골목의 한 보잘것없는 식당 집으로서, 이층의 다다미 6조짜리가 모로토의 셋방이었다. 경사가 급한 사다리를 올라가 보니, 비가 샌 자국이 난 큰 벽을 등지고 까매진 다다미 위에 전에 없이 일본 옷차림을 한 모로토가 단정히 앉아 기다리고 있었다.

"더러운 집이군요."

나는 얼굴을 찌푸렸다.

"일부러 이런 집을 택한 거야. 아래가 식당이니까 출입하는 데 남의 눈에 띄지 않고, 학생들이 다니는 복잡한 거리니까 여간해서 눈치채지 못할 것 같아서 말이야."

모로토는 사뭇 자랑스럽게 말했다.

나는 문득 초등학생 때 잘 했던 탐정놀이라는 것을 생각해 냈다.

보통 도둑 놀이와는 달리 친구와 둘이서 수첩과 연필을 가지고 깊은 밤에 비밀스럽게 가까운 거리거리를 숨어 돌아다니며 집들의 문패를 적고, 무슨 동네 몇 번째 집에는 누가 살고 있다는 것을 외고서는, 무슨 대단한 비밀이라도 쥔 것처럼 기뻐했었다. 그때 친구들은 그런 비밀스러운 일을 아주 좋아해서, 자기의 작은 서재를 '탐정 본부'라고 이름 짓고 자랑스럽게 여겼었다.

그런데 지금 모로토가 이와 같은 소위 '탐정 본부'를 만들고 자랑스러워하는 것을 보니, 30세의 모로토가 어린 시절 비밀을 좋아하던 괴짜 소년같아 보였다. 그리고 우리가 하고 있는 일이 어린아이의 장난처럼 느껴졌다.

진지한 상황이었음에도 불구하고 나는 어쩐지 유쾌해졌다. 모로토를 보니 그도 왠지 어린아이 같은 흥분으로 들떠 있었다. 젊은 우리의 마음 한구석에는 확실히 비밀을 즐기고 모험을 좋아하는 기질이 숨어 있었던 것이다.

그리고 모로토와 나 사이는 단순히 친구라는 말로는 표현할 수 없는 종류의 것이었다. 모로토는 나에게 이상한 연애 감정을 갖고 있었고, 나는 그 마음을 깊이 이해하지는 못했으나 기분상으로는 알고 있었다. 그리고 그의 그런 감정이 보통 때처럼 싫지가 않았다. 그와 같이 있으면 그나 나나 어느 한 쪽이 이성이라도 된 듯 달콤한 기분을 느꼈다. 어쩌면 그 기분이 우리의 탐정 일을 더 유쾌하게 했는지도 모른다.

아무튼 모로토는 그 석고상을 나한테서 받아들고 한참 열심히 조사하더니 힘 안 들이고 수수께끼를 풀어 버렸다.

"나는 석고상 자체에는 아무 의미도 없다는 것을 짐작하고 있었어. 왜냐하면 하쓰요 양은 이런 것을 가지고 있지 않았어도 살해됐으니까 말야. 하쓰요 양이 살해되었을 때 도난당한 것은 초콜릿을 빼놓고는 손가방뿐이었는데, 그 속에 이 석고상은 들어가지 않아. 그렇다면 뭔가 더 작은 것이 있겠지. 작은 것이라면 석고상 속에 넣을 수 있으니까 말야. 도일의 소설에 〈여섯 개의 나폴레옹 상(像)〉이라는 게 있어. 나폴레옹의 석고상 속에 보석을 감춘 이야기야. 미야마기 씨는 틀림없이 그 이야기를 생각해 내고 '물건'을 감추는 데 그 방법을 이용했을 거야. 보라구. 나폴레옹과 노기 장군. 무슨 연관이 있을 것 같지 않아? 지금 조사해 보니, 때가 묻어서 표시는 잘 안 나지만 이 석고는 확실히 한 번 둘로 쪼개었다가 다시 석고로 이어 맞춘 거야. 여기에 그 새 석고의 가는 선이 보이지?"

모로토는 이렇게 말하면서 새 석고를 바른 자리를 손가락 끝에 침을 묻혀 문질러 보였는데, 과연 그 밑에 이음매가 있었다.

"쪼개 보자구."

모로토는 말을 마치자마자 느닷없이 석고상을 기둥에 부닥뜨렸다.

노기 장군의 얼굴이 무참하게 산산조각이 났다.

아미타의 공덕

부서진 석고상 속에는 솜이 꽉 채워져 있었는데, 솜을 빼 내자 두 권의 책이 나왔다. 그 하나는 뜻밖에도 기자키 하쓰요의 그 족보였다. 전에 하쓰요가 나에게 맡겼고, 내가 처음 미야마기를 방문했을 때 그에게 넘겨주었던 것이다. 또 하나는 낡은 노트 같은 것으로, 거의 모든 페이지가 연필로 쓴 글자로 메워져 있었다. 그것이 얼마나 불가사의하기 짝이 없는 기록이었는가는 차차 설명하겠다.

"아아, 이것이 족보로군. 내가 상상했던 대로야."

모로토는 하쓰요의 족보를 손에 들고 소리쳤다.

"이 족보야말로 괴물이야. 도둑이 목숨을 걸면서까지 손에 넣으려 했던 그 '물건'이야. 그건 말이야, 지금까지의 일을 잘 생각해 보면 알 수가 있어. 맨 먼저 하쓰요 양이 살해되었을 때 손가방을 도둑맞았어. 당시 이미 족보는 네 손에 넘겨졌지만, 그 이전에는 하쓰요 양이 언제나 손가방에 넣고 다녔으니까, 도둑은 그 손가방만 빼앗으면 된다고 생각한 거야. 그런데 손가방을 훔치고 헛수고였다는 걸 알자 이번에는 네게 눈독을 들였는데, 넌 도둑이 손을 쓰기 전에 우연히 미야마기 씨에게 족보를 넘겨주고 말았어. 미야마기 씨는 그걸 가지고 어딘가 여행을 했어. 그리고 유력한 단서를 잡을 수 있게 되었어. 이윽고 협박장이 오고 미야마기 씨는 살해되었는데, 이번에도 또 그놈이 노린 족보는 이미 이 석고상 속에 넣어져서 네 손으로 돌아갔기 때문에 도둑은 허무하게 미야마기 씨의 서재를 뒤죽박죽으로 만드는 데 그쳤어. 그래서 다시 너를 쫓게 되었어. 도둑은 네 방을 가끔 찾기는 했으나 석고상은 알아보지 못했어. 끝내 목적을 이루지 못한 거지. 이상하게도 그 도둑은 언제나 족보 뒤만 따라다녔어. 이렇게 순서를 좇아 생각하면 도둑이 목숨을 걸고 노린 것은 확실히 이 족보였어."

나는 놀라며 말했다. "그러고 보니 생각나는 게 있어요. 하쓰요 양이 나한테 이런 말을 한 적이 있습니다. 근처의 헌책방에서, 원하는 대로 돈을 줄 테니 그 족보를 팔라고 가끔 청이 들어왔답니다. 이런 시시한 족보에 대단한 값어치가 있을 리 없으니까, 생각해 보면 헌책방은 아마 도둑의 부탁을 받았겠지요. 헌책방에 물으면 도둑의 정체를 알 수 있지 않을까요?"

"그런 일이 있었다면 그야말로 나의 추리가 들어맞는 셈인데, 그렇게 생각이 깊은 놈이니까 헌책방에 결코 정체를 드러내지는 않았을 거야. 헌책방을 내세워 조용히 족보를 사려고 했겠지. 그것이 안 된다는 걸 알고 이번에는 몰래 훔쳐 내려고 했겠지. 네가 언젠가 이야기했지? 하쓰요 양이 그 수상한 노인을 보았을 무렵 서재에 있는 물건의 위치가 달라졌었다고. 그것이 훔쳐 내려고 했던 증거야. 그런데 족보는 언제나 하쓰요 양이 몸에서 떼지 않고 가지고 다닌다는 사실을 알고, 그 다음에는……."

모로토는 여기까지 말하고 갑자기 뭔가를 깨달았는지 새파래졌다. 그리고 묵묵히 크게 뜬 눈으로 물끄러미 공간을 응시했다.

"왜 그래요?" 내가 묻는 말에 대답도 하지 않고 그는 긴 시간 잠자코 있더니, 이내 마음을 고쳐먹었는지 이야기를 이었다.

"다음에는…… 마침내 하쓰요 양을 죽여 버렸어."

그런데 그것은 어금니에 뭔가가 낀 것 같은 분명하지 않은 말투였다. 나는 그 순간 모로토의 이상한 표정을 언제까지나 잊을 수가 없었다.

"그런데 나는 좀 알 수 없는 것이 있어요. 하쓰요나 미야마기나 왜 죽이지 않으면 안 되었을까요? 살인을 저지르지 않더라도 족보를 쉽게 훔쳐 낼 방법이 있었을 텐데."

"그것은, 지금은 나도 몰라. 아마 죽이지 않으면 안 될 사정이 있었겠지. 바로 그 부분이 이 사건이 단순하지 않다는 것을 말해 주고 있어. 그러나 쓸데없는 공론은 그만두고 실물을 조사해 보기로 하지."

우리는 그 두 권의 책을 조사해 보았다.

족보는 전에 내가 보았던 아무 이상할 것도 없는 그 보통 족보였으나 노트는 실로 이상한 기사로 가득 차 있었다. 우리는 노트의 내용이 너무나 불가사의해서 도중에 그만둘 수 없을 정도로 빨려들어, 그 내용을 다 읽어 버렸는데, 편의상 그것은 나중에 미루고 먼저 족보의 비밀에 관한 것부터 쓰기로 한다.

"봉건 시대인 옛날이라면 모르지만, 족보 따위가 생명을 걸고 훔쳐 낼 만큼 소중한 것이라고는 생각되지 않아. 그렇다면 이것에는 표면에 나타난 족보로서의 의미 외에 다른 의미가 있는지도 몰라."

모로토는 한 장 한 장 정성껏 페이지를 넘겨 가며 말했다.

"9대 하루노부(春延), 유명(幼名) 마타시로우(又四郎), 교와(享和) 3년 가독(家督), 하사(下賜) 200석, 분쇼(文政) 12년 3월 21일 사망이라. 이 앞은 찢어져서 모르겠는데. 번주(藩主, 봉건 영주)의 이름도 처음에 써 놓았을 텐데 나머지는 생략하고 녹액(祿額)만 씌어 있어. 200석의 미미한 녹을 받았다면 성명을 안다고 하더라도 무슨 번의 신하였는지 쉽게 조사되지 않겠지. 이런 낮은 신분의 족보에 어떤 값어치가 있다는 것일까. 유산 상속이라고 하더라도 족보가 필요할 리 없고, 설령 필요하다 하더라도 훔쳐 낸다는 것은 이상하단 말이야. 훔치지 않더라도 증거가 된다면 당당히 정면으로 요구할 수 있을 텐데."

"이상한데요. 보세요, 이 표지가 일부러 벗긴 것처럼 되어 있어요."

나는 문득 그것을 깨달았다. 먼저 하쓰요에게서 받았을 때에는 분명히 멀쩡했는데, 고심해서 벗겨 낸 것처럼 표면의 옛날 직물과 심의 두꺼운 종이가 따로따로 되어 있었다. 넘겨보니, 직물 뒤에 받친 몇 장의 헌 종이의 검은 글자가 나타났다.

"그렇군, 분명히 일부러 벗겨 낸 거야. 물론 미야마기 씨가 한 짓이야. 그렇다면 이것에는 무언가 의미가 있을 텐데. 미야마기 씨는 모든 것을 알고 있는 것 같았으니까, 아무 뜻 없이 이것을 벗길 리는 없어."

나는 무심코 뒤를 받친 헌 종이의 글자를 읽어 보았다. 그런데 그 문구가 아무래도 이상하게 느껴져서 그것을 모로토에게 보였다.

"이것이 무슨 문구일까요? 와상(和讚, 일본 말로 된 찬불가)인가요?"

"이상한데. 와상의 일부도 아니고, 설마 이 무렵 교조(教祖)가 쓴 신탁(神託)도 아닐 테고. 까닭이 있을 듯한 문구로군."

그 문구는 다음과 같이 매우 기괴한 것이었다.

신(神)과 불(佛)이 만난다면
동남방 귀신을 때려 부수고

아미타(阿彌陀)의 공덕을 찾을 것이다
6도(六道) 네거리에 혼동되지 말라

"어쩐지 앞뒤가 맞지 않는 문구이고, 서체도 서투르군. 옛날에 별로 교양이 없는 할아버지가 쓴 것 같군. 신과 불이 만나고, 동남방 귀신을 때려 부수고…… 어쩐지 의미가 있는 듯한데 통 모르겠군. 말할 것도 없이 이 이상한 문구가 괴물이야. 미야마기 씨가 일부러 벗기고 조사했을 정도니까 말야."

"주문(呪文) 같군요."

"그래, 주문 같기도 하지만 나는 암호문이 아닌가 해. 생명을 걸고 탐낼 정도의 값어치가 있는 암호문이야. 만약 그렇다면 이 이상한 문구에 막대한 금전적 가치가 없어서는 안 되지. 금전적 가치가 있는 암호문이라면 바로 생각나는 것이 보물의 은닉 장소를 암시한 것인데, 그렇게 생각하고 이 문구를 읽어 보니까 '아미타의 공덕을 찾을 것이다'라는 문구가 어쩐지 '보물 있는 곳을 찾아라'라는 의미로 들리지 않나? 숨겨진 금은보화는 아닌 게 아니라 아미타의 공덕에 틀림이 없으니까 말이야."

"아아, 그러고 보니 그렇게 생각되기도 해요."

정체 모를 어둠 속의 인물이(그 사람은 그 80살이 넘어 보이는 괴노인일까?) 모든 희생을 치르고 이 표지 뒤의 헌 종이를 손에 넣으려 하고 있다. 그것도 헌 종이의 문구가 보물의 은닉장소를 암시하고 있기 때문이다. 그 사실을 어떻게 해서 냄새 맡은 것이다. 그렇다면 사건은 매우 재미있어진다. 우리가 이 구식 암호문을 풀 수만 있다면 포의 소설 《황금벌레》의 주인공처럼 당장에 백만장자가 될지도 모른다.

우리는 이 부분에서 꽤 오랫동안 생각해 보았다. '아미타의 공덕'이 보물을 암시한다는 것은 상상할 수 있으나 나머지 3행의 문구는 전혀 해독할 길이 보이지 않았다. 우리가 그 지방을 전혀 모르니까 이 암호문은(암호라고 한다면) 영원히 풀 도리가 없을지도 모르는 일이었다.

그런데 이것이 과연 모로토의 상상처럼 보물의 소재를 나타내는 암호였을까? 그것은 너무나 낭만적인, 우리 멋대로의 공상이 아니었을까?

외딴섬에서 온 편지

이제 기묘한 노트 내용을 이야기할 차례가 되었다. 족보의 비밀이 만약 모로토가 상상한 대로라면 횡재하기에 좋은 화려한 것이었음에 반해서, 노트 쪽은 매우 불가사의하고 음침하고 기분 나쁜 물건이었다. 사람이 할 수 있는 상상에서 벗어난, 사람이 썼다고 믿기 어려운 편지였다. 그 기록은 지금도 나의 문갑 밑바닥에 남아 있기 때문에 중요한 부분부분을 여기에 복사해 두겠는데, 부분부분이라고 해도 상당히 길어질지 모른다. 그러나 이 불가사의한 기록이야말로 내 이야기의 중심을 이루는 어떤 중대한 사실을 말하는 것이니까, 독자는 참고 읽어 주지 않으면 안 되겠다.

그것은 일종의 이상한 고백문인데, 연필로 자디잘게 씌어 있고 가나(假名, 일본 글자)만의 묘한 시골 사투리가 있는 문장이었다. 문장 그 자체도 뭐라고 할 수 없는 이상한 것이었는데, 독자가 읽기 쉽게 시골 사투리를 표준말로 고치고 한자를 섞어 넣어 다음에 옮겨 둔다. 괄호나 구두점은 내가 써 넣은 것이다.

스케하치(助八) 씨에게 부탁해서 몰래 이 노트와 연필을 갖다 달라고 했습니다. 먼 나라에서는 누구나 마음에 생각한 것을 글자로 쓰니까, 저도——비록 절반짜리 저입니다만——써 보겠습니다.

불행——이것은 최근에 안 글자입니다——이라는 것을 나도 잘 알게 되었습니다. 정말로 불행이라는 글자를 쓸 수 있는 사람은 저뿐이라고 생각합니다. 먼 곳의 세계라든가 일본이라든가, 그런 곳들이 있어서 누구나 그 안에서 살고 있다는데, 저는 태어나서 그 세계나 일본이라는 곳을 본 적이 없습니다. 이것은 불행이라는 글자에 잘 들어맞는다고 생각합니다. 저는 불행이라는 것을 참을 수 없게 되었습니다. 책에 '하느님 살려 주십시오'라는 말이 곧잘 씌어 있는데, 저는 아직 하느님이라는 것을 본 일이 없습니다. 그렇지만 역시 저는 '하느님 살려 주십시오'라고 하고 싶습니다. 그렇게 하면 얼마쯤 가슴이 편해진답니다.

저는 슬픈 마음을 이야기하고 싶습니다. 그러나 이야기할 사람이 없습니다. 이곳에 오는 사람은 저보다도 훨씬 나이가 많은, 매일 노래를 가르치러 오는 스케하치 씨——이분은 자신을 '할아범'이라고 한답니다——라는 할아버지와, 그리고 말을 못 하지만——벙어리라고 합니다——하루에 세 번씩 밥을 날라다 주는 오토시 씨——이분은 40살입니다——두 분뿐입니다. 오토시 씨는 말을 못하고 스케하치 씨도 별로 말을 하지 않는 분으로, 제가 무슨 말을 물으면 눈을 끔벅끔벅하며 눈물만 흘리고 있어 이야기해도 별 수가 없습니다. 그 밖에는 저뿐입니다. 저 혼자서도 이야기를 할 수 있지만, 저 혼자만으로는 마음이 맞지 않기 때문에 말다툼을 할수록 화가 난답니다. 또 하나의 얼굴이 왜 얼굴과 다른가? 왜 다른 생각을 하는가? 슬퍼질 뿐이랍니다.

스케하치 씨는 저보고 18살이라고 합니다. 18살이란 태어나서 18

년 지났다는 말이니까, 저는 틀림없이 이 네모난 벽 안에서 18년을 살았다는 얘기일 겁니다. 스케하치 씨가 올 때마다 날짜를 가르쳐 주니까 1년의 길이는 알겠는데, 그것이 18년입니다. 꽤 슬픈 기간입니다.

그 사이의 일을 생각하고 또 생각하며 써 보려고 합니다. 그러면 저의 불행을 모두 쓸 수 있을 것 같습니다.

아이는 어머니의 젖을 먹고 큰다는데, 나는 슬프게도 그 무렵의 일을 조금도 기억하고 있지 않습니다. 어머니란 친절한 여자분이라는데, 저는 어머니라는 것이 아예 조금도 생각나지 않습니다.

어머니와 닮은 것으로 아버지라는 것이 있다는 사실도 알고 있습니다만 아버지는, 그 사람이 아버지라고 한다면 두 번인가 세 번 만났습니다. 그 사람이 '난 너의 아버지다'라고 말했습니다. 무서운 얼굴의 병신이었습니다. (여기서 말하는 병신은 보통 의미의 병신이 아니다. 읽어가면서 분명히 알게 될 것이다)

제가 기억할 수 있는 가장 어린 시절의 얘기는 4살인가 5살 때의 일이었다고 생각합니다. 그 전 일은 캄캄해서 기억이 나질 않습니다. 그 무렵부터 저는 이 네모진 벽 안에 있었습니다. 두꺼운 흙으로 된 문 밖에는 한 번도 나간 일이 없습니다. 그 두꺼운 문은 언제나 밖에서 쇠로 잠그기 때문에 밀어도 두들겨도 꼼짝 안 합니다.

제가 살고 있는 네모진 벽 안의 일을 한번 잘 써 두겠습니다. 제 몸의 길이를 기준으로 해서 말한다면, 사방의 벽은 어느 것이나 제 몸길이를 네 개 이은 정도가 됩니다. 높이는 제 몸을 두 개 이은 정도랍니다.

천장에는 판자를 붙여 놓았는데, 스케하치 씨에게 물었더니, 그 위에 흙을 올리고 기와를 얹어놓았다고 합니다. 그 기와 끝 부분은 창을 통해 보인답니다.

지금 제가 앉아 있는 곳에는 다다미가 열 장 깔려 있고, 그 밑은 판자로 되어 있습니다. 판자 밑에는 또 하나의 네모난 곳이 있습니다. 사다리로 내려가는 곳이랍니다. 그곳도 넓이는 위와 같은데, 다다미가 없고 여러 가지 상자가 굴러다니고 있습니다. 제 옷을 넣는 장롱도 있습니다. 변소도 있습니다. 이 두 개의 네모난 곳을 방이라고도 하고, 토굴이라고도 합니다. 스케하치 씨는 가끔 곳간이라고도 한답니다.

곳간에는 아까 말한 흙문 외에 위아래로 각각 두 개의 창이 있습니다. 창은 모두 제 몸의 반 정도 크기로서, 굵은 쇠막대기가 다섯 개씩 끼워져 있습니다. 그러니까 창을 통해 밖으로 나갈 수는 없습니다.

다다미가 깔린 쪽에는 구석에 쌓아 둔 이불과 저의 장난감을 넣은 상자와——지금 그 상자의 뚜껑 위에서 글을 쓰고 있습니다——벽의 못에 걸린 샤미센(三味線. 일본 고유의 三弦琴)이 있을 뿐, 그 밖에는 아무것도 없습니다.

저는 그 안에서 컸습니다. 세계라고 하는 것도, 사람들이 많이 걸어 다니는 거리라는 것도 한번도 본 일이 없습니다. 거리는 책에서 그림으로 보았을 뿐입니다. 그러나 산과 바다는 알고 있습니다. 창에서 보이거든요. 산은 흙이 높이 쌓인 것 같은 것이고, 바다는 파래졌다, 희게 빛났다 하는 커다란 물입니다. 모두 스케하치 씨가 가르쳐 주었습니다.

4살 때인가 5살 때인가를 생각해 보면, 지금보다는 훨씬 즐거웠던 것 같습니다. 아무것도 몰랐기 때문이었겠지요. 그 무렵에는 스케하치 씨나 오토시 씨는 없었고 오쿠미라는 할머니가 있었습니다. 그녀도 병신이었습니다. 이 사람이 어머니가 아니었을까, 가끔 생각해 보는데 젖을 먹은 기억도 없으니 아무래도 그런 것 같지 않습니다. 조금도 친절한 사람은 아니었던 것 같습니다. 하지만 너무 어렸기 때문에 잘 알 수 없습니다. 얼굴이나 몸의 모양도 생각이 나지 않습니다. 나중에 이름을 들어서 외우고 있을 뿐이니까요.

그 사람이 가끔 저를 놀게 해 주었습니다. 과자나 밥도 먹여 주었습니다. 말을 하는 것도 가르쳐 주었습니다. 저는 매일 벽을 따라 걸어 다니기도 하고, 이불 위로 기어오르기도 하고, 장난감 돌, 조개, 나무토막 등을 가지고 놀기도 하고, 곧잘 깩깩 소리를 지르며 웃기도 했습니다.

아아, 그 무렵은 참 좋았어. 왜 나는 이렇게 컸을까요? 그리고 왜 여러 가지 것을 알아 버렸을까요?

(중략)

오토시 씨가 어쩐지 성난 듯한 얼굴을 하고 지금 밥상을 가지고 나갔습니다. 배가 부를 때에는 기스짱('짱'은 친근하게 부를 때 붙이는 말)이 얌전하니까 그 사이에 쓰겠습니다. 기쓰짱은 다른 사람이 아니랍니다. 저의 또 하나의 이름입니다.

오늘은 쓰기 시작해서 5일이 지났습니다. 글자도 잘 모르고 이렇게 길게 쓰는 것은 처음이어서 좀처럼 잘 나가질 않습니다. 한 장 쓰는 데 하루 걸리는 일도 있습니다.

오늘은 제가 처음으로 깜짝 놀랐을 때의 일을 쓰겠습니다.

저나 다른 사람들은 모두 인간이라고 하는 것으로서, 물고기, 벌레, 쥐 따위와는 다른 생물이며, 모두 같은 모양을 하고 있다는 사실을 저는 오랫동안 몰랐습니다.

인간들은 여러 가지 모양을 하고 있을 거라고 생각했습니다. 제가 많은 사람을 본 일이 없기 때문에 그런 잘못된 생각을 하게 된 것입니다.

7살쯤 되었을 때라고 생각됩니다. 그 무렵까지는 저는 오쿠미 씨와 오쿠미 씨 다음에 오게 된 오요네 씨 외에는 사람을 본 일이 없었습니다. 그래서 오요네 씨가 저의 폭이 넓은 몸을 안아 올려 쇠막대기가 끼워진 높은 창을 통해 밖의 넓은 들판을 보여 주었을 때, 그곳을 한 사람의 인간이 걸어가는 것을 보고 저는 깜짝 놀랐던 것입니다. 들판을 본 적은 있었지만, 인간이 지나가는 것은 한 번도 보지 않았기 때문입니다.

오요네 씨는 아마 '바보'라고 불리는 병신이었던 모양이죠. 아무것도 저에게 가르쳐 주지 않아, 그때까지 저는 인간의 정해진 모양을 확실히 알 수 없었던 것입니다.

들판을 걷고 있는 사람은 오요네 씨와 같은 모양을 하고 있었습니다. 그런데 저의 몸은 그 사람과도, 오요네 씨와도 전혀 달랐습니다. 저는 무서워졌습니다.

"저 사람이나 오요네 씨는 어째서 얼굴이 하나밖에 없지?" 제가 물었습니다.

"아하하하하, 모르겠는데." 오요네 씨는 웃으면서 말했습니다.

그때는 아무것도 모르고 지나갔습니다만, 저는 무서워서 견딜 수 없었습니다. 누워 있을 때 얼굴이 하나밖에 없는 묘한 모양의 인간이 꿈틀꿈틀 나타나는 것이었습니다.

병신이라는 말을 알게 된 것은, 스케하치 씨에게서 노래를 배우게 되면서부터입니다. 10살쯤 되었을 때입니다.

'바보'인 오요네 씨가 오지 않게 되고, 그 대신 지금의 오토시 씨가 오게 된 후 얼마 안 있어, 저는 노래와 샤미센을 처음 배우기 시작했습니다.

오토시 씨가 말도 하지 않고, 제가 말해도 들리지 않는 것 같아서 '참 이상하다'고 생각하고 있는데, 스케하치 씨가 '저건 벙어리라는 병신이다'라고 가르쳐 주셨습니다. 병신이라는 것은, 보통 인간과 다른 데가 있는 사람이라고도 가르쳐 주셨습니다.

"그렇다면 스케하치 씨도, 오요네 씨도, 오토시 씨도 모두 병신이 아니야?" 제가 물었더니, 스케하치 씨는 깜짝 놀란 듯 커다란 눈으로 저를 노려보았습니다.

그리고 저에게 말했습니다.

"아아, 가엾은 히데짱과 기쓰짱. 아무것도 몰랐어?"

지금은 저도 책을 세 권 얻어, 그 작은 글자의 책을 몇 번이고 몇 번이고 읽었습니다. 스케하치 씨는 별로 말을 하지 않지만 그래도 오랫동안 여러 가지 것을 가르쳐 주었고, 이 책은 스케하치 씨보다 열 배나 여러 가지 것을 가르쳐 주었습니다. 그래서 다른 것은 몰라도 책에 씌어 있는 것은 확실히 알고 있습니다. 그 책에는 많은 인간과 갖가지 그림들이 그려져 있었습니다. 지금은 인간이라는 것의 모양을 잘 알고 있지만, 그때는 이상하게 생각될 뿐이었습니다.

생각해 보면, 저도 훨씬 어렸을 때부터 어쩐지 이상하다고 생각하기는 했습니다. 저에게는 두 개의 다른 모양의 얼굴이 있어, 한쪽은 예쁘고 한쪽은 밉답니다. 그런데 예쁜 쪽은 저의 생각대로 말을 하고 움직이고 하는데, 미운 쪽은 제가 조금도 생각지 않은 것을 느닷없이 지껄이곤 한답니다. 그런 것을 그만두게 하려고 해도, 조금도 제가 마음먹은 대로 되지 않는답니다.

화가 나서 할퀴어 주면, 그 얼굴이 무섭게 되어, 호통을 치거나 울거나 한답니다. 저는 조금도 슬프지 않은데, 주룩주룩 눈물을 흘리곤 한답니다. 그러다가 제가 슬퍼서 울면은, 미운 쪽의 얼굴은 깔깔 웃는 일도 있답니다.

생각대로 되지 않는 것은, 얼굴뿐만이 아니라 두 손과 두 발도 그렇습니다(저에게는 네 개의 손과 네 개의 발이 있습니다). 내 생각대로 되는 것은 오른쪽의 두 개의 손발뿐이고, 왼쪽 것들은 저에게 반항만 하고 있습니다.

저는 생각을 할 수 있게 되면서부터, 죽 뭔가에 묶여 있어 마음먹은 대로 안 되는구나, 그런 생각만 하고 있었습니다. 미운 얼굴과 말을 듣지 않는 손발이 있었기 때문입니다. 차츰 말을 알게 되면서부터 저는, 저에게 두 개의 이름이 있다는 것과 예쁜 얼굴 쪽이 히데짱이고, 미운 얼굴 쪽이 기쓰짱이라고 하는 것을 알게 되었습니다. 저는 그것이 아무래도 이상해서 견딜 수가 없었습니다.

그 까닭을 스케하치 씨의 말을 듣고 겨우 알았습니다. 스케하치 씨 등이 병신이 아니고, 제가 병신이었던 것입니다.

불행이라는 글자는 아직 몰랐어도, 정말 불행한 마음이 된 것은 그 때부터입니다. 저는 슬퍼서 슬퍼서, 스케하치 씨 앞에서 엉엉 울었답니다.

"불쌍하기도 하지. 울지 말아라. 난 말이야, 노래 외에는 아무것도 가르쳐서는 안 된다고 해서 자세한 말을 할 수는 없지만, 너희는 정말 불운 속에서 태어났어. 쌍둥이라고 하는 거 말이야. 너희는 어머니 뱃속에서 두 아이가 하나로 붙어 태어난 거야. 그러나 잘라 떼어 놓으면 죽어 버리니까, 그대로 길러진 거야."

스케하치 씨가 이렇게 말했습니다. 저는 어머니 뱃속이라는 것을 잘 몰라서 물었습니다. 스케하치 씨는 잠자코 눈물만 흘릴 뿐, 아무 말도 하지 않았습니다.

저는 지금도 어머니의 뱃속이라는 말을 잘 외고 있습니다만, 그 뜻은 가르쳐 주지 않아 조금도 모른답니다.

병신이라는 것은, 남이 몹시 싫어하는 것임에 틀림없습니다. 스케하치 씨와 오토시 씨 외에 틀림없이 다른 사람이 있을 텐데, 아무도 제 곁에 와 주지 않습니다. 그리고 저도 밖에 나갈 수 없습니다. 그렇게 싫어할 정도라면 차라리 죽는 편이 낫다고 생각합니다. 죽는다는 것을 스케하치 씨는 가르쳐 주지 않지만, 책에서 읽었습니다. 참을 수 없을 정도로 아픈 짓을 하면 죽는 거라고 생각합니다.

'저쪽에서 그렇게 저를 싫어한다면 이쪽에서도 저쪽을 싫어해라. 미워해라'라는 생각이 요즈음 생겨났습니다. 그래서 저는 요즈음 저와 다른 모양의 보통 사람을 마음속으로 병신이라고 부릅니다. 쓸 때에도 그렇게 씁니다.

톱과 거울

(이 사이에 유년 시절의 추억이 여러 가지 씌어 있으나, 모두 생략한다)

스케하치 씨가 좋은 할아버지라는 사실을 차츰 알게 되었습니다. 스케하치 씨는 퍽 좋은 할아버지인데, 누군가 다른 사람――어쩌면 하느님인지도 모릅니다. 그렇지 않으면, 저 무서운 '아버지'인지도 모릅니다――으로부터 나에게 친절히 대해서는 안 된다는 명령을 받았다는 사실도 잘 알게 되었습니다.

저는――히데짱도 기쓰짱도――이야기를 하고 싶어 죽겠는데, 스케하치 씨는 노래를 다 가르치고 나면, 제가 아무리 슬퍼해도 모르는 척하고 가버린답니다.

스케하치 씨와는 오랫동안 한곳에서 같이 지내니까 가끔 이야기할 때가 있습니다만, 조금 지껄이면 뭔가 눈에 보이지 않는 것이 입을 막으러 오기라도 한 것처럼 입을 다물어 버립니다. '바보'인 오요네 씨 쪽이 훨씬 더 많은 이야기를 한답니다. 그렇지만 제가 듣고 싶은 이야기는 조금밖에 하지 않는답니다.

글자나, 물건의 이름이나, 인간의 마음에 관한 것은 대개 스케하치 씨에게서 배워 알게 되었는데, 스케하치 씨는 "나는 학식이 없어서 안 돼"라고 하며 글자를 많이 가르쳐 주지 않았습니다.

언젠가, 스케하치 씨가 책을 세 권 가지고 와서 제게 주시면서 말했습니다.

"이런 책이 내 고리짝 속에 남아 있어서 가져왔으니, 그림이라도 보거라. 나도 읽을 수 없으니까 너는 도저히 읽을 수 없겠지. 너에게 여러 가지 이야기를 해 주면 내가 혼나게 돼. 이 책은 읽지 못하더라도 읽는 동안에 네게 좋은 이야기 상대가 되어 줄 거야."

책 이름은 《어린이 세계》와 《태양》과 《추억의 기록》이었습니다. 표지에 커다란 글자로 씌어 있어서 책 이름이라고 생각됩니다. 《어린이 세계》는 재미있는 그림이 많이 있는 책으로 제일 잘 읽을 수 있었습니다. 《태양》에는 여러 가지 것이 나란히 씌어 있었습니다. 반 정도는 지금도 어려워서 모릅니다.

《추억의 기록》이라는 책은 슬프고도 즐거운 책입니다. 가끔 읽는 동안 이 책이 제일 좋아졌습니다.

이 책도 모르는 데가 많습니다. 스케하치 씨에게 물어보면, 아는 것도 있고 모르는 것도 있습니다. 그림도 글자도 모두 멀고 먼 곳의, 저와는 다른 것들뿐이기 때문에 안다고 해도 정말로 알고 있는 것은 아닙니다. 꿈처럼 생각될 뿐입니다. 그리고 먼 곳에 있는 세계에는 제가 알고 있는 것보다 백 배나 많은 여러 가지 물건이나 글자가 있다는데, 저는 세 권의 책에서 본 것과 스케하치 씨가 들려준 적은 이야기밖에 모릅니다. 《어린이 세계》에 씌어 있는 다로(太郞)라는 아이는 아는데, 저는 전혀 모르는 것이 많이많이 있을 거라고 생각합니다. 세계에는 학교라는 것이 있어서 작은 아이에게도 많이많이 가르쳐 준다니까요.

책을 받은 것은 스케하치 씨가 오고 2년쯤 뒤였으니까, 제가 12살 정도 되었을 때인지도 모릅니다. 그런데 받고 나서 2년인가 3년 동안은 읽어도 읽어도 모르는 것뿐이었습니다. 스케하치 씨에게 뜻을 물어도 조금밖에 가르쳐 주지 않고 대부분 벙어리 오토시 씨처럼 대답을 하지 않았습니다.

책을 조금 읽을 수 있게 된 것과 정말로 슬픈 마음을 알 수 있게 된 것은 동시였습니다. 병신이라는 것이 얼마나 얼마나 슬픈 것인가를 하루하루 확실히 알게 되었습니다.

제가 쓰고 있는 것은, 히데짱 쪽의 마음입니다. 기쓰짱의 마음은, 제가 생각하고 있는 것과 다르다면 모르겠습니다. 이 글을 쓰고 있는 것은 히데짱 쪽의 손이니까요. 그렇지만 벽 저쪽의 소리가 들리는 것처럼 어렴풋이 기쓰짱의 마음도 안답니다.

저의 마음은 기쓰짱 쪽이 히데짱보다 훨씬 병신입니다. 기쓰짱은 책도 히데짱처럼 못 읽고 이야기를 해도 히데짱이 알고 있는 것을 많이 모릅니다. 기쓰짱은 힘만 세답니다.

그런데 기쓰짱도 제가 병신이라는 것을 확실히 확실히 알고 있답니다. 기쓰짱과 히데짱은 이것을 이야기하는 동안엔 싸우지 않습니다. 슬픈 이야기만 한답니다.

제일 슬펐던 것을 씁니다.

어느 날 반찬으로 모르는 물고기가 나왔습니다. 나중에 스케하치 씨에게 물고기 이름을 물었더니, 문어라고 했습니다. 문어는 어떤 모양으로 생겼느냐고 물었더니 발이 여덟 개 있는 흉측한 모양의 물고기라고 했습니다.

그렇다면 저는 인간보다 문어를 더 닮았다고 생각했습니다. 저는 손발이 여덟 개 있습니다. 문어 머리는 몇 개 있는지 모르겠습니다만, 저는 머리가 두 개 있는 문어와 같습니다.

그때부터 문어 꿈만 꾸었습니다. 진짜 문어의 모양을 모르기 때문에 작은 저 같은 모양이라고 생각하고 그런 모양의 꿈을 꾸었습니다. 꿈에서는 그런 모양의 것이 많이 바닷물 속을 걸어다녔습니다.

그리고 조금 지나서 저는 몸을 둘로 자르는 것에 대해 생각하기 시작했습니다. 잘 살펴보니, 제 몸의 오른쪽 반은 얼굴도 손도 발도 히데짱의 생각대로 움직여지는데, 왼쪽 반은 얼굴도 손도 발도 조금도 히데짱의 생각대로 되지 않습니다. 왼쪽에는 기쓰짱의 마음이 들어 있기 때문이라고 생각합니다. 그러니까 몸을 반으로 잘라 버린다면 한 사람의 제가 두 사람의 서로 다른 인간이 될 수 있을 것이라고 생각합니다. 스케하치 씨나 오토시 씨처럼 따로따로 히데짱과 기쓰짱이 되어, 마음대로 움직이고 생각하고 잠잘 수 있을 겁니다. 그렇게 될 수 있다면 얼마나 기쁠까요.

히데짱과 기쓰짱이 다른 인간이라면, 히데짱의 엉덩이 왼쪽과 기쓰짱의 엉덩이 오른쪽이 하나로 되어 있으니까, 그곳을 자르면 꼭 두 사람의 인간이 될 수 있습니다.

어느 날 히데짱과 기쓰짱에게 이런 생각을 이야기했더니 기쓰짱도 기뻐하며 그렇게 하자고 했습니다. 그렇지만 자를 수 있는 것이 없었습니다. 톱이라든가 식칼이라든가 하는 것을 알고 있었지만 아직 본 일이 없습니다. 기쓰짱이 물어뜯어서 자르자고 했습니다. 히데짱이 그런 짓은 못 한다고 하는데도 기쓰짱은 무서운 힘으로 물어뜯었습니다. 저는 꽥 소리 지르고 커다란 소리로 울기 시작했습니다. 기쓰짱의 얼굴도 함께 울기 시작했습니다. 그래서 기쓰짱은 단 한 번 만에 그만둬 버렸습니다.

한번 혼이 나고도, 병신 생각을 하거나 싸우거나 해서 슬퍼지면 또 자르려고 생각했습니다. 어느 날 스케하치 씨에게 톱을 갖다 달라고 했습니다. 스케하치 씨는 톱으로 무얼 할 거냐고 물었습니다. 저를 둘로 자른다고 하니까 스케하치 씨는 깜짝 놀라서 그런 짓을 하면 죽어 버린다고 했습니다. 죽어도 좋다고 엉엉 울며 부탁을 해도 끝내 들어 주지 않았습니다.

(중략)

책을 잘 읽을 수 있게 되면서 저는(히데짱 쪽입니다) 화장이라는 말을 알게 되었습니다. 《어린이 세계》에 있는 그림의 여자 아이처럼 몸이나 옷을 아름답게 하는 거라고 생각하고 스케하치 씨에게 물었더니, 머리칼을 묶거나 분이라는 가루를 바르는 것이라고 했습니다.

그것을 가져다 달라고 했더니 스케하치 씨는 웃었습니다. 그리고 '불쌍한 것, 너도 역시 계집애니까……' 하고 말했습니다. 그리고 목욕을 하지 않고는 분 같은 것을 바를 수 없다고 말했습니다.

저는 목욕이라는 것을 들어서 알고 있었습니다만, 목욕하는 것을 본 일은 없었습니다. 한 달에 한 번 정도 오토시 씨가――그것도 비밀이라고 했는데――대야에 더운물을 담아 아랫방으로 갖다 주어서, 저는 그 물로 몸을 씻을 뿐입니다.

스케하치 씨는 화장을 하려면 거울이라는 것이 있어야 한다는 것도 가르쳐 주었습니다. 그런데 스케하치 씨는 거울을 가지고 있지 않기 때문에 보여 달랠 수는 없었습니다.

그런데 제가 자꾸 부탁을 하니까 스케하치 씨는 '거울 대신 사용하라'면서 유리라고 하는 것을 갖다 주었습니다. 그것을 벽에 세우고 들여다보니, 물에 비춰 보는 것보다 훨씬 분명하게 저의 얼굴이 보였습니다.

히데짱의 얼굴은 《어린이 세계》에 있는 여자 아이 그림보다는 훨씬 밉지만 기쓰짱보다는 상당히 예쁘고, 스케하치 씨나 오토시 씨, 오요네 씨보다 훨씬 예뻤습니다. 유리를 보고 나서 히데짱은 매우 기뻤습니다. 얼굴을 씻고 분을 바르고 머리를 예쁘게 묶으면, 그림 속의 여자 아이처럼 될 수 있을지도 모른다고 생각했습니다.

분은 없었지만 아침에 세수할 때 열심히 문질러 얼굴을 깨끗이 해야겠다고 생각했습니다. 머리도 유리를 보면서 그림에 있는 것처럼 묶는 것을 혼자 궁리끝에 배웠습니다. 처음에는 서툴렀습니다만 차츰 머리 모양이 그림을 닮아 갔습니다. 벙어리 오토시 씨는 제가 머리를 묶고 있을 때에 오면 거들어 주었습니다. 히데짱이 점점 예뻐져 가는 것이 기뻐서 기뻐서 견딜 수가 없습니다.

기쓰짱은 유리를 보는 것도, 예뻐지는 것도 좋아하지 않기 때문에 히데짱을 방해만 했는데 그래도 가끔 "히데짱, 예쁜걸" 하고 칭찬을 합니다.

그런데 예뻐질수록 히데짱은 전보다 더 병신인 것이 슬펐습니다. 아무리 히데짱을 예쁘게 해도 반인 기쓰짱이 밉고, 몸통이 보통 사람의 배나 되고, 옷도 더럽고……. 히데짱은 얼굴이 예뻐져도 슬퍼질 뿐이었습니다. 기쓰짱의 얼굴만이라도 예쁘게 하려고 히데짱은 물로 문질러 주기도 하고 머리를 묶어 주기도 했습니다. 그러면 기쓰짱은 화를 냈습니다. 어째서 기쓰짱은 이렇게 꽉 막혔을까요.

(중략)

무서운 사랑

히데짱의 마음과 기쓰짱의 마음에 관해 쓰겠습니다.

앞에서도 쓴 것처럼 히데짱과 기쓰짱은 몸이 하나입니다. 마음은 둘입니다. 잘라 떼어 버리면 따로따로 인간으로 될 수 있을 정도입니다. 저는 차츰 여러 가지 것을 알게 되어 지금까지와 같이 양쪽이 다 자기라고 생각하는 일이 적어지고, 히데짱과 기쓰짱은 실은 따로따로의 인간인데, 엉덩이가 붙어 있을 뿐이라고 생각하게 되었습니다.

주로 히데짱의 마음에 관해 쓰겠는데, 그 마음을 숨김없이 쓰면 기쓰짱이 틀림없이 화를 낼 것입니다. 기쓰짱은 글자를 히데짱처럼 읽지 못하니까 조금은 괜찮겠지만, 그래도 요즈음엔 의심이 많아져서 걱정입니다. 그래서 히데짱은 기쓰짱이 잠자고 있는 사이에 살짝 몸을 구부리고 몰래 쓰기로 했습니다.

우선 처음부터 쓰겠습니다. 어릴 때는 병신이니까 몸이 생각대로 되지 않아, 그것이 화가 나서 서로 제멋대로 굴며 싸움을 했지만, 마음이 괴롭거나 슬프거나 하는 일은 한 번도 없었습니다.

병신이라는 것을 확실히 안 뒤로는 싸움을 하더라도 지금까지처럼 심하게 하지 않습니다. 그런데 점점 괴로운 일이 생겼습니다. 히데짱은 병신이라는 것이 더럽고 흉하다고 생각했습니다. 그래서 자기 자신이 더럽고 흉했습니다. 그러나 제일 더럽고 흉한 것은 기쓰짱이었습니다. 기쓰짱의 얼굴이나 몸이 언제나 히데짱 옆에 딱 붙어 있다는 것을 생각하면 싫어서 싫어서, 미워서 미워서 뭐라고 할 수 없는 마음이 됩니다. 기쓰짱 쪽에서도 마찬가지일 거라고 생각합니다. 그래서 심한 싸움을 하지 않는 대신 마음속으로는 그때까지보다 몇 배나 많이 싸움을 합니다.

(중략)

제 몸 반반이 어딘지 다르다는 사실을 확실히 깨닫게 된 것은 1년쯤 전입니다. 대야 물로 몸을 씻을 때 가장 잘 알 수 있었습니다.

기쓰짱은 얼굴이 밉고 손도 발도 힘이 세고 울퉁불퉁했습니다. 피부가 검었습니다. 히데짱은 피부가 희고, 손이나 발이 부드럽고, 두 개의 둥근 젖이 불룩해지고, 그리고…….

기쓰짱이 남자이고 히데짱이 여자라는 사실은 훨씬 전부터 스케하치 씨에게서 들어 알고 있었습니다만, 분명한 것은 1년쯤 전부터 알게 되었습니다. 《추억의 기록》에서 그때까지 이해하지 못했던 것을 많이 알게 되었습니다. ('샴쌍둥이'의 경우처럼 유합쌍체(癒合雙體)가 생존을 유지한 예가 없지는 않으나, 이 기록의 주인공의 경우는 의학상으로 매우 해석하기 어려운 점이 있다. 현명한 독자 여러분은 이미 어떤 비밀을 눈치챘을 것이다)

두 사람이 엉켜 붙은 병신이니까 저는 하루에 다섯 번 여섯 번이나, 보통 사람의 배나 사다리를 타고 가서 내려…….

(중략)

그러는 동안에 히데짱에게 그때까지와 다른 일이 생겼습니다. (중략) 나는 깜짝 놀라 죽는 것이 아닌가 하고 엉엉 울었습니다. 스케하치 씨가 와서 까닭을 이야기해 줄 때까지는 걱정이 되어 기쓰짱의 목에 꼭 매달려 있었습니다.

기쓰짱에게도 계속해서 다른 일이 생겼습니다. 목소리가 퍽 굵어져서 스케하치 씨의 목소리처럼 되었습니다. 그리고 마음이 매우 달라졌습니다.

기쓰짱은 손가락 힘은 세지만 자질구레한 일은 못했습니다. 샤미센도 히데짱처럼 잘 뜯지 못하고, 노래도 목소리만 클 뿐 가락이 이상했습니다. 마음이 거칠어서 작은 것들을 잘 모르기 때문이라고 생각했습니다. 그러니까 히데짱이 열 가지 것을 생각하는 동안에 기쓰짱은 한 가지 정도밖에 생각을 못했습니다. 그 대신에 생각한 것을 바로 지껄이거나 손으로 표현하거나 했습니다.

"히데짱은 지금도 따로따로의 사람이 되고 싶어? 여기를 잘라 떼고 싶어? 나는 이제 그런 짓을 하고 싶지 않아. 이렇게 붙어 있는 편이 훨씬 좋아." 기스짱은 이렇게 말했습니다.

그리고 울먹이며 얼굴을 붉혔습니다.

왠지 모르지만, 그때 히데짱도 얼굴이 뜨거워졌습니다. 그리고 그때까지 한 번도 느껴보지 못했던 이상한 마음이 되었습니다.

기쓰짱은 조금도 히데짱을 못살게 굴지 않게 되었습니다. 유리 앞에서 화장할 때에도, 아침에 얼굴을 씻을 때에도, 밤에 이불을 깔 때에도 조금도 방해를 하지 않고 거들어 주었습니다. 무슨 일을 할 때에도 모두 '내가 할 테니까' 하고 히데짱을 배려하는 것이었습니다. 히데짱이 샤미센을 뜯으며 노래를 부르고 있으면, 기쓰짱은 그때까지처럼 설치거나 호통치거나 하지 않고 가만히 히데짱의 입이 움직이는 것을 바라보고 있었습니다. 히데짱이 머리를 묶을 때에도 그랬습니다.

그리고 귀찮을 정도로 언제나 말했습니다.

"나는 히데짱이 좋아. 정말 좋아. 히데짱도 내가 좋지?"

그때까지 왼쪽에 있는 기쓰짱의 손이나 발이 오른쪽에 있는 히데짱의 몸에 닿는 일이 많이 있었지만, 똑같이 닿는 것이라도 다르게 느껴졌습니다. 사납게 닿는 것이 아니고 벌레가 기어다니는 것처럼 살짝 쓰다듬거나 잡거나 했습니다. 그런데 그곳이 뜨거워지며 맥박이 뛰는 소리가 똑똑히 들렸습니다. 히데짱은 밤에 깜짝 놀라 눈을 뜨는 일이 있었습니다. 따뜻하게 살아 있는 것이 온몸을 기어다니는 것 같아 오싹해서 눈을 떴습니다. 밤에는 캄캄해서 모르니까 물었습니다.

"기쓰짱, 깨어 있니?"

그러나 기쓰짱은 꼼짝도 하지 않고 대답도 하지 않았습니다. 왼쪽에서 자는 기쓰짱의 숨소리가 들리고, 맥박 뛰는 소리가 살을 통해 히데짱의 몸에 울려 올 뿐이었습니다.

어느 날 밤, 잠을 잘 때 기쓰짱이 심한 짓을 했습니다. 히데짱은 그 뒤부터 기쓰짱이 싫어서 견딜 수 없게 되었답니다. 죽여 버리고 싶을 정도가 되었답니다.

그때 히데짱은 자다가 숨이 막힐 것 같아 죽어 버리는 것이 아닌가 싶어 깜짝 놀라 눈을 떴습니다. 기쓰짱의 얼굴이 히데짱의 얼굴 위에 포개어지고, 기쓰짱의 입술이 히데짱의 입술을 짓누르고 있어 숨을 쉴 수가 없었던 것입니다. 그러나 기쓰짱과 히데짱은 허리 옆이 붙어 있어, 몸을 포갤 수는 없습니다. 얼굴을 포개는 것만도 꽤 어렵답니다. 기쓰짱은 뼈가 부러질 정도로 몸을 비틀어 구부리고, 얼굴을 포개고 있었습니다. 히데짱은 가슴이 옆으로부터 몹시 짓눌리고 허리 근처의 살이 잘릴 정도로 당겨 죽을 것같이 괴로웠습니다. "싫어, 싫어. 기쓰짱, 싫어." 히데짱은 마구 기쓰짱의 얼굴을 할퀴었습니다. 그래도 기쓰짱은 전처럼 싸우려 들지 않고, 말없이 얼굴을 떼고 누워 버렸습니다.

아침에 보니 기쓰짱의 얼굴은 할퀸 자국투성이였습니다. 그래도 기쓰짱은 화를 내지 않고 하루 종일 슬픈 얼굴을 하고 있었습니다. (이 불구자는 수치를 모르기 때문에 이 다음에도 노골적인 기록이 많다. 그것들은 모두 삭제했다)

저는 '혼자서 마음대로 누웠다 일어났다 생각했다 할 수 있다면 얼마나 기분이 좋을까' 하고 보통 사람을 부럽게 생각했답니다.

하다못해 책을 읽을 때, 글씨를 쓸 때, 창으로 바다를 바라볼 때만이라도 기쓰짱의 몸이 떨어졌으면 싶었습니다. 언제나 기쓰짱의 지겨운 맥박이 울려오고 기쓰짱 냄새가 났습니다. 몸을 움직일 때마다 아아, 저는 슬픈 병신임을 생각하곤 했습니다. 요즈음에는 기쓰짱의 번들거리는 눈이 얼굴 옆에서 언제나 히데짱을 보고 있습니다.

숨 쉬는 소리가 귀찮게 들리고 무서운 듯한 냄새가 나고…… 저는 싫어서 싫어서 견딜 수가 없었습니다.

어느 때 기쓰짱이 엉엉 울면서 이런 말을 했습니다. 그래서 저는 조금 기쓰짱이 가여워졌습니다.

"기쓰짱은 히데짱이 좋아서 좋아서 어쩔 줄을 모르겠는데, 히데짱은 기쓰짱을 싫어하니 어떻게 할까. 아무리 싫어해도 떨어질 수는 없고, 떨어지지 않고 있으면 히데짱의 예쁜 얼굴이나 좋은 냄새가 늘 나고……." 이렇게 말하며 기쓰짱은 울었습니다.

기쓰짱은 끝내 막무가내로 제가 아무리 싫다고 해도 힘으로 히데짱을 끌어안으려 하는데, 몸이 옆에 붙어 있으니까 아무래도 마음대로 되지 않았습니다.

저는 고소하지만 기쓰짱은 꽤나 화가 난 듯 얼굴에 땀을 뻘뻘 흘리며 고래고래 소리를 질렀습니다.

그러니까 잘 생각해 보면, 히데짱이나 기쓰짱이나 똑같이 병신인 것을 슬프게 생각하는 것입니다.

기쓰짱이 하는 짓 중 제일 싫은 두 가지 일을 쓰겠습니다. 기쓰짱은 요즈음 매일처럼 하는 버릇이 생겼습니다. 보기에 가슴이 메스꺼울 정도여서 보지 않으려고 애쓰고 있습니다만, 기쓰짱의 그 싫은 냄새와 엉망으로 움직이는 것이 전해져 오기 때문에 죽도록 싫은 생각이 듭니다.

그리고 기쓰짱은 힘이 세니까 언제든지 자기가 좋은 때에 힘으로 얼굴을 히데짱의 얼굴에 포개고, 히데짱이 울려고 하면 입을 눌러 소리가 나지 않게 했습니다. 기쓰짱의 번들거리는 커다란 눈이 히데짱의 눈에 딱 붙어서 코와 입이 숨을 쉴 수 없게 되어 죽도록 괴로웠습니다.

그래서 히데짱은 날마다 날마다 울고만 있었습니다.

(중략)

기묘한 통신

매일 이 글을 한 장이나 두 장밖에 쓰지 못하는데, 쓰기 시작한 지 벌써 한 달 정도나 되었습니다. 여름이 되어, 땀이 흘러서 견딜 수가 없었습니다.

이렇게 길게 쓰는 것은 난생 처음 하는 일이고, 생각해 내는 것이나 기억하는 것이 서투르니까 훨씬 전의 일과 최근의 일이 뒤죽박죽이 되어 버립니다.

지금부터 제가 살고 있는 곳간이 감옥이라는 곳과 닮았다는 이야기를 쓰겠습니다.

《어린이 세계》 속에 나쁜 짓을 하지 않은 사람이 감옥이라는 곳에 가둬져 슬퍼하는 이야기가 씌어 있습니다. 감옥이라는 것이 어떤 곳인지는 모르지만 제가 살고 있는 곳간과 닮았을 거라는 생각이 듭니다.

보통 아이는 부모와 한곳에서 살며, 함께 밥도 먹고, 이야기도 하고, 놀기도 하는 것이 아닌가 생각했습니다.

《어린이 세계》에는 그런 그림이 많이 있었습니다.

그런 일은 먼 곳에 있는 세계에서만 가능한 것일까요? 저에게도 아버지나 어머니가 있다면 마찬가지로 함께 즐겁게 살 수 있지 않을까요?

스케하치 씨는 아버지나 어머니에 관해서 물어도 확실히 가르쳐 주지 않습니다. 무서운 '아버지'를 만나게 해 달라고 부탁해도 만나게 해 주지 않습니다.

남자와 여자라는 것을 확실히 알기 전에는 기쓰짱과 가끔 이런 이야기를 했습니다. 제가 흉한 병신이니까 아버지와 어머니는 저를 싫어해서 이런 곳간 속에 넣어 저의 모습을 다른 사람이 보지 못하게 하셨는지도 모른다고요. 그런데 눈이 안 보이는 병신이나 벙어리가 아버지 어머니와 함께 사는 이야기가 책에 씌어 있었습니다. 아버지 어머니가, 병신 아이는 보통 아이보다 가엾으니까 더욱 더욱 친절하게 대해 주시는 이야기가 씌어 있었습니다. 왜 저만은 그렇게 해주지 않으실까요. 스케하치 씨에게 물었더니 스케하치 씨는 울먹이며 "너는 운이 나쁜 거야" 하고 대답했습니다. 다른 일은 조금도 가르쳐 주지 않았습니다.

곳간 밖으로 나가고 싶은 마음은 히데짱이나 기쓰짱이나 마찬가지였는데, 곳간의 두꺼운 벽 같은 문을 손이 아프도록 두들기기도 하고, 스케하치 씨나 오토시 씨가 나갈 때 함께 나가겠다고 떼를 쓰는 사람은 언제나 기쓰짱 쪽이었습니다. 그렇게 하면 스케하치 씨는 기쓰짱의 빰을 호되게 때리고, 저를 기둥에 묶어 버린답니다. 그리고 밖으로 나가려고 설치면 밥을 한 번밖에 주지 않았습니다.

그래서 저는 스케하치 씨나 오토시 씨 몰래 밖에 나갈 것을 열심히 생각했습니다. 기쓰짱과 그 일만을 의논했습니다.

어느 날 저는 창의 철봉을 빼려고 궁리를 했습니다. 철봉이 끼여 있는 흰 흙을 파고 철봉을 빼내려고 했습니다.

기쓰짱과 히데짱은 교대로 손가락 끝에서 피가 날 정도로 오래 흙을 팠습니다. 마침내 철봉 한 개의 아래쪽을 빼냈습니다. 그런데 곧 스케하치 씨에게 들켜 하루 종일 밥을 못 먹었습니다.

(중략)

어떻게 해도 곳간 밖으로 나갈 수는 없다고 생각하니, 슬퍼서 한동안 매일 매일 발돋움을 하고 창밖만 보고 있었답니다.

바다는 언제나처럼 반짝반짝 빛나고 있었습니다. 들판에는 아무것도 없었습니다. 바람만이 풀들을 움직이고 있었습니다. 저 바다 저편에 세계가 있는가 생각하니, 새처럼 날아갈 수 있었으면 싶었습니다.

그런데 저희 같은 병신이 저 세계에 간다면 어떤 꼴을 당할지 모른다고 생각하니 무서워졌습니다.

바다 저쪽에 파란 산 같은 것이 보였습니다. 스케하치 씨가 언젠가 말했습니다.

"저것은 곶이라는 것인데, 소가 누워 있는 듯한 모양이다."

소 그림은 본 일이 있는데, 소가 누우면 저런 모양이 되나 싶었습니다. 그리고 저 곶이라는 산이 세계의 끝인지도 모른다고 생각했습니다.

먼, 먼 곳을 가만히 보고 있으면 눈이 부옇게 흐려져서 저도 모르게 눈물이 흘러내린답니다.

(중략)

어머니도 아버지도 없이 감옥 같은 곳간에 갇혀서 한 번도 넓은 세상에 나간 일이 없다는 불행만으로도 슬퍼서 슬퍼서 죽어 버리고 싶을 정도인데, 요즘에는 기쓰짱이 싫은 짓까지 하니까 가끔 기쓰짱을 목 졸라 죽여 버릴까 하고 생각한답니다. 기쓰짱이 죽으면 틀림없이 히데짱도 함께 죽어 버릴 테니까요.

저는 그만 죽고 싶어졌습니다. 죽어 버리고 싶습니다. 하느님, 도와주십시오. 부디 저를 죽여주십시오.

(중략)

오늘 창 밖에서 소리가 나기에 내다보았더니, 창 바로 밑 담 밖에 사람이 서서 창을 올려다보고 있었습니다. 크고 뚱뚱한 남자였습니다. 《어린이 세계》의 그림에 있는 것처럼 묘한 옷을 입고 있으니, 먼 세계의 사람일지도 모르겠다고 생각했습니다.

저는 큰 소리로 물었습니다.

"너는 누구냐?"

그런데 그 사람은 아무 대답도 하지 않고 말끄러미 저를 바라보고 있었습니다. 어쩐지 친절한 분같이 보였습니다. 저는 여러 가지 이야기를 해 보고 싶었지만 기쓰짱이 무서운 얼굴로 방해를 했습니다. 만약 큰 소리를 내다가 스케하치 씨한테 들키기라도 하면 큰일이어서 저는 그 사람 얼굴을 보고 웃었을 뿐이었습니다. 그랬더니 그 사람도 저의 얼굴을 보고 웃었습니다.

그 사람이 가고 난 뒤 저는 갑자기 슬퍼졌습니다. 그래서 부디 다시 한 번 오게 해 달라고 하느님께 빌었습니다.

그 뒤 저는 좋은 생각이 났습니다. 만약 그 사람이 한 번 더 와 준다면, 이야기는 못 하더라도 먼 세계 사람들은 편지라는 것을 쓴다고 하니까——책에 그렇게 씌어 있었습니다——저도 글을 써서 그 사람에게 보여야겠다고 생각했습니다. 그런데 편지를 쓰려면 오래 걸리니까 이 노트를 그 사람에게 던져 주는 편이 좋겠다고 생각했습니다.

그 사람은 틀림없이 글을 읽을 수 있을 테니까 이 노트를 주워 읽고, 제가 불행하고 또 불행하다는 사실을 알고 하느님처럼 도와주실지도 모릅니다.

부디 다시 한 번 그 사람이 와 주기를 하느님께 빕니다.

노트의 글은 여기서 뚝 그쳤다.

노트를 다 읽고 모로토 미치오와 나는 한동안 말없이 얼굴을 마주 보고 있었다.

나는 샴 형제라는 기묘한 쌍둥이 이야기를 들은 적이 있다. 샴 형제는 이름이 샹과 엥으로, 둘 다 남자였는데, 검상연골부 유합쌍체(劍狀軟骨部癒合雙體)라고 부르는 기형 쌍둥이였다. 그런 기형아는 대부분 사산되거나 출생 후 곧 죽어 버리는 법인데, 샹과 엥은 그 이상한 몸으로 63살까지 장수하고, 둘 다 다른 여자와 결혼하여 놀랍게도 22명이나 되는 완전한 아이들의 아버지가 되었다고 한다.

그런데 그런 예는 세계에서도 드물 정도니까, 우리나라에 그런 무시무시한, 머리가 둘 달린 생물이 존재하리라고는 상상도 못 했었다. 더구나 그것이 한쪽은 남자이고 한쪽은 여자이며, 남자는 여자에게 깊은 애착을 느끼고, 여자는 남자를 죽도록 싫어한다는 이상하기 짝이 없는 상태이다.

악몽 속에서도 일찍이 보지 못한 지옥의 일이라고 하지 않을 수 없다.

"히데짱이라는 소녀는 참 총명하군요. 아무리 숙독을 했다고 하더라도, 단 세 권의 책에서 얻은 지식으로 오자가 있고 맞춤법이 틀리기는 했어도 이만큼 긴 글을 썼으니 말입니다. 이 소녀는 시인이기도 합니다. 그러나 과연 이런 일이 있을 수 있을까요? 설마 장난은 아니겠지요?"

나는 의학자 모로토의 의견을 묻지 않을 수 없었다.

"장난? 아니, 아마 장난이 아닐 거야. 미야마기가 그렇게 소중히 다룬 것을 보면 여기에는 틀림없이 깊은 뜻이 있을 거야. 문득 생각이 났는데, 이 마지막께에 적혀 있는 창 밑에 와 있었다는 인물이 뚱뚱하고 양복 차림이었다는데, 미야마기 씨가 아닐까?"
"아, 나도 역시 잠깐 그런 생각이 들었습니다."
"그렇다고 한다면 미야마기 씨가 살해되기 전에 여행한 곳이란 이 쌍둥이가 갇힌 토굴이 있는 지방이었을 거야. 그리고 미야마기 씨가 그 토굴 창 밑에 간 것이 한 번이 아니야. 왜냐하면 미야마기 씨가 다시 그 창 아래에 가지 않았다면 쌍둥이는 이 노트를 창밖으로 던지지 않았을 테니까."
"그러고 보니 미야마기 씨는 여행에서 돌아와 뭔가 무서운 것을 보았다고 했었는데, 그건 쌍둥이 일이었군요."
"아아, 그런 말을 했었나? 그러면 틀림없을 거야. 미야마기 씨는 우리가 모르는 사실을 알고 있었던 거야. 그렇지 않고서야, 그런 곳에 여행할 이유가 없을 테니까."
"그런데 그 불쌍한 불구자를 보고 왜 구출하려 하지 않았을까요?"
"그것은 모르겠는데. 바로 부닥치기에는 힘에 겨운 적이라고 생각했는지도 모르지. 그래서 일단 돌아와 준비를 해 가지고 다시 갈 생각이었는지도 몰라."
"그 적이란 쌍둥이를 가두고 있는 자를 가리키는 거지요?"
나는 그때 문득 생각나는 게 있어 놀라며 말을 이었다.
"아아, 이상하게 들어맞는 것이 있습니다. 죽은 곡예 소년 도모노스케 말입니다. 그 애가 '아버지'에게 야단맞는다고 하지 않았습니까? 이 노트에도 '아버지'라는 말이 있어요. 그리고 둘 다 나쁜 놈인 것 같으니, 혹시 그 '아버지'라는 자가 원흉이 아닐까요? 그렇게 생각하면 이 쌍둥이와 이번 살인사건이 연결되지 않습니까?"
"그래, 너도 그걸 깨달았군. 그런데 그것뿐이 아니야. 이 노트는 세밀히 주의해서 보면 여러 가지 사실을 말해 주고 있어. 실로 무서운데……"

모로토는 이렇게 말하고 정말 무서운 듯한 표정을 지었다.

"만약 내 생각이 맞다면 이 일 전체의 사악함에 비해 하쓰요 양 살해 따위는 아주 작은 사건에 불과해. 자네는 아직 깨닫지 못한 것 같은데, 이 쌍둥이 자체에 세상 어느 누구도 생각하지 못할 정도의 아주 무서운 비밀이 숨겨져 있어."

모로토가 무엇을 생각하고 있는지 확실히 알 수는 없었으나 차례로 나타나는 사실의 기괴함에 나는 전율을 느끼지 않을 수 없었다. 모로토는 창백한 얼굴로 생각에 잠겨 있었다. 마치 자기 자신의 마음속을 깊이깊이 들여다보는 듯했다. 나도 노트를 만지작거리며 묵상에 잠겼다. 그런데 그러는 사이에 나는 어떤 놀라운 연상에 부닥쳐 퍼뜩 정신이 들었다.

"모로토 씨, 아무래도 이상한데요. 또 한 가지 이상한 일치가 생각났습니다. 당신한테는 아직 말하지 않았는데, 하쓰요가 버림받기 전, 2, 3살 때의 꿈 같은 추억을 이야기한 일이 있습니다. 어딘지 거칠고 쓸쓸한 바닷가에 묘한 예스러운 성 같은 집이 있고, 그곳의 벼랑처럼 된 바닷가에서 하쓰요 양이 갓난아기와 놀고 있었답니다. 하쓰요 양은 그런 경치를 꿈처럼 기억하고 있다고 했습니다. 나는 그때 그 경치를 상상하며 그림으로 그려 하쓰요 양에게 보였는데, 똑같다고 했습니다. 그래서 그 그림을 소중히 보관하다가, 언젠가 미야마기 씨에게 주고 그만 잊고 있었습니다. 하지만 나는 확실히 기억하고 있으니까 지금이라도 그릴 수가 있습니다.

이상한 일치라고 하는 것은, 하쓰요 양이 그 바다보다 훨씬 먼 저편에 소가 누운 듯한 모양의 육지가 보였다고 했는데, 이 노트에도 토굴 창으로 바다를 보면, 저편에 소가 누운 것 같은 모양의 곳이 있다고 씌어 있지 않습니까. 소가 누운 듯한 곳은 어디에나 있을 테니까 우연의 일치인지도 모르지만, 바닷가의 거친 풍경과 곶의 모양 따위가 하쓰요 양의 이야기 그대로입니다. 하쓰요 양이 가지고 있던 암호문을 숨긴 족보를 훔치려던 도둑과 이 쌍둥이는 무슨 관계가 있는 것 같아요. 그리고 하쓰요 양이나 쌍둥이나 같은 모양의 육지를 보았다고 했습니다. 그렇다면 같은 장소라고 생각되지 않습니까?"

내 이야기를 중간쯤 듣자 모로토는 유령이라도 만난 사람처럼 이상한 공포의 표정을 얼굴에 드러내기 시작했는데, 내가 말을 마치자 매우 다그치는 투로 그 해변 경치를 그려 보라고 했다. 내가 연필과 수첩을 꺼내 대충 그 상상도를 그렸더니, 그것을 낚아채듯 하여 오래 들여다보았다. 그리고 그는 비틀비틀 일어나 돌아갈 채비를 하며 말했다.

"난 오늘은 머리가 엉망이 되어서 생각이 정리되지 않는군. 그만 돌아가겠어. 내일 우리 집으로 와 줘. 지금 여기서는 무서워서 할 수 없는 얘기가 있으니까."

이렇게 말하고 그는 나의 존재를 잊은 듯 인사도 없이 비틀거리면서 계단을 내려가는 것이었다.

형사와 난쟁이

나는 모로토의 이상한 행동을 이해할 수 없어 혼자 남아 멍청히 앉아 있었다. 모로토가 내일 와 달라고 했으니까 일단 집에 돌아가 내일을 기다릴 수밖에 없었다.

그런데 나는 이 간다의 집에 올 때에, 노기 장군상을 헌 신문에 싸서 남모르게 조심스레 가져왔었다. 그 속에서 소중한 두 가지 물건이 나온 이상 나의 집으로 그것을 가지고 돌아가는 것은 매우 위험한 일임이 분명했다.

나는 잘 모르겠지만, 죽은 미야마기나 모로토는 그 괴물이 이 물건을 입수하기 위해 사람을 죽였다고 했다. 그럼에도 불구하고 모로토가 이 물건의 처분 방법을 지시하지도 않고 허탈해져서 나갔다는 것은 상당한 사정이 있어서일 것이다. 그래서 나는 여러 가지로 궁리한 끝에 괴물이 이 식당 이층까지는 눈치채지 못하리라고 생각하고, 두 권의 책을 그 방에 걸려 있던 낡은 액자의 표장(表裝)이 찢어진 사이에 쑥 밀어 넣어, 얼른 보아서는 조금도 모르게 해 놓고, 시치미를 떼고 그냥 집으로 돌아왔다. (그런데 내심 약간 자랑스럽게 여기기까

지 했던 즉흥적인 은닉 장소가 결코 안전하지 못했다는 사실을 나중에 알았다)

이튿날 점심때쯤 내가 모로토를 방문하기 전까지는 별로 할 이야기가 없다. 이 사이를 이용해서 내가 직접 보고 들은 것은 아니나, 훨씬 뒤에 본인으로부터 들은 기타카와(北川)라는 형사의 이 사건 수사에 대한 이야기를 여기에 덧붙이기로 한다. 시간적으로 마침 그 무렵에 생긴 일이니까.

기타카와 씨는 전에 도모노스케 살해에 관계한 이케부쿠로 경찰서의 형사였다. 그는 다른 경찰관들과는 조금쯤 다른 생각을 하는 사나이여서, 이 사건에 대한 모로토의 의견을 제대로 받아들였다. 그는 서장의 허락을 얻어, 경찰국 사람들이 손을 떼어 버린 뒤에도 끈기 있게 곡마단 뒤를 따라다니며 곤혹스러운 수사를 계속하고 있었다.

그 무렵 그 곡마단은 도망치듯 우구이스다니를 떠나 멀리 시즈오카 현(靜岡縣)의 어느 도시 자리를 잡고 쇼를 하고 있었다. 기타카와 형사는 그곳으로 출장을 가 보잘것없는 노동자로 변장하고 1주일간이나 수사를 계속했다. 1주일이라 해도 짐 옮기는 일과 설비 등에 4, 5일이나 걸렸기 때문에 곡마단 손님들을 부르게 된 것은 겨우 2, 3일 전이었다.

기타카와 씨는 임시로 고용된 인부가 되어, 설비를 하는 심부름까지 하며 단원들과 친해지도록 노력했다. 그래서 만약 그들 사이에 비밀이 있다면 벌써 눈치를 챘어야 하는데, 이상하게도 아무런 단서도 잡지 못했다.

도모노스케가 7월 5일에 가마쿠라에 간 일이 있는가, 그때 누가 데리고 갔는가, 도모노스케의 배후에 80살쯤되는 허리가 굽은 노인이 없는가 하는 여러 가지 일을, 한 사람 한 사람을 붙들고 자연스럽게 물었다. 그러나 모두 모른다고 대답할 뿐이었다.

그들의 태도로 보아 결코 거짓말 같지는 않았다.

단원 중에 웃기는 역을 하는 한 난쟁이가 있었다. 30살이나 되었는데 키가 7, 8살짜리 소년만 하고, 얼굴은 진짜 나이보다 늙어 보이는 기분 나쁜 불구자로서, 그런 자들에게서 흔히 볼 수 있는 저능아였다. 기타카와 씨는 처음에 이 난쟁이는 별로인 것 같아 친해지려고 하지도 않고 말을 물으려고 하지도 않았다. 그런데 차츰 시간이 지나면서 이 난쟁이가 매우 의심이 많고, 질투를 하고, 어떤 경우에는 보통 사람도 못할 장난을 친다는 사실을 알았다. 어쩌면 일부러 저능함을 가장하고 그것을 일종의 보호막으로 삼고 있는지도 몰랐다. 그래서 기타카와 씨는 오히려 이런 자에게 물어보면 의외로 무슨 단서가 잡힐지도 모른다고 생각하게 되었다. 그래서 그는 끈기 있게 이 난쟁이를 가까이하다가 이제는 됐다 싶을 무렵의 어느 날 다음과 같은 얘기를 나누었는데, 내가 여기에 함께 써 두고 싶은 것이 이 괴상한 문답이다.

맑은 별이 총총한 밤이었는데 쇼가 모두 끝나고 뒤처리도 끝났을 무렵, 난쟁이는 이야기 상대가 없어 텐트 밖에 나와 혼자 바람을 쐬고 있었다.

기타카와 씨는 이 기회를 놓치지 않고 그에게 다가가서 어두운 노천에서 세상 이야기를 시작했다. 시시한 이야기부터 시작해서 미야마기 씨가 살해당한 문제의 날로 옮겨 갔다. 기타카와 씨는 그날 우구이스다니에서 곡마단 손님으로 구경하고 있었다고 거짓말을 하고 얼토당토않은 그때의 감상 등을 이야기한 다음에 요점으로 들어갔다.

"그날 밤 곡예가 있었는데, 도모노스케 말이야. 왜 그 이케부쿠로에서 살해된 아이 말이야. 그 애가 항아리 속에 들어가 빙글빙글 돌려지는 걸 보았지. 그 앤 정말 안됐어."

"응, 도모노스케 말이지? 정말 불쌍한 것은 그 애야. 끝내 당해 버렸어. 아 무서워……. 그러나 말이야, 형씨, 그날 도모노스케의 발 곡예가 있었다는 것은 형씨가 잘못 본 거야. 난 이렇게 생겼어도 기억력이 좋아. 그날 도모노스케는 움막에 없었어."

난쟁이는 어디 사투리인지도 모를 말로, 그러나 매우 거침없이 지껄였다.

"돈 천 원 내기를 해도 좋아. 난 확실히 보았어."

"소용없어, 형씨. 그건 날이 달라. 7월 5일은 특별한 까닭이 있어서 난 정확히 기억하고 있어."

"날이 틀렸다고? 7월의 첫째 일요일인데. 너야말로 날을 잘못 알고 있군."

"아냐, 아냐."

난쟁이는 어둠 속에서 익살을 부리는 모양이었다.

"그럼 도모노스케는 병이 났었나?"

"그 자식이 병 같은 게 걸린다고 누가 상관이나 하겠어. 단장 친구가 와서 어디론가 데리고 갔어."

"단장이라면 아버지 말이지? 그렇지?"

기타카와 씨는 도모노스케가 소위 '아버지'를 잘 기억하고 있어 넌지시 물었다.

"뭐, 뭐라고?"

난쟁이는 그때 갑자기 매우 무서운 표정을 지었다.

"넌 어떻게 아버지를 알지?"

"모를 이유도 없잖아. 80살쯤 된 늙은 할아버지 아냐? 너희 단장이란 그 할아버지겠지."

"아냐, 아냐. 단장은 그런 할아버지가 아냐. 허리가 굽은 게 뭐야. 넌 본 일이 없군. 하긴 움막에는 별로 얼굴을 내밀지 않으니까. 단장은 이렇게 심한 꼽추인, 30살 정도의 젊은 분이야."

기타카와 씨는 '옳지, 단장은 꼽추였구나. 그래서 노인으로 보였는지도 모르겠다'고 생각했다.

"그 사람이 아버지야?"

"아냐 아냐. 아버지가 이런 곳에 와 있을 리가 있나. 훨씬 먼 곳에 있지. 아버지와 단장은 다른 사람이야."

"다른 사람이라구? 그럼 아버지란 사람은 도대체 어떤 사람이야? 그 사람은 너희와 무슨 관계지?"

"뭔지 잘 모르지만 아버지는 아버지야. 단장과 얼굴이 닮았고 역시 꼽추니까 단장과 부자간일지도 몰라. 그런데 난 그만두겠어. 아버지 이야기를 하면 안 돼. 넌 괜찮겠지만 만약 아버지에게 알려지면 나는 혼이 날 테니까. 또 상자 속에 갇혀 버릴 거야."

상자 속이라는 말을 듣고 기타카와 씨는 현대의 고문 기구 가운데 하나인 어떤 상자를 떠올렸지만, 그것은 가타카와 씨의 잘못된 생각이었다. 난쟁이가 말하는 소위 '상자'란, 그런 고문 기구 같은 것보다 몇 배나 더 무서운 것임을 그는 나중에 알았다.

여하튼 기타카와 씨는 상대가 의외로 다루기 쉬워 점점 이야기가 깊어지자 가슴을 설레며 질문을 계속해 나갔다.

"그런데 말이야, 7월 5일에 도모노스케를 데려간 사람은 아버지가 아니고 단장의 친구란 말이지? 어디로 갔어? 넌 듣지 못했나?"

"도모노스케 녀석, 나와는 사이가 좋았으니까 나한테만 살짝 가르쳐 주었어. 경치가 좋은 바다로 가서 모래놀이도 하고 헤엄도 치고 했다고."

"가마쿠라가 아닌가?"

"그래, 맞았어. 가마쿠라라고 했지. 도모노스케 녀석은 단장이 가장 아끼는 아이니까 가끔 좋은 구경을 했지."

여기까지 듣고 기타카와 씨는 모로토의 엉뚱한 추리──하쓰요 살해 사건과 미야마기 살해사건에서 하수인은 도모노스케였다는——가 의외로 맞다는 사실을 믿지 않을 수 없었다. 그러나 섣불리 손을 써서는 안 되는 문제였다. 단장이라는 자를 구속해서 실토시키는 것도 좋지만, 그렇게 하면 진범을 놓치게 될지도 몰랐다. 그전에 그 배후의 '아버지'라는 인물을 더 깊이 알아볼 필요가 있었다. 진범은 그 '아버지'라는 자일지도 모르니까. 그리고 이 사건은 단순한 살인사건이 아니라 더욱더 복잡한 무거운 범죄인지도 몰랐다.

기타카와 씨는 상당히 야심이 있어서 자기 손으로 완전히 조사를 마칠 때까지 서장에게 보고하지 않을 셈이었다.

"너는 아까 상자 속에 갇힌다고 했지? 상자란 대체 뭐지? 그렇게 무서운 것인가?"

"아, 무서워. 너희는 모르는 지옥이야. 사람을 상자에 담은 걸 보았나? 손도 발도 무척 저리지. 나 같은 불구자는 모두 그 상자에 담겨져 만들어지는 거야. 아하하하하……."

난쟁이는 수수께끼 같은 말을 하고 기분 나쁘게 웃었다. 그는 바보면서도 어딘가에 제정신이 남아 있는 것처럼 보였다. 아무리 물어도 그 이상은 농담으로 얼버무리고 확실한 말을 하지 않았다.

"아버지가 무서운 게로군. 겁쟁이! 그런데 그 아버지는 어디에 있지? 먼 곳이라면서?"

"먼 곳이야. 나는 어딘지 잊어버렸어. 바다 저편의 훨씬 먼 곳이야. 지옥이야. 귀신 섬이야. 나는 생각만 해도 오싹해. 아, 무서워……."

그날 밤엔 아무리 노력을 해도 얘기를 더 진전시킬 수는 없었지만, 기타카와 씨는 자기 예견이 틀리지 않았다는 사실을 알고 크게 만족했다.

기타카와 씨는 그로부터 며칠 동안 끈기 있게 난쟁이를 가까이 해서 상대가 마음을 열고 더 자세히 이야기해 주기를 기다렸다.

그러는 사이에 기타카와 씨는 차차 '아버지'라는 인물의 정체 모를 무서움을, 난쟁이와 도모노스케가 그렇게 두려워 떨던 까닭을 조금씩 알 것 같았다. 난쟁이의 말투가 분명하지 못해서 확실한 윤곽을 잡을 수는 없었으나, 어떤 경우에는 그가 사람이 아니고 일종의 으스스한 짐승 같다는 생각이 들었다. 전설의 귀신이란 이런 생물을 가리키는 게 아닌가 싶었다. 난쟁이의 말이나 표정이 어렴풋이 그런 느낌을 말해 주고 있었다.

그리고 '상자'라는 것의 의미도 어렴풋이 알 것 같았다.

상상에 불과하기는 해도 그 모양을 떠올렸을 때, 기타카와 씨 역시 너무 무서워서 몸을 떨지 않을 수 없었다.

"난 태어날 때부터 상자 속에 들어 있었어. 움직일 수도, 어떻게 할 수도 없었어. 상자 구멍으로 목만 내밀고 밥을 먹었어. 그리고 상자에 담긴 채 배를 타고 오사카에 왔지. 그리고 상자 속에서 나왔어. 그때 난생 처음으로 널찍한 곳에 나오는 바람에 무서워서 이렇게 오그라들었지."

어느 날 난쟁이는 이렇게 말하고, 짧은 손발을 갓난아기처럼 싹 오그려 보였다.

"그런데 이건 비밀이야. 너한테만 이야기하는 거야. 그러니까 말이야, 너도 비밀로 해 두지 않으면 혼줄이 날 거야. 상자에 담겨. 그래도 난 몰라."

난쟁이는 굉장히 무서워하는 표정을 지으며 덧붙였다.

기타카와 형사가 경찰임을 전혀 드러내지 않고 조금도 눈치채지 않게 조용히 '아버지'라는 인물의 정체를 밝혀내고, 한 섬에서 행해지던 상상도 못할 범죄 사건을 찾아 낸 것은 그로부터 다시 10여 일 뒤였다. 그것은 이야기가 진행됨에 따라 자연히 독자에게 알려질 테니까,

여기서는 경찰 쪽에서도 이렇게 해서 성실한 한 형사의 고심에 의해 곡마단에서부터 수사를 착수해 가고 있었다는 사실을 독자에게 알리는 데 그치겠다. 기타카와 형사의 탐정담은 이로써 마치고, 이야기를 먼저로 돌려 모로토와 나의 그 뒤의 행동을 계속 써 가기로 한다.

모로토 미치오의 고백

간다의 식당 이층에서 기분 나쁜 노트를 읽은 다음 날, 나는 약속대로 이케부쿠로에 있는 모로토의 집을 찾아갔다. 모로토 쪽에서도 나를 기다리고 있었는지, 학생이 바로 응접실로 안내했다.

모로토는 곧 그 응접실의 문들을 모두 열어 젖혔다.

"이렇게 해 두면 엿듣지 못하겠지."

그는 자리에 앉더니 창백한 얼굴을 하고 낮은 목소리로 다음과 같은 이상한 신상 이야기를 시작했다.

"나에 대한 얘기는 누구에게도 털어놓은 적이 없어. 실은 나 자신도 확실히 모를 정도야. 왜 확실히 모르고 있는지 네게만 이야기해 두겠어. 그래서 나의 무서운 의심을 푸는 일에 네 협조를 받고 싶어. 그 일이란 즉 하쓰요 양이나 미야마기 씨의 적을 찾는 일이기도 하니까.

넌 틀림없이 지금까지 나에게 의심을 품고 있었을 거야. 예컨대 왜 내가 이번 사건에 이렇게 열성을 보였는지, 왜 자네 경쟁자가 되어 하쓰요 양에게 청혼을 했는지(자네를 좋아해서 두 사람의 사랑을 방해하려고 한 것은 사실인데, 이유가 그것만은 아니었어. 더 깊은 까닭이 있었어), 왜 내가 여자를 싫어하고 남자에게 집착을 하게 되었는지, 그리고 무엇 때문에 내가 의학을 전공하고 현재 이 연구실에서 괴상한 연구를 계속하고 있는지……등등.

내가 지금부터 하는 얘기를 들으면 모두 이해가 될 거야.

나는 어디서 태어났는지, 누구의 자식인지 도무지 알 수 없어. 길러 준 사람은 있지. 학비를 대 준 사람도 있고. 그러나 그 사람들이 나의 부모인지 무엇인지는 알 수가 없어. 난 적어도 그 사람들이 나를 사랑하고 있다고 생각하지는 않았어.

나는 철이 들 무렵에는 기슈의 어느 외딴섬에 있었어. 어부의 집이 2, 30채 드문드문 서 있는 쓸쓸한 마을이었어. 우리 집은 그중에서 마치 성처럼 가장 컸지. 그런데 심하게 황폐한 집이었어. 그곳에 있던 나의 부모라고 하는 사람들은 아무리 생각해도 나의 부모라고 생각되지 않아. 얼굴도 나와는 조금도 닮지 않았고, 둘 다 흉한 꼽추로 나를 사랑해 주지도 않았어. 같은 집에 있어도 집이 넓기 때문에 아버지와는 거의 마주치는 일이 없을 정도였지. 아버지는 몹시 엄격해서 잘못하면 반드시 혼이 나고 끔찍한 벌을 받곤 했지.

그 섬에는 학교가 없어서 8킬로미터나 떨어진 맞은편 해안의 도시 학교에 다니게 되어 있었지만, 그곳까지 통학하는 사람은 아무도 없었어. 나는 그래서 초등교육을 받지 못했네. 그 대신 집에 친절한 할아범이 있어서 그 사람이 나에게 글자를 가르쳐 주었어. 가정 환경이 그러니 나는 공부를 낙으로 삼고, 글자를 조금 읽을 수 있게 되자 집에 있는 책을 닥치는 대로 읽었지. 그리고 시내에 나가게 되면 그곳 책방에서 여러 가지 책을 사다가 공부를 했네.

13살 때에 나는 비장한 용기를 내어 무서운 아버지에게 학교에 보내 달라고 부탁했지. 아버지는 내가 공부를 좋아하고 머리가 꽤 좋다는 것을 인정하고 있어서 나의 애절한 소원을 듣더니 덮어놓고 혼내지 않고 조금 생각해 보겠다고 하더군. 그리고 한 달쯤 지나 겨우 허락이 떨어졌어.

그런데 아버지는 실로 이상한 세 가지 조건을 달았어.

첫째 조건은 '학교를 다니려면 도쿄로 나가 대학까지 착실히 공부할 것, 그러기 위해서는 도쿄의 친지 집에 지내면서 그곳에서 중학교에 들어갈 준비를 하고, 다행히 입학이 되면 그 뒤에는 죽 기숙사와 하숙집에서 살 것'이었어. 나로서는 더 바랄 수 없는 조건이었어. 그래서 도쿄에 있는 친지 마쓰야마라는 사람에게 의논을 했는데 그 사람으로부터 떠맡겠다는 편지가 왔지.

둘째 조건은 '대학을 졸업할 때까지는 고향에 돌아오지 말 것'이었어. 이것은 좀 이상하게 생각되었지만, 그런 차가운 가정이나 불구자인 부모 따위에는 미련이 없었으니까 그다지 고통스럽게 생각하지는 않았네.

셋째 조건은 '학문은 의학을 공부할 것. 의학의 어느 방면을 하느냐는 대학에 입학할 때 지시하겠는데 만약 그 지시를 따르지 않는 경우에는 곧 학자금 송금을 중지하겠다'는 것이어서 당시의 나에게는 별로 싫은 조건이 아니었지.

그러나 점점 해가 지나면서 이 둘째, 셋째 조건에 매우 무서운 의미가 포함되어 있다는 사실을 알게 되었지. 즉 내가 대학을 졸업하기 전에 집에 돌아와서는 안 된다고 한 것은 우리 집에 뭔가 비밀이 있어서 장성한 나에게 그것을 눈치채지 않게 하려는 속셈이었던 거야. 우리 집은 황폐한 고성 같은 건물로, 해가 들지 않는 음침한 방이 많이 있는데, 거기에는 언제나 엄중하게 자물쇠가 채워져 있어서 안에 무엇이 있는지 조금도 알 수 없었어. 뜰에는 커다란 토굴이 서 있었는데 이것도 한번도 연 일이 없었지.

나는 어린 마음에도 이 집에 무언가 무서운 비밀이 숨겨져 있다는 것을 느꼈어. 그리고 우리 가족은 친절한 할아범을 제외하고는 모두 불구인 양친 외에 하인인지 식객인지 알 수 없는 남녀가 네 사람이나 있었는데, 그 사람들이 의논이나 한 것처럼 맹인이거나, 벙어리거나, 손발가락이 두 개밖에 없는 불구에 저능아이거나, 설 수도 없는 해파리 같은 뼈 없는 사람이거나 했어. 그러한 사실과 열리지 않는 방을 결부시켜 생각을 하다보면 나는 표현도 할 수 없는 오싹한 불쾌감을 품곤 했었지. 내가 부모 슬하로 돌아가지 못하게 된 것을 오히려 기뻐한 이유를 자네도 알아주겠지? 그러한 조건이 붙은 데에는 내가 그런 가정에서 자랐음에도 불구하고 민감한 아이여서 부모들이 두려움을 느낀 탓도 있었겠지.

그러나 더 무서운 것은 셋째 조건이었어. 내가 운 좋게 대학 의과에 입학했을 때, 고향 아버지의 전갈을 가지고 왔다면서 전에 살았던 집의 마쓰야마라는 남자가 하숙집으로 찾아왔어.

나는 그에게 이끌려 어느 요릿집으로 가서 밤새도록 설교를 들었어. 마쓰야마는 아버지의 긴 편지를 가지고 있어서, 그 서면에 따라 의견을 말한 것인데, 한 마디로 말하면 보통 의사가 되어 돈을 벌 필요도 없고, 학자가 되어 이름을 떨칠 필요도 없고, 그보다는 외과학의 진보에 공헌할 수 있는 큰 연구를 성취해 달라는 것이었어.

그 당시는 세계 대전이 막 끝난 때여서, 엉망이 된 부상병을 피부나 뼈를 이식하여 완전한 사람으로 만들었다느니, 두개골을 절개하고 뇌수술을 했다느니, 뇌의 일부분을 바꾸어 넣는 데 성공했다느니 하는 외과학상의 놀라운 보고가 한창 전해지고 있었는데, 나도 그 방면의 연구를 하라는 명령이었던 거야. 이것은 양친이 불구자였기에 한층 절실히 그 필요를 절감했을 거야. 그리고 손이나 발이 없는 불구자에게는 의족 의수 대신에 진짜 손발을 이식해서 완전한 사람으로 만들 수도 있다는 어설픈 생각도 섞여 있었을 거고.

별로 나쁜 일도 아니고, 또 만약 그걸 거절한다면 학자금이 끊기기 때문에 나는 아무 생각도 없이 그 요청을 승낙했지. 그렇게 해서 나의 저주받을 연구가 시작된 거야. 기초적인 학과를 대충 마치고 나서 나는 동물 실험으로 들어갔어. 쥐니 고양이니 개니 하는 동물을 무참히 상처내고 죽이고 했지. 깽깽 비명을 지르며 몸부림치고 괴로워하는 동물을 날카로운 메스로 잘라 발겼지.

내 연구는 주로 생체 해부라는 부류에 속하는 것이었어. 생물을 살려 놓고 해부하는 거야. 그렇게 해서 나는 많은 동물을 불구자로 만드는 데 성공했지. 헨터라는 학자는 닭의 며느리발톱을 황소 목에 이식했고, 유명한 알제리아의 '뿔소 같은 쥐'라는 것을 만들었는데, 쥐의 꼬리를 쥐의 입 위에 이식해서 성공했어. 나도 그와 비슷한 갖가지 실험을 했어. 개구리 다리를 절단하고 다른 개구리 다리를 이어 보기도 하고, 머리가 두 개인 모르모트를 만들어 보기도 했지. 뇌수를 바꿔 넣기 위해 나는 얼마나 많은 토끼를 쓸데없이 죽였는지!

인류에 공헌할 연구가 이면에서 생각하면 오히려 엉뚱한 불구자 동물을 만들어 내는 일이기도 했어. 그리고 무서운 일은 이 불구자 제조에 불가사의한 매력을 느끼게 되어 갔다는 거야. 동물 실험에 성공할 때마다 편지로 아버지에게 자랑스럽게 보고했지. 그러면 아버지는 나의 성공을 축하하고 격려하는 긴 편지를 보냈어. 대학을 졸업하자, 아버지는 아까 말한 마쓰야마를 통해 나에게 이 연구실을 세워 준 다음, 연구비용으로 매월 많은 돈을 보내 주고 있어. 그러면서도 아버지는 나의 얼굴을 보려고 하지 않는 거야. 내가 학교를 졸업한 후에도 아버지는 전의 조건을 굳게 지켜 나의 귀향을 허락하지도 않고 자신이 도쿄에 나오려고 하지도 않았어. 나는 언뜻 보기에는 친절한 듯한 이런 아버지의 처사가 실은 눈꼽만큼도 자식에 대한 애정에서 나온 것이 아님을 느끼고 있었지. 아니, 그것뿐이 아니야. 나는 아버지의 어떤 극악무도한 계획을 상상하고 몸이 부들부들 떨렸어. 아버지는 나와 얼굴을 마주치는 것마저 두려워하고 있는 거야.

내가 부모를 부모로 느끼지 않는 까닭은 또 있어. 그것은 내 어머니라고 불리는 여자 때문인데, 이 추악하기 짝이 없는 꼽추 여자가 나를 자식으로서가 아니라 한 남성으로서 사랑한 거야.

이런 말을 하기는 매우 창피할 뿐 아니라, 가슴이 메스꺼워지도록 싫지만, 나는 10살이 지나서부터 끊임없이 어머니로부터 괴로움을 당했어. 도깨비 같은 커다란 얼굴이 내 위를 덮쳐 아무데나 핥았어. 그 입술의 감촉은 생각만 해도 소름이 끼칠 정도야. 어떤 간지러운 불쾌감으로 눈을 뜨면 어느 사이엔가 어머니는 내 잠자리에서 같이 자고 있었어. 그리고 "넌 착한 아이지" 하며 차마 말 못할 짓을 요구했어. 나는 온갖 추악한 것을 보았어. 그 참을 수 없는 고통이 3년이나 계속되었어. 내가 가정을 떠나고 싶다고 생각한 제일 큰 이유는 바로 그것이었어. 나는 여자라는 것의 더러움을 너무나 많이 보았어. 그래서 어머니와 모든 여성을 더럽게 느끼고 증오하게 된 거야. 너도 알고 있는 나의 도착적인 애정은 이런 데에서 오지 않았는가 싶어.

그리고 넌 놀라겠지만, 내가 하쓰요 양에게 청혼을 한 것도 사실은 부모의 명령이었어. 너와 하쓰요 양이 서로 사랑하기 전부터 나는 기자키 하쓰요와 결혼하라는 명령을 받았어. 아버지한테서 편지가 오고 마쓰야마가 아버지의 심부름인지 가끔씩 찾아오는 거야.

너와는 우연의 일치라고는 하나 이상한 인연이야. 그러나 지금 말한 것처럼 나는 여자를 미워하여 조금도 결혼할 의사가 없기 때문에, 부모 자식의 인연을 끊고 송금을 단절하겠다는 협박을 받으면서도 어떻게 속여 가며 청혼을 하지 않고 있었어. 그런데 얼마 안 있어 너와 하쓰요 양의 관계를 알게 됐지. 그래서 나는 마음이 싹 달라져 방해를 놓기 위해 아버지의 명령에 따를 생각을 한거야. 나는 마쓰야마의 집으로 가서 그 결심을 전하고 결혼 일을 진행시켜 달라고 부탁했어. 그 다음 일은 너도 알고 있는 그대로야.

이런 사실들을 들었으니 넌 거기서 어떤 무서운 결론을 끌어 낼 수 있을지도 모르겠군. 현재 우리가 알고 있는 자료만 있어도 어렴풋이나마 한 줄거리를 꾸며 낼 수가 있지. 그런데 어제 그 쌍둥이의 일기를 읽기 전까지는, 그리고 너로부터 하쓰요 양의 어렸을 때 기억에 있었다는 경치 이야기를 듣기 전까지는, 나로서도 거기까지는 추리할 힘이 없었어. 그런데 아아, 무서운 일이야. 어제 네가 그려 보인 거친 해안의 경치가 나에게 얼마나 심한 충격을 주었는지. 그 해안의 성 같은 집은 내가 13년간 자란 그 지겨운 고향집임에 틀림없었어.

잘못 생각했다거나 우연이라고 하기에는, 세 사람이 본 경치가 너무나도 일치하는 거야. 하쓰요 양은 소가 누운 모양의 곶을 보았어. 성과 같은 폐옥을 보았고, 벽이 벗겨진 커다란 토굴도 보았지.

쌍둥이도 소 모양의 곶을 보았어. 그리고 그들은 커다란 토굴에서 살고 있지. 그것은 어느 쪽이나 내가 자란 집의 경치와 꼭 일치해. 그러나 이 세 사람은 다른 면에서도 이상하게 연결이 되어 있어. 나보고 하쓰요 양과 결혼할 것을 강요했을 때, 나의 아버지는 이미 틀림없이 하쓰요 양을 알고 있었을 거야.

그 하쓰요 양을 죽인 사람을 추적한 미야마기 씨가 쌍둥이의 일기를 가지고 있었던 걸로 보아 하쓰요 양 사건과 쌍둥이 사이에는 직접적으로든 간접적으로든 틀림없이 어떤 관련이 있는 거야. 그리고 그 쌍둥이는 나의 아버지 집에서 살고 있다고밖엔 생각할 수 없어. 즉 그 세 사람은 (그 한 사람은 쌍둥이니까 정확하게 말하면 네 사람인데) 눈에 보이지 않는 악마의 손에 의해 조종되는 가엾은 인형에 불과해. 그리고 무서운 추리를 한다면 그 악마는 다름 아닌 나의 아버지일지도 몰라."

모로토는 이렇게 말하고 공포에 질린 표정으로 마치 괴담을 듣고 있는 아이처럼 살짝 뒤를 돌아보는 것이었다. 나는 그가 내린 결론이 얼마나 무서운 것인지 아직 완전히 이해할 수는 없었으나, 그의 기괴하기 짝이 없는 이야기와 그것을 이야기하는 그의 이상한 표정에서 뭔가 심상치 않은 요기를 느꼈다. 나는 활짝 갠 여름 한낮이었는데도 오싹 오한이 나며 온몸에 소름이 끼쳐 오는 것을 느꼈다.

악마의 정체

모로토는 다시 이야기를 계속했다. 나는 모로토의 이야기를 들으며 무더운 날씨와 이상한 흥분 때문에 온몸에 흠뻑 비지땀을 흘리고 있었다.

"넌 지금 내가 어떤 이상한 생각을 하고 있는지 상상할 수 있나? 이 나의 아버지가 말이야, 살인범인지도 모른단 말이야. 그것도 이중 삼중의 살인귀……. 하하하하, 이런 이상한 일이 세상에 또 있을까?"

모로토는 정신병자처럼 웃었다.

"나는 잘 모르겠지만, 그것은 당신의 상상에 불과한지도 모릅니다."

위로하려는 뜻에서 한 말이 아니었다. 모로토의 말을 믿을 수가 없었다.

"상상일지도 모르지. 그러나 달리 생각할 도리가 없잖아. 내 아버지는 왜 나와 하쓰요 양을 결혼시키려고 했을까? 그것은 내가 하쓰요 양의 남편이 되면 그녀의 것이 내 것이 되기 때문이야. 즉,

그 족보가 내 자식의 것이 되기 때문이야. 그것뿐이 아니야. 좀더 추리할 수 있어. 아버지는 족보 표지 뒤의 암호문을 입수하는 것만으로는 만족할 수 없었던 거야. 만약 그 암호문이 보물의 소재를 나타내는 것이라면 그것을 입수해 보았자 진짜 소유자인 하쓰요 양이 살아 있으니까 어떻게 그녀가 그걸 알면 다시 빼앗길지도 모르지. 그런데 나와 하쓰요 양을 결혼시키면 그런 염려가 없어져 버려. 보물의 소유권이 아버지 집의 것이 되게 되지. 아버지는 그렇게 생각하지 않았을까? 그렇게 열렬하게 구혼 활동을 도운 걸 보면 그렇게 생각하는 외에 달리 해석할 방법은 없잖은가?"

"그런데 하쓰요 양이 그런 암호문을 가졌다는 걸 어떻게 알았을까요?"

"그것이 아직 우리가 모르는 부분이야. 그러나 하쓰요 양의 기억에 있던 그 해안의 경치로 미루어 본다면, 나의 집과 하쓰요 양과는 분명히 어떤 인연이 있어. 어쩌면 나의 아버지는 어렸을 때의 하쓰요 양을 알고 있을 거야. 그런데 하쓰요 양이 3살 때 오사카에서 버려졌기 때문에, 아마 아버지는 최근까지 행방을 알 수 없었을 거야. 그렇게 생각한다면 하쓰요 양이 암호문을 갖고 있다는 것을 아버지가 알고 있었다고 해도 당연한 일이지.

어쨌든 들어 봐. 온갖 수단을 다해 구혼 활동을 했어. 그러나 하쓰요 양의 어머니를 설득시킬 수는 있어도 하쓰요 양의 승낙을 받을 수는 없었어. 하쓰요 양은 네게 몸과 마음을 모두 바치고 있었으니까. 그리고 얼마 안 가서 하쓰요 양은 살해되었어. 동시에 손가방이 도난당했어. 왜 그랬을까? 손가방 속에 무언가 소중한 것이 들어 있었을까? 1개월분의 월급을 훔치기 위해 누가 그런 번거로운 방법으로 살인죄 따위를 범하겠어? 목적은 족보에 있었던 거야. 그 속에 숨겨진 암호문에 있었던 거야. 구혼 활동이 실패로 돌아간 이상, 뒷날 화근이 될 하쓰요 양을 없애 버리려고 깊이 계획된 범죄인 거야."

이야기를 들어보니 모로토의 해석을 믿을 수밖에 없었다. 따라서 그런 아버지를 둔 모로토의 심경을 헤아리니 뭐라 위로해야 할지 말을 하기조차 망설여졌다.

모로토는 열병 환자처럼 정신없이 계속 지껄였다.

"미야마기 씨를 죽인 것도 같은 악업의 연장이야. 미야마기 씨는 굉장한 탐정적 재능의 소유자야. 그런 명탐정이 족보를 입수했을 뿐 아니라 일부러 기슈 끝의 한 외딴섬까지 찾아갔어. 그를 그냥 놔둘 수 없었던 거야. 조사의 진행을 막기 위해서, 족보를 입수하기 위해서 미야마기 씨를 살려 둘 수 없었던 거야. 범인은――아아, 그것은 나의 아버지를 가리키는 말이야――당연히 그렇게 생각했을 거야. 그래서 미야마기 씨가 일단 가마쿠라로 돌아가기를 기다려, 하쓰요 양의 경우처럼 실로 교묘한 수단으로 대낮에 군중의 한가운데에서 제2의 살인을 범한 거야. 왜 섬에 있는 동안에 죽이지 않았을까? 아버지가 도쿄에 있었기 때문이라고 생각할 수 없을까? 미노우라, 내 아버지는 말이야, 나에게 조금도 알리지 않고 얼마 전부터 죽 이 도쿄의 어느 구석에 숨어 있는지도 몰라."

모로토는 이렇게 말하고 문득 정신이 드는 것처럼 창가로 가서 밖의 나무 숲 속을 둘러보았다. 바로 눈앞의 숲 속에 그의 아버지가 웅크리고 있기라도 한 것처럼. 그러나 엷게 흐린 한여름의 뜰은 나뭇잎 하나 움직이지 않고, 언제나 시끄럽게 울어 대는 매미 소리조차도 들리지 않아 조용하기만 했다.

"어째서 내가 그렇게 생각하느냐 하면," 모로토는 다시 자리로 돌아오며 이야기를 계속했다. "도모노스케가 살해된 밤에 말이야, 이곳으로 오는 도중에 허리가 굽은 기분 나쁜 할아버지를 만났다고 했지? 더구나 그 할아버지가 내 집 문 안으로 들어왔다고 했어. 그러니까 도모노스케를 죽인 사람은 그 노인인지도 몰라. 나의 아버지는 이제 상당히 나이를 먹었으니까, 허리가 구부러졌을지도 모르지. 그렇지 않아도 심한 꼽추니까 걸어가는 모습이 자네가 말한 대로 80살 가량의 노인으로 보일지도 몰라. 그 노인이 나의 아버지라면, 하쓰요 양의 집 앞을 서성거리던 무렵부터 쭉 도쿄에 있었다고 생각할 수도 있지."

모로토는 구원이라도 청하는 듯이 눈을 두리번거리더니 문득 말을 끊었다. 나도 할 말은 매우 많았는데 미처 입 밖에 낼 말을 찾지 못했다.

긴 침묵이 이어졌다.

"난 결심했어!" 한참 만에 겨우 모로토가 낮은 목소리로 말했다. "어젯밤, 밤새도록 생각해서 결정한 거야. 나는 10년 만에 한 번 고향에 돌아가 보려고 해. 내 고향은 와카야마 현 남단의 K라는 선착장에서 20킬로미터쯤 서쪽에 있는, 속칭 이와야 섬으로 제대로 사람도 살지 않는 황폐한 작은 섬이야. 전에 하쓰요 양이 살았고, 현재 그 괴상한 쌍둥이가 감금되어 있는 외딴섬이야. 전설에 따르면 그곳은 옛날 해적들의 근거지였다고 하지. 내가 암호문이 보물을 은닉한 장소를 나타내는 것이 아닌가 의심한 것도 그런 전설이 있기 때문이야. 그곳은 부모의 집이 있기는 하지만 사실 나는 두 번 다시 돌아가지 않으려고 생각했어. 폐허 같은 어두컴컴한 저택은 상상만 해도 외롭고 무서워 너무 싫었거든. 그러나 나는 그곳으로 돌아갈 작정이야."

모로토는 얼굴에 엄숙한 결심의 빛을 띠며 말을 이었다.

"지금 나로서는 그렇게 할 수밖에 없어. 이 무서운 의문을 품은 채 하루도 가만히 있을 수 없어. 나는 아버지가 섬에 돌아가는 것을 기다려, 아니, 벌써 돌아갔을지도 모르지만, 아버지와 만나 담판을 져야겠어. 그러나 생각만 해도 무서워. 만약 나의 생각이 들어맞아 아버지가 그 흉악무도한 범인이라고 한다면, 아아, 나는 어떻게 하면 좋단 말인가. 나는 살인자의 자식으로 태어나 살인자에 의해 양육되고, 살인자의 돈으로 공부했으며, 살인자가 세워 준 집에서 살고 있는 거야. 그렇지. 아버지가 범인이라고 밝혀지면 나는 자수할 것을 권해야지. 무슨 일이 있어도 아버지를 굴복시키고 말 테야. 만약 그렇게 안 된다면 모든 것을 멸망시키는 거야. 악업의 피를 끊어 버리는 거야. 꼽추인 아버지를 찔러 죽이고 나도 죽어버리면 일은 끝나는 거야.

그러나 그러기 전에 해 둘 일이 있어. 족보의 원소유자를 찾는 일이야. 족보의 암호문 때문에 세 사람이 살해된 사실로 보아, 아마 막대한 값어치가 있을 거야. 그것을 하쓰요 양의 혈족에게 넘겨줄 의무가 있어. 아버지의 속죄를 위해서도 나는 하쓰요 양의 진짜 혈족을 찾아내어 행복하게 해 줄 의무가 있어. 그것도 이와야 섬에 가면 단서를 얻을 수 있겠지. 어쨌든 나는 내일이라도 도쿄를 떠날 결심이야. 미노우라, 넌 어떻게 생각하나? 나는 좀 지나치게 흥분하고 있는지도 몰라. 제3자의 냉정한 머리로, 내 생각을 판단해 주지 않겠나?"

모로토는 나를 '냉정한 제3자'라고 했는데, 천만에! 냉정하기는커녕 신경이 약한 나는 오히려 모로토보다 더 흥분하고 있었다.

나는 모로토의 이상한 고백을 듣는 동안에, 한편으로는 그에게 동정을 하면서도 하쓰요를 죽인 범인의 정체가 차츰 드러나자, 한동안 딴 일로 잊고 있던 연인의 안타까운 최후가 선하게 눈앞에 떠올라, 세상에서 단 하나뿐인 것을 빼앗긴 원한이 불꽃이 되어 마음속에서 소용돌이 치고 있었다.

나는 하쓰요의 뼈를 줍던 날, 화장터 옆 들판에서 그녀의 재를 먹고 뒹굴며 복수를 맹세한 일을 잊지 않았다. 만약 모로토의 추리대로 그의 아버지가 진범이라면, 나는 내가 맛본 만큼의 고통을 놈에게도 맛보게 한 뒤, 놈의 살을 씹고 뼈를 도려 내지 않으면 마음이 가라앉지 않을 것 같았다.

생각해 보면, 살인범을 아버지로 가진 모로토도 이상한 입장이지만, 연인의 원수가 친한 친구의 아버지라는 내 입장, 더구나 그 친구가 나에게 친구 이상의 애착과 호의를 갖고 있다는 내 입장도 실로 이상했다.

"나도 함께 데리고 가 주세요. 회사 같은 건 쫓겨나도 상관없습니다. 여비는 어떻게든지 마련하겠으니 데리고 가 주세요."

나는 순간적으로 생각이 나서 소리쳤다.

"너도 내 생각이 틀리지 않는다고 생각하는 모양이군. 그런데 넌 무엇 때문에 가려는 거지?"

모로토는 자신의 문제에 사로잡혀, 내 마음 따위를 헤아릴 여유는 조금도 없었다.

"당신과 같은 이유에서입니다. 하쓰요 양의 원수를 확인하기 위해서입니다. 그리고 하쓰요 양의 친척을 찾아내어 족보를 넘겨주기 위해서입니다."

"만약 하쓰요 양의 적이 나의 아버지라는 사실이 확인되면 넌 어쩔 셈이지?"

이 질문에 나는 당혹했다. 그러나 나는 거짓말을 하기는 싫었다. 결심하고 진짜 마음을 털어놓았다.

"만약 그렇게 되면 당신과는 결별입니다. 그리고……."

"옛날식 복수라도 하겠다는 건가?"

"확실히 그렇게 생각하고 있는 것은 아니지만, 지금 내 마음은 그

자의 살을 씹어도 시원치 않을 것 같습니다."

모로토는 그 말을 듣고 말없이 무서운 눈으로 나를 응시하더니, 갑자기 표정이 부드러워지고 명랑한 투가 되어 말했다.

"그래, 같이 가지. 내 생각이 들어맞는다면 나는 네게 있어 소위 원수의 자식이 되고, 이런 일이 아니더라도 사람인지 아닌지 모르는 내 가족을 보이는 것이 정말 창피하지만, 만약 네가 원한다면 ——나는 아버지나 어머니에게서 육친의 사랑 따위는 조금도 느끼지 않을뿐더러 오히려 증오를 품고 있으니까——네가 사랑했던 하쓰요 양을 위해서라면 육친뿐 아니라, 나 자신의 생명까지 걸어도 아깝지 않아. 미노우라, 함께 가지. 그리고 힘을 합해 섬의 비밀을 탐색해 보자구."

모로토는 이렇게 말하고 눈을 껌벅거리더니 어색한 몸짓으로 내 손을 잡았다. 그는 옛날에 '의를 맺던' 사람들이 하는 식으로 손끝에 힘을 주고 아이처럼 눈 가장자리를 붉혔다.

이렇게 해서 우리는 마침내 모로토의 고향인 기슈의 한 외딴섬으로 떠나게 되었는데, 여기서 잠깐 덧붙이지 않으면 안 될 일이 있다.

모로토가 아버지를 미워하는 마음에는, 그때는 말을 하지 않았지만 나중에 알고보니 더욱 깊은 의미가 있었다. 그것은 어떠한 범죄보다도 무섭고 증오할 마음이었다. 인간이 아닌 짐승의, 이 세상이 아니고 지옥에서밖에 상상할 수 없는 악귀의 마음이었다. 모로토는 그 점에 대해 이야기하기를 몹시 두려워했다.

그러나 나의 약한 마음은 그때 삼중 살인의 피비린내 나는 사건만으로도 지쳐 버려, 그 이상의 악행을 생각할 여지가 없었던지, 그때까지의 모든 사정을 종합하면 당연히 깨달아야 했을 그 일을 이상하게 조금도 깨닫지 못했다.

이와야 섬

함께 섬에 가기로 합의한 뒤, 우리는 무엇보다도 간다의 식당 이층 액자 속에 숨겨 둔 족보와 쌍둥이의 일기가 걱정되었다.

"일기이건 족보이건 우리가 가지고 있으면 매우 위험해. 암호문만 외어 두면 다른 것은 별 값어치가 없을 테니까, 차라리 태워 버리는 편이 낫겠어."

모로토는 간다로 달리는 자동차 속에서 이런 의견을 제시했다. 나도 물론 찬성이었다.

그러나 식당 이층에 올라가서 액자의 찢어진 틈으로 손을 찔러 보았더니, 어찌 된 셈인지 그 속은 비어 있을 뿐 손에 잡히는 것이 없었다. 아래층 사람들에게 물어도 모두 몰랐다. 어제부터 그 방에 들어간 사람은 하나도 없다고 했다.

"당했어. 놈은 우리의 일거일동을 조금도 눈에서 떼지 않고 감시하고 있는 거야. 그렇게 조심했는데 말야."

모로토는 적의 솜씨에 감탄하여 말했다.

"암호문이 적의 손에 넘어갔으니 잠시라도 지체하면 안 되겠군요."

"그럼 내일 떠나기로 하지. 일이 이렇게 된 이상 거꾸로 이쪽에서 부닥쳐 가는 수밖에 없어."

그 이튿날인, 잊지 못할 다이쇼(大正) 10년(1921년) 7월 29일, 우리는 남해의 고도를 목표로 하여, 그야말로 불가사의한 여행길을 떠났다.

모로토는 단순히 여행을 간다며 집을 학생과 할멈에게 맡기고, 나는 신경 쇠약을 고치기 위해 고향으로 가는 친구를 따라 시골로 가게 됐다고 회사에 휴직원을 내고, 가족의 동의도 얻었다. 마침 여름휴가가 한창인 7월 하순이어서 가족이나 회사 사람들은 별로 나의 요청을 수상하게 여기지 않았다.

친구의 귀향에 동행한다! 그 사실은 틀림없었다.

그러나 얼마나 이상한 귀성이냐? 모로토는 아버지 슬하로 돌아가는 것이다. 그러나 아버지의 얼굴을 보기 위해서가 아니었다. 아버지의 죄를 묻고, 아버지와 싸우기 위해서 돌아가는 것이었다.

시슈의 도바까지는 기차, 도바에서 K항까지는 정기선을 타고, 다음엔 선편이 없으니 어부에게 부탁하여 태워다 달랄 수밖에 없다. 정기선이라고 해도, 현재는 3000톤급의 훌륭한 배가 다니지만, 그 당시에는 200여 톤의 낡은 기선이 다녔다. 여객도 적고, 도바를 떠나면서 어쩐지 낯선 고장에 온 것처럼 매우 쓸쓸했다. 그 낡은 기선에서 하루를 흔들리고 K항에 닿았다. 항구는 쓸쓸한 어촌에 불과했다. 더욱이 벼랑으로 된, 사람도 살지 않는 해안을, 해상 8킬로, 말도 잘 통하지 않는 어부의 작은 배로 거의 반나절을 보내야 겨우 목적지인 이와야 섬에 닿게 된다.

도중에 별다른 일 없이 우리는 7월 31일 낮에 중간 지점인 K항에 상륙했다.

선창은 어시장의 하역장이어서 물고기형 수뢰 같은 가다랭이며 창자가 튀어나와 썩어 가는 상어 등이 뒹굴고 있었다. 바다 냄새와 고기 썩는 냄새가 물씬 코를 찔렀다.

선창으로 올라가니 '여관·요리'라고 간판을 내건, 문종이가 눈에 띄게 더러운 여인숙이 있었다. 우리는 우선 그곳에 들어가 원료만은 신선한 가다랭이 회 점심을 먹으며, 여인숙 여주인을 붙들고 나룻배 부탁도 하고 이와야 섬의 상황을 묻기도 했다.

"이와야 섬 말유? 가까운 곳이지만유 한 번도 가본 적이 없어유. 어쩐지 기분 나쁜 곳이지유. 모로토 씨 댁 말고는유, 예닐곱이나 어부의 집이 있을까유? 보잘 것도 없는 바위뿐인 섬이어유."

여인숙 여주인은 알아 듣기 어려운 사투리로 말을 했다.

"그 모로토가(家)의 나리가 최근에 도쿄에 갔다는 소문을 못 들었소?"

"못 들었는데유. 그 꼽추 나리가 여기서 기선을 탔다면 곧 알게 되는데유. 좀처럼 놓치지 않지유. 그런데 꼽추 댁에는 범선이 있으니까유 멋대로 어디에나 배를 대고유 우리가 모르는 사이에 도쿄에 갔는지도 몰라유. 성상님들은 모로토가의 나리를 아세유?"

"아니, 그런 것이 아니고 잠시 이와야 섬까지 가 보고 싶어서요. 그곳까지 배로 태워다 줄 사람이 없을까요?"

"글쎄유, 날씨가 좋아 모두 고기잡이를 나가서유."

우리가 열심히 부탁을 했더니 여주인은 여러 군데 묻고 다닌 끝에, 결국 한 나이 많은 어부를 고용하게 해 주었다. 그런데 시골이라서 뱃삯 교섭을 하고 준비를 끝내기까지 거의 1시간이나 걸렸다.

배는 죠로라고 부르는 작은 낚싯배로서, 겨우 두 사람이 탈 수 있었다.

"이런 배로 괜찮을까요?" 못미더워 다짐이라도 받듯 묻자 늙은 어부는 "걱정 없어" 하고 웃었다.

연안의 경치는 어느 반도에서나 흔히 볼 수 있는 것이었다. 깎아 세운 듯한 벼랑 윗부분에 울창한 녹색 숲이 있어서 산과 바다가 바로 접하고 있는 것 같았다. 다행히 바다는 잔잔했다. 벼랑 밑 일대에 하얗게 물거품이 보였다. 군데군데에 텅 빈 구멍이 있는 기암이 솟아 있었다.

'해가 지기 전에 섬에 닿지 않으면 오늘 밤은 어두워서 곤란하다'며 늙은 어부는 배를 빨리 저었다. 연안이 크게 내민 곳을 하나 도니 이와야 섬의 기묘한 모습이 눈앞에 나타났다.

섬 전체가 바위로 덮인 듯 풀밭은 아주 조금밖에 보이지 않았다. 둘레는 모두 높은 벼랑으로 되어 있었다. 이런 섬에 사람이 살고 있을까 싶었다.

섬이 가까워짐에 따라 그 벼랑 위에 몇 채의 집이 점점이 보였다.

한쪽 끝에 성곽 지붕 같은 커다란 지붕이 있었고 그 옆에 희게 빛나는 것이 보였다. 희게 보이는 것이 문제의 모로토가의 토굴인 모양이었다.

이윽고 배는 섬에 이르렀다. 안전한 선착장에 들어가기 위해서는 벼랑을 따라 한참 나가지 않으면 안 되었다.

그 사이에 하나의 동굴이 있었다. 벼랑 기슭이 바닷물에 침식당해 생긴 것으로 보이는 캄캄하고 깊이를 알 수 없는 동굴이었다. 배는 동굴 5, 60미터 밖을 지나가고 있었는데, 늙은 어부는 그것을 가리키며 이런 말을 했다.

"이 근방 사람들은 저 동굴을 '마의 심연'이라고 하는데요. 옛날부터 가끔 사람을 삼켜, 어부들은 무슨 앙화(殃禍)라고 무서워 가까이 가지 않는답니다."

"소용돌이가 있는가 보군요."

"소용돌이는 아닌데 뭔가 있습니다. 제일 가까운 일로 10년쯤 전에 이런 일이 있었지요."

늙은 어부는 다음과 같은 기묘한 이야기를 했다.

그것은 이 어부가 아니고 그의 친구인 다른 어부가 겪은 일인데, 어느 날 눈이 번득거리는 보잘 것 없는 풍채의 사내가 표연히 K항에 나타나, 꼭 지금의 우리처럼 이와야 섬으로 건너왔다. 그때 부탁을 받고 배로 태워다 준 사람이 이 어부의 친구였다.

4, 5일 지나, 그 어부는 밤 그물질을 하고 날이 샐 무렵 돌아오는 길에 우연히 이와야 섬 동굴 앞을 지나게 되었다. 마침 썰물 때여서 아침 바다의 잔물결이 동굴 입구에 밀렸다가 되돌아 갈 때마다 속에서 해초나 죽은 고기들이 조금씩 흘러나왔다. 그런데 그것들에 섞여 뭔지 커다란 흰 물체가 움직이고 있었다. 죽은 상어인가 싶어 자세히 바라보니, 놀랍게도 그것은 익사체였다.

몸 전체는 아직 동굴 속에 있고, 머리 부분부터 조금씩 흘러나오고 있었다.

어부는 바로 배를 저어 가서 그 시체를 건져냈다. 그는 다시 깜짝 놀랐다. 그 사람은 틀림없이 전날 K항에서 자신이 태워다 준 여행자였다.

어부는 '벼랑에서 뛰어내려 자살한 거겠지' 하고 그일을 그냥 지나쳐 버렸다. 그런데 옛 노인들의 이야기를 들으니, 그 동굴은 옛날부터 마의 장소로 불리는데 이상스럽게도 번번이 나오는 익사체마다 몸의 반이 동굴 속에 들어간 채 꼭 그 안에서 흘러나오는 모양을 하고 있었다고 한다. 이런 괴이한 일이 있을까. 깊이를 알 수 없는 동굴 속에 마성(魔性)을 지닌 것이 살고 있어, 인신 공양을 바라는 모양이라는 전설마저 있을 정도였다. '마의 심연'이라는 이름도 그런 연유에서 생긴 것이 아닐까 싶다는 것이었다.

늙은 어부는 이야기를 마쳤다. 그리고는 기분 나쁜 말을 덧붙이며 주의를 주었다.

"그래서 이렇게 돌아, 되도록 그 구멍 옆을 지나지 않지요. 나리들도 마물(魔物)에 미혹되지 않도록 조심해야 합니다."

그러나 우리는 그 얘기를 아무렇지도 않게 흘려 버렸다. 뒷날 이 늙은 어부의 이야기를 떠올리며 놀랄 일이 생기리라고는 전혀 생각지 못했다.

이야기를 하는 사이에 배는 조그맣게 후미진 곳으로 들어갔다. 높이가 2미터 정도되는 천연의 바위에 새긴 돌단이 형식적인 선착장이 되어 있었다. 후미진 곳 안에는 50톤 정도로 보이는 큰 거룻배 같은 범선이 매여 있고, 그 밖에도 허름한 작은 배가 두세 척 보였는데 사람은 하나도 없었다.

우리는 내리고 어부를 돌려보냈다. 어떤 이상한 느낌에 긴장하며 우리는 울퉁불퉁한 고개를 올라갔다.

고갯마루에 올라서자 시야가 훤히 트였다. 풀도 제대로 나지 않은 넓기만 한 자갈길이, 섬의 중심을 이루는 바위산을 둘러싸고 한없이 이어져 있었다.

그 저쪽에 성곽 같은 모로토가의 황폐한 토굴이 솟아 있었다.

"여기서 보니, 과연 저쪽 곶이 마치 소가 누운 것 같군."

아닌게 아니라 조금 전에 배로 돌아온 곶이 소가 누운 것처럼 보였다. 언젠가 하쓰요가 이야기한, 갓난아기를 보며 놀던 곳이 바로 이 근처가 아닌가 싶어 나는 묘한 기분이 들었다.

이미 섬 전체가 어둠에 싸이고 모로토가 토굴의 흰 벽이 쥐색으로 흐려 갔다. 말할 수 없이 쓸쓸했다.

"무인도 같군" 하고 내가 말하니 "그래, 어릴 때 기억보다도 한층 더 황폐해졌어. 용케 이런 곳에서 사람이 살고 있군." 모로토가 대답했다.

우리는 자갈을 사각사각 밟으며 모로토가를 향해 걸어갔는데, 조금 가다가 묘한 것을 발견했다. 늙어빠진 노인 하나가 어두운 바위 끝에 돌부처처럼 꼼짝 않고 앉아 먼 곳을 바라보고 있었다.

우리는 무심결에 멈춰 서서 이상한 인물을 주시했다.

발소리를 들었는지 바다를 바라보고 있던 노인이 천천히 고개를 돌려 우리를 보았다. 노인의 시선이 모로토의 얼굴에 떨어지더니 딱 멈추었다. 노인은 언제까지라도 계속할 듯 모로토를 응시했다.

"이상하다, 누굴까? 틀림없이 나를 아는 사람 같은데……."

100여 미터쯤 이쪽으로 와서 모로토는 노인을 돌아보며 중얼거렸다.

"꼽추는 아닌 것 같은데." 내가 말했다.

"내 부친인가 해서 하는 말인가? 아무리 몇 년이 지났다고 아버지도 알아보지 못할라구. 하하하하……."

모로토는 야유하는 투로 낮게 웃었다.

모로토네 집

가까이 가 보니, 모로토네 집의 황폐한 모습은 한층 심했다. 무너진 흙담에다 썩은 문이 서 있고, 그 문으로 들어가자 경계도 없이 바로 뒤뜰이 보였다.

그런데 이상하게도 그 뜰은 모두 파헤쳐지고, 얼마 있지 않은 수목도 어느 것은 넘어지고 어느 것은 뿌리째 뽑혀 버려져, 차마 볼 수 없을 정도였다. 그래서 집 전체가 실제보다 더 황폐하게 보였다.

괴물의 새까만 입처럼 보이는 현관에 서서 안내를 청했다. 그러나 한동안 아무 대꾸도 없어서 다시 소리를 지르자, 안에서 어정어정 한 노파가 나왔다.

저녁 무렵의 어둑어둑한 광선 탓이기도 했지만, 나는 태어나서 그때까지 그런 추악하고 괴상한 노파를 본 일이 없었다. 키가 작은데다가 살이 처질 정도로 뚱뚱하고, 꼽추여서 등에 작은 산 같은 혹이 있었다. 얼굴은 주름투성이고, 올챙이 모양을 한 뻥한 눈이 튀어나왔다. 입술은 정상이 아닌 모양이고, 길고 노란 덧니가 밖으로 나와 있었다. 윗니는 하나도 없는 듯, 입을 다물면 얼굴이 으스스하게 오므

라들어 버렸다.

"누구지?"

노파는 우리 쪽을 비쳐 보고 성난 듯한 목소리로 물었다.

"납니다, 미치오입니다."

모로토가 얼굴을 내밀어 보이자, 노파는 한동안 가만히 바라보고 있더니, 모로토를 확인하고는 깜짝 놀라, 괴상하게 높고 날카로운 소리를 냈다.

"어머, 미치냐. 잘 돌아왔구나. 난 또 평생 돌아오지 않을 줄 알았단다. 그런데 저 사람은?"

"이 사람, 내 친구예요. 오랜만에 집이 보고 싶어서 친구와 함께 멀리서 왔습니다. 죠고로 씨는?"

"어머, 죠고로 씨라니? 아버지가 아니냐. 아버지라고 해라."

이 추악하고 괴상한 노파는 모로토의 어머니였다.

모로토가 아버지를 죠고로라고 부른 것도 이상했으나, 그것보다 더 이상한 일이 있었다. 그것은 그의 어머니가 '아버지'라고 할 때의 그 말투가 왠지 곡마단 소년 도모노스케가 죽기 조금 전에 '아버지'라고 말했을 적 목소리와 매우 흡사했다는 일이다.

"아버지는 있어. 그런데 요즘 기분이 좋지 않으니 조심하는 게 좋아. 여하튼 그런 곳에 서 있지 말고 올라오너라."

우리는 곰팡이 냄새가 나는 컴컴한 복도를 몇 번 돌아, 넓은 방으로 안내되었다.

황폐한 외관에 비해 내부는 깨끗이 손질되어 있었으나, 그래도 어딘지 폐허 같은 분위기를 떨치지는 못했다. 그 방은 뜰로 향해 있었기 때문에 어둠 속에서 넓은 뒤뜰과 토굴의 벗겨진 흰 벽의 일부가 희미하게 보였다. 뜰에는 역시 무참히 파헤친 흔적이 역력히 남아 있었다.

한참 있으니 방 입구에서 인기척이 나고, 모로토의 아버지인 괴노인이 비죽 모습을 나타냈다. 그는 아주 어두워진 방 안을 그림자처럼 걸어서 들어오더니 커다란 상좌에 사뿐히 앉았다. 느닷없이 괴노인은 나무라듯 말했다.

"미치, 왜 돌아왔지?"

어머니가 들어와 방구석에 있던 사방등을 꺼내어 노인과 우리들 사이에 놓고 불을 켰는데, 그 적갈색 빛 속에 떠오른 괴노인의 모습은 올빼미처럼 음침하고 추해 보였다. 꼽추로 키가 작은 것은 어머니와 똑같은데, 얼굴만 이상하게 크고, 얼굴 가득히 거미줄 같은 주름이 있고, 윗입술이 토끼처럼 한가운데가 째어져 있어 흉했다.

한번 보면 평생 잊을 수 없을 정도로 깊은 인상을 주는 얼굴이다.

"집이 보고 싶어서요."

모로토는 조금 전에 어머니에게 한 것처럼 대답하고 옆에 있는 나를 소개했다.

"흥, 네놈은 약속을 어겼구나."

"그러고 싶지는 않았지만, 당신께 꼭 묻고 싶은 게 있어서요."

"그래, 실은 나도 네놈에게 좀 이야기하고 싶은 게 있다. 어쨌든 괜찮으니 머물다 가거라. 사실은 나도 한번 성인이 된 네놈의 얼굴을 보고 싶었다."

내 표현력으로는 그때의 분위기를 정확히 나타낼 수는 없지만, 10년 만의 부자의 대면은 대충 이처럼 매우 괴상한 것이었다.

불구자라는 것은 육체뿐 아니라, 정신적으로도 어딘지 불구인 데가 있는 모양이어서, 말이나 몸짓, 부자 간의 정이라는 것까지 보통 사람의 경우와는 다른 것처럼 보였다. 나는 전에 어느 피혁상 주인과 이야기를 나눈 적이 있는데, 이 불구 노인의 말씨가 어쩐지 그 피혁상 주인과 흡사했다.

그런 기묘한 분위기를 유지하며 이 이상한 부자는 뜨문뜨문 그래도 1시간쯤 이야기를 하고 있었다. 그 가운데 지금도 기억에 남아 있는 것은 다음의 두 가지 문답이었다.

"당신은 최근에 어딘가로 여행을 다녀오시지 않았습니까?"

모로토가 무슨 얘기를 나누다 기회를 잡은 듯 그 점을 언급했다.

"아니, 아무데도 가지 않았어. 그렇지, 오다카?"

노인은 곁에 있는 부인을 돌아보며 도움을 구했다. 마음 탓인지 그때 노인의 눈이 어떤 의미를 담고 번쩍 빛나는 것 같았다.

"도쿄에서 당신과 똑같은 사람을 보았어요. 혹시 나에게 알리지 않고 몰래 도쿄에 나오셨는가 해서요."

"바보 같은…… 내가 이 나이에, 그리고 이 불편한 몸으로 도쿄 같은 데에 나갈 것 같으냐!"

하지만 나는 그 노인의 눈에 약간 핏발이 서고 이마가 납빛으로 흐려지는 것을 놓치지 않았다.

모로토는 굳이 추궁하지 않고 말머리를 돌렸는데, 한참 있다가 그는 다시 다른 중요한 질문을 했다.

"뜰을 파 뒤집은 것 같은데 왜 그런 일을 하셨나요?"

노인은 이 갑작스런 공격에 당황했다. 그리고 대답이 궁했던지 오래 잠자코 있다가 대답했다.

"뭐, 이것은…… 그렇지, 오다카 로쿠 녀석의 소행이야. 너도 알다시피 집에서는 가엾은, 비정상적인 패들을 기르고 있는데, 그 중에 로쿠라는 미친놈이 있어. 그 로쿠가 무엇 때문인지 뜰을 저렇게 만들어 버렸어. 미친 녀석이 하는 짓이니 혼내 줄 수도 없고……."

나는 그것이 닥치는 대로 꾸며 낸 변명이라고밖에 생각되지 않았다.

그날 밤, 모로토와 나는 한방에 자리를 펴고 베개를 나란히 하고 잤다. 그러나 둘 다 흥분 때문에 좀처럼 잠이 들지 않았다. 우리는 함부로 이야기할 수도 없어서 그냥 묵묵히 있었다. 밤은 점점 깊어 가고 정신은 더욱 또렷해지는데 조용한 넓은 집 어딘가에서 이상한 사람 소리가 끊겼다 이어졌다 하는 것이 들렸다.

"우우우우우" 하는 가늘고 높은 신음 소리였다.

누군가가 악몽에 가위눌리고 있나 보다 하고 생각했는데, 그렇다면 이렇듯 계속되는 것이 이상했다.

희미한 사방등 빛으로 모로토와 눈을 마주 보며 가만히 귀를 기울이는 동안, 나는 문득 그 토굴 속에 있다는 가엾은 쌍둥이가 생각났다. 혹시 저 소리는 한몸으로 이어진 남녀의 무참한 투쟁을 말해 주는 것이 아닐까 하는 생각이 들자 갑자기 오싹해져 몸을 웅크렸다.

새벽에서야 조금 졸다가 문득 눈을 떴다. 옆 자리에 있던 모로토의 모습이 보이지 않아 나는 너무 잤는가 싶어 황급히 일어나 세면장을 묻기 위해 복도로 나갔다.

위치를 잘 모르는 내가 넓은 집 안에서 어물거리고 있는데, 복도 모퉁이에서 오다카가 갑자기 뛰어나와 앞길을 가로막아 섰다. 의심 많은 불구 노파는 내가 무슨 다른 이유로 집 안을 둘러보고 있는 줄 안 모양이었다. 그러나 내가 세면장을 묻자 겨우 안심된다는 태도로 '아아, 그래요' 하고 뒷문 밖에 있는 우물로 안내해 주었다.

얼굴을 다 씻고 나서 나는 전날 밤의 신음 소리 때문에 떠올린 토굴 속의 쌍둥이 일을 생각하고 미야마기 씨가 들여다보았다는 담 밖의 창을 한번 보고 싶었다.

운이 좋으면 쌍둥이가 그 창에 나와 있을지도 모르는 일이었다.

나는 아침 산책을 가장하고 아무렇지도 않게 흙담을 따라 뒤쪽으로 돌아갔다. 밖은 커다란 울퉁불퉁한 자갈길인데, 잡초가 조금 난 것 외에는 수목다운 것도 없는 불탄 들판 같았다. 정문에서 토굴 뒤곁으로 가는 도중에 마치 사막의 오아시스처럼 둥글게 나무가 무성한 곳이 한 군데 있었다. 가지를 제치고 들여다보니, 그 중심에 오래된 우물의 둘레 같은, 이끼 낀 돌들이 있었다.

사용하지 않는 것 같았으나 이 쓸쓸한 외딴섬에서는 너무나 훌륭해 보이는 우물이었다. 옛날에는 모로토가 외에 여기에 다른 저택이 있었는지도 모른다.

여하튼 나는 이윽고 문제의 토굴 바로 밑에 이르렀다. 긴 토담 가까이에 서 있어서 밖에서도 아주 가깝게 보였다. 예상한 대로 토굴 이층에는 뒤곁을 향해 작은 창이 열려 있었다. 철봉이 끼어진 것까지 그 일기 그대로였다. 나는 두근거리는 가슴으로 그 창을 올려다보며 참을성 있게 서 있었다. 벗겨지다 남은 흰 벽에 아침 해가 빨갛게 비치고 있었고 바다 냄새가 코를 찔렀다. 주변 것들이 모두 밝은 느낌을 주고 있어서, 이 토굴 속에 문제의 그 괴물이 살고 있으리라고는 전혀 생각되지 않았다.

그러나 나는 보았다. 한참 옆을 보다가 갑자기 눈을 돌리니, 창의 철봉 뒤에 가슴부터 위의 두 얼굴이 나란히 있었다. 네 개의 손이 철봉을 잡고 있었다.

한 얼굴은 검푸른 광대뼈가 나온 추한 남자이고, 다른 얼굴은 붉은 기는 없으나 살결이 고운 새하얀 젊은 여자였다.

소녀의 크게 뜬 눈이 올려다보는 내 눈과 딱 마주쳤다. 순간 그녀는 이 세상 사람에게서는 볼 수 없을 것 같은 어떤 불가사의한, 수치스러운 듯한 표정을 보이고 숨듯이 목을 뒤로 뺐다.

그런데, 그와 동시에 이게 어찌 된 셈인가? 나도 갑자기 얼굴을 붉히고 무심결에 눈을 돌린 것이다. 어리석게도 쌍둥이 소녀의 묘한 아름다움에 갑자기 가슴이 설레었던 것이다.

3일간

모로토가 상상한 대로라면, 그의 아버지 죠고로는 그 몸의 추함에 한층 추악함을 더한 귀축(鬼畜)이다. 세상에 비할 데 없는 극악무도한 사람이다. 악을 이루기 위해서는 은혜와 사랑 같은 것은 돌아볼 틈이 없는 것이다. 그리고 모로토 쪽에서도 이미 여러 번 말한 것처럼 결코 아버지를 아버지로 생각지 않았다. 아버지의 죄를 폭로하려고까지 하고 있었다. 세상에서도 가장 이상야릇한 부자가 한 집에서 얼굴을 맞대고 있었으니, 마침내 무서운 파탄이 온 것은 실로 당연한 일이었다.

평온했던 날은 우리가 섬에 도착하고 단 3일간이었다.

4일째에는, 나와 모로토는 말도 할 수 없는 상태가 되어 있었다. 그리고 같은 날 이와야 섬의 주민 두 사람이 악귀의 저주에 걸려 문제의 식인 동굴, 마의 심연에 빠져 죽는 비참한 일마저 일어났다.

그런데 그 평온무사한 3일간에도 기록할 만한 일들이 없었던 것은 아니다.

그 중의 하나는 토굴 속의 쌍둥이에 관한 것이다.

모로토가에서 첫날밤을 지낸 다음 날 아침 토굴 창의 쌍둥이를 잠깐 보고 그 한쪽인 여자——일기에 있었던 히데짱——의 미모에 넋을 잃었다는 것은 이미 기록한 대로인데, 이상한 환경이 이 불구자 소녀의 아름다움을 돋보이게 했다고 하더라도, 그 잠깐 본 인상이 그토록 강하게 나의 마음을 사로잡았다는 것은 아무래도 보통 일이 아닌 것 같은 느낌이 들었다.

독자도 아는 바와 같이 나는 죽은 기자키 하쓰요를 몸과 마음을 바쳐 사랑하고 있었다. 그녀의 재까지도 먹었다. 모로토와 함께 이와야섬에 온 것도 하쓰요의 적을 확인하기 위해서가 아니었던가. 그런 내가 단 한 번 보았을 뿐인, 더구나 기구한 운명의 불구 소녀의 아름다움에 넋을 잃었다는 것은 다른 말로 한다면 애정을 느꼈다는 것이 된다. 사랑스럽다고 생각한 것이다. 그렇다, 나는 고백하겠는데 불구 소녀 히데짱에게 사랑을 느낀 것이다. 아아, 얼마나 한심한 일인가. 하쓰요의 복수를 맹세한 것이 어제 일 같고 그 맹세를 실행하기 위해 이 고도에 와 있지 않은가. 그런데 도착하자마자 하필이면 그런 불구 소녀를 사랑하다니. 나는 나 자신이 이렇게까지 비열한 사내였던가, 부끄럽게 생각했다.

그러나 아무리 부끄럽다고 해도 사랑하는 마음은 어쩔 수 없는 진실이었다. 나는 무슨 구실이든 마련하여, 스스로에게 변명하며 틈만 있으면 살짝 집에서 빠져 나가 토굴 뒤꼍으로 갔다.

그런데 두 번째 그곳에 가서 히데짱을 잠깐 본 저녁때, 나에게 더욱더 곤란한 일이 생겼다. 나는 그때 히데짱도 나를 매우 좋아하고 있다는 것을 알았던 것이다. 이 얼마나 불행한 일인가.

황혼의 안개 속에, 토굴의 창이 검은 입을 딱 벌리고 있었다. 나는 그 아래 서서 참을성 있게 소녀가 얼굴을 내보이기를 기다리고 있었다. 기다려도 기다려도 검은 창에는 언제까지나 아무 그림자도 비치지 않았다. 안타까움에 나는 불량소년처럼 휘파람을 불었다. 그랬더니 누워 있다가 갑자기 뛰어 일어난 것처럼 히데짱의 희끄무레한 얼굴이 잠깐 보였는데, 눈 깜짝할 사이에 무엇엔가 끌려가기라도 하듯 들어가 버렸다.

비록 한순간이기는 했으나 나는 히데짱의 얼굴이 나를 향해 생긋 웃는 것을 놓치지 않았다. 그리고 '기쓰짱이 질투를 하여 히데짱을 내다보지 못하게 하는구나' 하고 상상하니 어쩐지 간지러웠다.

히데짱의 얼굴이 들어가 버린 뒤에도 나는 그 자리에서 떠날 생각을 않고 미련을 가지고 그 창을 올려다보고 있었는데, 조금 있으니 나를 향해 흰 것이 날아왔다.

종이 뭉치였다.

발 밑에 떨어진 것을 주워 펼쳐 보니, 다음과 같은 연필로 쓴 편지였다.

저의 이야기는 책을 주운 사람에게 물어 보십시오. 그리고 저를 여기서 내보내 주십시오. 당신은 예쁘고 현명한 사람이니까, 틀림없이 도와주시리라 생각합니다.

매우 읽기 어려운 글씨였으나, 나는 몇 번이나 고쳐 읽어 겨우 의미를 알 수 있었다. '당신은 예쁘고 현명한'이라는 노골적인 표현에는 많이 놀랐다. 그녀의 일기장에 써 있는 히데짱이 예쁘다는 의미와는 조금 다르겠지만.

그 토굴 창에서 실로 의외의 것을 발견하기 전까지의 3일간, 나는 대여섯 번이나 그곳에 가서——대여섯 번의 외출을 하는 데 나는 얼마나 고생을 했던가——남몰래 히데짱과 만났다. 집안 사람에게 들키는 것을 두려워해서 서로 말을 나누는 것은 삼갔으나 우리는 횟수를 거듭할 때마다 서로의 눈짓의 의미를 환히 깨달아 갔다. 그리고 꽤 복잡하고 미묘한 눈의 대화를 나눌 수 있었다.

히데짱은 글자는 서툴고 철부지였으나, 태어날 때부터 매우 현명한 소녀였음을 알 수 있었다.

눈의 대화로, 기쓰짱이 히데짱을 얼마나 못살게 구는지 알 수 있었다. 특히 내가 나타난 뒤로는 질투를 더 하고, 한층 심하게 구는 모양이었다. 히데짱은 그것을 눈과 손짓으로 나에게 호소했다.

어느 때 히데짱을 밀어 내고, 기스짱의 검푸른 추한 얼굴이 무서운 눈으로 오랫동안 나를 노려보는 일도 일었다. 그 얼굴의 불쾌한 표정을 나는 지금도 잊을 수 없다. 질투와 무지와 불결이 뒤범벅이 되어 일그러진 짐승과 같이 추악하기 짝이 없는 표정이었다. 그런 얼굴이 마치 눈싸움이라도 하듯 두 눈을 깜박거리지도 않고 깊게 나를 응시하고 있었다.

쌍둥이의 한쪽이 추악한 짐승처럼 생겨서 히데짱에 대한 연민의 정을 더 깊게 만들었다. 나는 날이 갈수록 이 불구 소녀가 좋아지는 것을 어찌할 수 없었다. 그 사랑이 나에게는 어쩐지 전생에서부터 정해진 불행한 약속인 것같이 생각되기도 했다.

히데짱은 얼굴을 볼 때마다 빨리 구해달라고 재촉했다. 나에게 무슨 뾰족한 수가 있는 것도 아닌데…….

"괜찮아, 걱정 말아요. 곧 구해 줄 테니까, 조금만 더 참아 줘요."

나는 가슴을 두드리며 가엾은 히데짱을 안심시켰다.

모로토가에는 문이 안 열리는 방이 몇 개 있었다. 토굴은 말할 것도 없고, 그것 말고도 입구의 판자문에 구식 자물쇠가 채워진 방이 여기저기 눈에 띄었다. 모로토의 어머니나 남자 하인 등이 안 그런 척하면서 끊임없이 우리의 행동을 감시하고 있었기 때문에, 자유롭게 집 안을 걸어다닐 수가 없었다. 어느 날 나는 복도를 잘못 안 것처럼 하고 살짝 안쪽으로 들어갔다. 그리고 열리지 않는 방이 있다는 사실을 확인할 수 있었다.

어느 방에서는 기분 나쁜 신음 소리가 들렸다. 또 어느 방에서는 무언가가 끊임없이 딸각딸각 움직이는 것 같았다. 그 소리들은 모두 동물처럼 감금된 사람들이 내는 소리라고밖에 생각되지 않았다.

어두컴컴한 복도에 서서 가만히 귀를 기울이고 있으면, 알 수 없는 귀기(鬼氣)에 사로잡혔다. 모로토는 이 집에는 불구자가 우글우글하다고 했는데, 열리지 않는 방에는 토굴 속의 괴물——아아, 나는 그 괴물에게 마음을 빼앗기고 있다——보다 더한 무서운 불구자들이 감금되어 있는 것이 아닐까. 모로토가는 불구자들의 집이었던가. 그런데 도대체 죠고로는 어째서 그런 불구자들만을 모으고 있는 것일까.

평온했던 3일간 나는 히데짱의 얼굴을 보기도 하고, 열리지 않는 방을 발견하기도 했다. 그리고 또 한 가지 색다른 일을 보았다.

어느 날, 나는 모로토가 아버지한테 가서 오랫동안 돌아오지 않기에 지루해서 조금 멀리 나가 해안의 선착장까지 산책한 일이 있었다. 올 때에는 어두움 때문에 알아보지 못했는데, 그 길 중간쯤의 바위산 기슭에 그리 크지 않은 숲이 있고, 그 안에 한 채의 작은 오두막이 있었다. 이 섬의 인가는 모두 띄엄띄엄 서 있는데, 그 오두막은 특히 고립된 것 같았다. 어떤 사람이 살고 있을까, 호기심에 나는 길을 벗어나 숲 속으로 들어갔다.

그 집은 집이라기보다는 움막이라고 하는 편이 어울릴 정도로 작았다. 더구나 도저히 사람이 살 수 없을 정도로 황폐했다. 그 움막은 조금 높은 곳에 있어서 바다도, 소가 누운 모양의 곶도, 마의 심연이라고 불리는 동굴도 모두 보였다.

이와야 섬의 벼랑은 복잡한 요철 모양을 하고 있으며, 가장 돌출된 부분에 마의 심연인 동굴이 있었다.

깊이를 모르는 동굴은 마귀의 검은 입 같고, 그곳에 부딪쳐 솟는 파도는 사나운 송곳니 같았다. 바라보고 있노라니, 위쪽 벼랑 부분에 마귀의 눈과 코까지 그려졌다. 도시에서 태어나 자라서 세상 물정을 모르는 나에게 있어 이 남해의 한 고도는 너무나 기괴한 별세계였다. 손가락으로 셀 수 있을 정도의 인가밖에 없는 고도, 고성 같은 모로토 저택, 토굴에 갇힌 쌍둥이, 열리지 않는 방에 감금된 불구자, 사람을 삼키는 마의 심연의 동굴……. 이 모든 것은 도시 아이들에게는 기괴한 동화에 불과했다.

단조로운 파도 소리 외에는, 섬 전체가 죽은 듯이 조용했다.

사람은 그림자도 없고, 흰 자갈길에 여름 햇살이 뜨겁게 내리쬐고 있었다.

그때 아주 가까운 곳에서 나는 기침 소리가 꿈꾸고 있는 듯한 내 상태를 깨뜨렸다. 돌아다보니 움막 창에 한 노인이 기대어 가만히 나를 바라보고 있었다. 생각해 보니, 그 사람은 우리가 이 섬에 도착한 날, 이 근처의 기슭에 웅크리고 앉아 모로토의 얼굴을 말끄러미 바라보던 그 이상한 노인임에 틀림없었다.

"당신은 모로토가의 손님인가?"

노인은 내가 돌아다보기를 기다렸다는 듯이 말을 걸어왔다.

"그렇습니다. 모로토 미치오 씨의 친구입니다. 당신은 미치오 씨를 아시겠지요?"

나는 노인의 정체가 알고 싶어 되물었다.

"알고말고요. 옛날에 모로토가에서 고용살이를 하며, 미치오 씨가 어렸을 때 안아 주고 업어 주고 했으니 내가 모를 리가 있겠소? 하지만 나는 나이를 먹었지요. 미치오 씨는 완전히 잊고 계신 것 같은데."

"그렇습니까? 그럼 왜 미치오 씨 집에 오셔서 미치오 씨를 만나지 않습니까? 그도 틀림없이 반가워할 텐데."
"싫소이다. 아무리 미치오 씨를 만나고 싶어도 그 짐승 같은 사람의 집 문지방을 넘어서기는 싫소이다. 당신은 모르겠지만, 모로토 꼽추 부부는 인간의 모습을 한 악마요, 짐승입니다."
"그렇게 심한 사람인가요? 무슨 나쁜 짓이라도 하고 있는 게로군요?"
"아니, 그런 건 묻지 마시오. 같은 섬에서 사는 동안 자칫 잘못 말했다간 내 몸이 위태로워요. 그 꼽추에게 걸리면 사람의 생명이 티끌 같으니까요. 그저 조심해야 해요. 당신들은 앞으로 출세할 귀한 몸들이오. 이런 외딴섬의 노인과 이야기하다 위험한 꼴을 당하지 않도록 조심하는 게 제일이오."
"하지만 죠고로 씨와 미치오 씨는 부자 사이이고 나는 그 미치오 씨의 친구이니까, 죠고로 씨가 아무리 악인이라고 해도 위험할 것까지는 없겠지요."
"아니, 그게 그렇지 않아요. 지금부터 10년쯤 전에 비슷한 일이 있었지요. 그 사람도 도시에서 멀리 모로토가를 찾아왔어요. 듣기엔 죠고로의 사촌이라고 하더군요. 아직 젊고 앞길이 창창한 사람인데, 가엾게도 저 동굴 옆의 마의 심연이라는 곳에서 시체가 되어 떠올랐지요. 나는 그 짓을 저지른 사람이 죠고로 씨라고는 생각하지 않아요. 그러나 그분은 모로토가에 묵고 있었거든요. 집 밖으로 나오거나 배에 타거나 하는 것을 본 사람은 아무도 없었어요. 알았소? 내 말이 틀림없소. 조심하는 게 좋아요."
노인은 계속 모로토가의 공포를 인식시켰는데, 우리도 10년 전에 왔던 그 모로토 씨의 사촌이라는 사람과 같은 운명에 빠질지 모르니 조심하라는 투였다. 설마 그런 일이 있을까 하는 생각이 드는 반면, 도시에서의 삼중 살인의 솜씨를 아는 나는 혹시 이 노인의 불길한 말이 사실이 될지도 모른다는 나쁜 예감이 들어, 눈앞이 캄캄해지고 오싹 소름이 끼치는 것이었다.

그런데 이 3일간 모로토 미치오는 무엇을 했느냐 하면――

우리는 매일 밤 베개를 나란히 하고 잤는데, 그는 묘하게 말이 없었다. 입 밖에 내서 말하기에는 마음의 고민이 너무나 컸는지도 모른다. 그는 나와는 달리, 낮에도 어느 방에서 종일 꼽추인 아버지와 마주 앉아 노려보고 있는 것 같았다. 긴 의논을 마치고 우리 방으로 돌아올 때마다 바싹 야위어 보이고, 창백한 얼굴에 두 눈 가득 핏발 서 있었다. 그리고 무뚝뚝하게 말이 없고, 내가 무슨 말을 물어도 제대로 대답하지 않았다.

그런데 3일째되던 날 밤, 마침내 견딜 수 없었던지 그는 보채는 아이처럼 이불 위를 뒹굴며 이런 말을 했다.

"아아, 무서워. 설마 하고 생각했던 것이 사실이었어. 이제는 끝장이야."

"역시 우리가 의심하고 있던 그대로였나요?"

나는 목소리를 낮추어 물었다.

"그렇다니까, 그리고 더 심한 일까지 있었어."

모로토는 흙빛 얼굴을 일그러뜨리며 슬픈 듯이 말했다.

나는 여러 가지로 그가 말한 '더 심한 일'에 관해 물었다. 그러나 그는 더 이상 아무 말도 하지 않았다. 다만 손을 뻗어 나의 손목을 잡으며 이렇게 덧붙였다.

"내일은 모든 걸 말해 주겠어. 그렇게 하면 드디어 파멸이지. 미노우라, 나는 자네 편이야. 힘을 합해서 악마와 싸우자구. 응, 싸우자구."

그러나 용감한 말과는 달리, 그의 모습은 얼마나 비참했던가. 무리도 아니었다. 그는 친부모를 악마라고 부르고, 적으로 돌려 싸우려

했던 것이다. 야위기도 하겠지. 나는 위로할 말이 없어서 조금 힘을 주어 그의 손을 잡는 것으로 천만 가지 말을 대신했다.

가짜 나

그 이튿날, 마침내 무서운 파멸이 왔다.

정오가 지나 내가 혼자서 벙어리 하녀——이 사람이 히데짱의 일기에 있던 오토시 양이다——의 시중으로 점심을 마쳤는데도, 모로토가 아버지의 방에서 돌아오지 않았다. 혼자 생각해 봐도 침울해질 뿐이어서, 식후의 산책 겸 나는 또다시 토굴 뒤곁으로 히데짱과 눈 이야기를 하러 나갔다.

창을 올려다보며 한참을 서 있어도 히데짱이나 기쓰짱이 얼굴을 나타내지 않아서, 나는 언제나처럼 신호의 휘파람을 불었다. 그때 검은 철창살 속에 한 얼굴이 나타났는데, 나는 깜짝 놀라 내 머리가 어떻게 된 것이 아닌가 하고 의심했다. 왜냐하면, 그곳에 나타난 얼굴은 히데짱도 기쓰짱도 아닌, 아버지의 방에 있다고 생각했던 모로토 미치오의 일그러진 얼굴이었기 때문이다.

몇 번 다시 보아도 환각은 아니었다. 틀림없는 모로토 미치오가 쌍둥이 우리에 있었던 것이다.

그를 보는 순간 나는 무심결에 큰 소리를 지를 뻔했는데, 모로토가 재빨리 입에 손가락을 대고 주의를 주었기 때문에 겨우 참을 수가 있었다. 놀라는 내 얼굴을 보고 모로토는 좁은 창 안에서 열심히 손짓으로 무언가 이야기를 했다. 그런데 히데짱의 미묘한 눈과는 달라, 그리고 이야기하는 것이 너무 복잡해서 아무래도 의미를 깨달을 수가 없었다.

모로토는 안타까운지 잠깐 기다리라는 신호를 하고 들어가더니, 이윽고 뭉친 종이 쪽지를 내게로 던져 보냈다. 주워서 펴보니, 히데짱의 것을 빌렸는지 연필로 다음과 같이 갈겨써 있었다.

잠깐 방심하다가 죠고로의 간계에 빠져 쌍둥이와 같이 감금되는 몸이 되었어. 매우 엄중히 감시하기 때문에 도저히 도망쳐 나갈 수가 없어. 그런데 나보다 더 걱정스러운 사람은 너야. 너는 타인이니까 더욱 위험해. 빨리 이 섬에서 도망쳐. 나는 이제 체념했어. 모든 것을 체념했어. 탐정도, 복수도, 그리고 나 자신의 인생도.

자네와의 약속을 지키지 못한 것을 책망하지 말아줘. 처음 기세답지 않게 마음 약해진 나를 비웃지 말아줘. 나는 죠고로의 자식이야.

그리운 너와도 영원히 이별이야. 모로토 미치오를 잊어 줘. 이와야섬을 잊어 줘. 그리고 무리한 부탁이겠지만 하쓰요 양의 복수니 하는 따위도 잊어 줘.

본토에 건너가더라도 경찰에 알리지는 말아. 오랫동안의 교분을 걸고 하는 마지막 나의 부탁이야.

다 읽고 나서 얼굴을 드니, 모로토는 눈물이 가득 고인 눈으로 물끄러미 나를 내려다보고 있었다. 악마인 아버지는 마침내 자식을 감금해 버렸다. 나는 미치오의 돌변을 책망하기보다도, 죠고로의 잔악함을 원망하기보다도, 형용할 수 없는 비수에 가슴속이 텅 빈 것 같았다.

모로토는 부모 자식이라는 인연 때문에 얼마나 많이 마음이 찢어졌을까? 그가 멀리 이 이와야 섬을 찾아온 것은 깊이 생각하면 나를 위해서도 아니고, 하쓰요의 복수를 위해서는 물론 더더욱 아니고, 실은 부자라는 인연이 가져온 행위였는지도 모른다. 그리고 최후의 순간에 그는 마침내 지고 말았다.

이상한 아버지와 자식 간의 싸움은 이렇게 해서 끝나고 만 것일까?

오랫동안 토굴 속의 모로토와 마주 보고 서 있었는데, 마침내 그가 이제 가라는 신호를 했기 때문에 나는 별다른 생각도 없이 거의 기계적으로 모로토가 문 쪽으로 걸어갔다. 돌아설 때 모로토의 창백한 얼굴 뒤의 어둠 속에 히데짱이 의아하다는 얼굴로 가만히 나를 보고 있다는 것을 깨달았다. 그것이 한층 나의 마음을 덧없이 만들었다.

그러나 나는 물론 돌아갈 생각이 없었다. 미치오를 구해 내야 한다. 히데짱을 살려 내야 한다. 미치오가 아무리 반대하더라도 나는 하쓰요의 적을 버려두고 이 섬을 떠날 수는 없다. 그리고 운이 허락한다면 죽은 하쓰요를 위해 그녀의 보물 또한 발견해 주어야 할 것이다——이상하게도 나는 아무런 모순도 느끼지 않고 하쓰요와 히데짱을 동시에 생각할 수 있었다——모로토의 부탁이 아니더라도 경찰의 힘을 빌리는 것은 최후의 경우이다. 나는 이 섬에 머무르며 더 깊이 탐색해 보겠다. 침울해 하는 모로토를 격려해서 정의의 편으로 만들겠다. 그리고 그의 뛰어난 지혜를 빌려 악마와 싸우겠다. 나는 모로토가의 거실로 돌아갈 때까지 용감하게도 이렇게 마음을 정했다.

방에 돌아와 한참 있으니, 오랜만에 꼽추인 죠고로가 추한 몰골을 나타냈다. 그는 나의 방에 들어오더니 딱 가로막고 서서 소리쳤다.

"당신은 곧 돌아갈 채비를 하시오. 이제 한시도 이 집에, 아니 이 이와야 섬에 있게 할 수 없어. 자, 준비를 해요."

"돌아가라고 하시면 돌아가겠습니다만, 미치오 씨는 어디 있습니까? 미치오 씨도 함께 가는 거라면……."

"아들은 사정이 있어 만나게 할 수 없소. 그러나 그 애도 물론 다 아는 일이오. 자, 준비를 하라니까."

싸워도 소용없다고 생각되어 나는 일단 모로토가에서 철수하기로 했다. 물론 이 섬을 떠날 생각은 아니었다. 섬 어딘가에 숨어서 미치오와 히데짱을 구출해 낼 계획을 세워야 했다.

그런데 난처하게도 죠고로는 빈틈이 없어, 튼튼하게 생긴 한 남자 하인을 붙여 나의 행선을 확인하게 했다.

하인은 내 짐을 가지고 앞장서서 걸어갔다. 그는 전날 나에게 말을 걸었던 이상한 노인의 움막까지 가더니, 느닷없이 그곳으로 들어가 소리를 질렀다.

"도쿠 씨 있나? 모로토 나리 분부야. 배를 내주게. 이분을 K항까지 태워다 주는 거야."

"그 손님 혼자 돌아가는가?"

노인은 역시 요전처럼 창으로 몸을 반만 내밀고 내 얼굴을 말똥말똥 바라보며 말했다.

그래서 결국 하인은 나를 그 도쿠 씨라는 노인에게 맡기고 돌아갔다. 죠고로가 소위 배신자인 이 노인에게 나를 맡긴 것이 뜻밖이기도 하고 기분 나쁘기도 했다.

그러나 이 노인이 선택된 것은 나에게는 매우 다행한 일이었다. 나는 대략 형편을 털어놓고 노인의 도움을 청했다. 어떻게든지 당분간 이 섬에 머물러 있고 싶다고 떼를 썼다.

노인은 전날과 같은 논법으로 내 계획이 얼마나 무모한지를 설명했는데, 내가 끝까지 뜻을 굽히지 않자 마침내 꺾여서 내 청을 들어 주었다. 뿐만 아니라 죠고로를 속일 한 가지 명안까지 얘기해 줬다.
그 명안이라는 것은 다음과 같다.
죠고로는 의심이 많아 내가 이대로 이 섬에 머물러 있으면 가만둘 리 없으며, 나아가서는 나를 맡은 도쿠 씨까지 원망을 사게 되니까, 여하튼 일단 본토까지 배를 보내야 한다.
그런데 도쿠 씨가 혼자서 배를 저어간다면 아무런 소용이 없다. 다행히 도쿠 씨의 아들이 나와 나이도 키도 비슷하니 그 아들에게 내 양복을 입혀, 멀리서 보면 나로 보이게 꾸며 본토로 건너가게 한다. 나는 아들 옷을 입고 도쿠 씨 움막에 숨어 있으면 된다.
"당신 일이 끝날 때까지 아들놈에게는 이세신궁 구경이나 시켜 주지요."
도쿠 씨는 이렇게 말하고 웃었다.
저녁 무렵 도쿠 씨의 아들은 내 양복을 입고 몸을 뒤로 젖히고 도쿠 씨 배에 탔다.
가짜 나를 태운 작은 배는 도쿠 씨의 노질로, 가는 곳에 얼마나 무서운 운명이 기다리고 있는지도 모르고, 어둠이 다가오는 K항을 향해 섬 기슭을 따라갔다.

살인을 목격하다

이제야말로 나는 한 편의 모험 소설의 주인공이 되었다.

두 사람을 보내 놓고, 나는 도쿠 씨의 아들이 입고 있던 짠내 나는 넝마 옷을 입었다. 그리고 나는 움막 창가에 웅크리고 앉아 장지 그늘에서 눈만 내놓고 그 작은 배가 점점 멀어져 가는 것을 지켜보고 있었다.

소가 누운 모양의 곶은 밤안개에 흐려졌다. 검어진 바다가 쥐색 하늘과 녹아 합쳐지고 하늘에는 하나 둘 별빛마저 보였다. 바람이 자서 해면은 검은 기름처럼 잔잔했다. 마침 만조 때여서 마의 심연 근처는 멀리서 보는 내 눈에도 바닷물이 소용돌이치며 동굴 안으로 흘러들어 가는 것이 보였다.

작은 배는 몹시 울퉁불퉁한 벼랑을 따라 숨었는가 싶으면 다시 나타나 점점 마의 심연으로 다가가고 있었다. 수십 미터의 벼랑이 새까만 벽처럼 보이고 그 아래를 장난감 같은 작은 배가 위태롭게 노 저어 갔다. 가끔 수면을 따라 벌레 우는 소리 같은 노 소리가 들려왔다. 도쿠 씨도, 양복 차림의 아들 모습도 어둠에 희미해져 콩만한 윤곽만이 잡힐 뿐이었다.

내민 바위를 또 하나 돌아가면 마의 심연인 동굴에 이른다. 마침 그 모서리에 이르렀을 때 나는 문득 작은 배 바로 위의 절벽 꼭대기에서 무언가가 움직이는 것이 있음을 깨달았다. 섬뜩해서 다시 보니 그것은 틀림없는 한 사나이, 등이 혹처럼 솟아난 꼽추 노인이었다. 그 추한 모습을 어찌 잘못 볼 리가 있는가. 분명 죠고로였다. 그런데 모로토가의 주인공이 이 시각에 무슨 일이 있어서 저런 벼랑 가장자리에 나왔을까.

그 꼽추는 곡괭이 같은 것을 들고 몸을 굽히고 열심히 무엇인가를 하고 있었다. 곡괭이에 힘을 줄 때마다 곡괭이 외에 움직이는 것이 있었다.

잘 보니 그것은 벼랑 끝에 위태롭게 놓인 한 개의 큰 바위였다.

아아, 알겠다. 죠고로는 도쿠 씨의 배가 그 아래를 지나는 시각에 맞추어 저 큰 바위를 떨어뜨려, 작은 배를 전복시키려 하고 있다. 위험하다. 기슭에서 더 떨어지지 않으면 위험하다. 그런데 여기서 소리친다고 해도 도쿠 씨에게 들릴 리가 없다. 나는 눈앞에 죠고로의 흉계를 똑똑히 보면서도 희생자를 구할 길이 없었다. 천운을 비는 도리밖에 없었다.

꼽추의 그림자가 한 번 크게 움직이는가 싶더니 큰 바위가 흔들렸다. 바위는 눈 깜짝할 사이에 대단한 속도로 떨어져 갔다. 벼랑 모서리에 부딪쳐 무수한 조각이 되어 흩어지며 작은 배를 향해 굴러 떨어졌다.

커다란 물보라가 일더니 한참 뒤에는 와글와글 하는 소리가 나 있는 데까지 들려 왔다.

그 작은 배는 죠고로의 계획대로 전복되었다.

배에 탄 두 사람은 그림자도 보이지 않았다. 바위에 부딪쳐 즉사했는가? 아니면 배를 버리고 헤엄치고 있는가? 유감스럽게도 그것까지는 알 수 없었다.

죠고로는, 집념이 강한 이 꼽추는 배를 전복시키는 것만으로는 부족한지 무서운 기세로 곡괭이를 움직여 그 근처의 큰 바위 작은 바위를 차례차례 밀어 떨어뜨리고 있었다. 마치 해전(海戰) 그림처럼 해변 일대에 몇 개의 물보라가 섰다가 무너져 내리곤 했다.

이윽고 그는 곡괭이를 움직이던 손을 멈추고 가만히 아래 상황을 살피더니, 희생자들의 최후를 확인하고 안심했는지 그대로 저쪽으로 사라졌다.

모두 한순간의 일이었다. 멀리서 바라보고 있으니, 어쩐지 장난감 연극 같아 귀여운 느낌마저 들었다. 두 사람의 생명을 앗은 이 비참한 일이 그다지 무섭게 생각되지 않았다. 그러나 이것은 꿈도 환상도 아닌 엄연한 사실이었다. 도쿠 씨와 그의 아들은 인귀(人鬼)의 간계로 아마도 마의 심연의 제물로 사라져 버렸을 것이다.

이제야말로 죠고로의 흉계를 알 수가 있었다.

그는 처음부터 나를 없애 버리려고 한 것이다. 그런데 집 안에서 손을 쓰면 위험하니까 배에 태워 섬과의 인연을 끊어 놓고, 배가 지나가는 길 위 벼랑 꼭대기에 매복하고 있다가 마의 심연의 미신을 이용하여 도쿠 씨의 배가 마력에 의해 전복된 것으로 보이게 하려 했다. 그래서 그는 편리한 총기를 쓰지 않고, 고생하며 큰 바위를 떨어뜨린 것이다.

나룻배는 다른 어부에게 부탁하지 않고 사이가 좋지 않은 도쿠 씨를 택했다. 그는 일석이조의 수확을 거두려 한 것이다. 그의 악행을 눈치채고 있는 나를 죽임과 동시에 이전의 하인으로 자기에게 반기를 든, 자기의 소행을 어느 정도 알고 있는 도쿠 씨를 죽여 버리려고 계획한 것이다. 그리고 그것이 멋지게 들어맞은 것이다.

죠고로의 살인은 내가 아는 것만으로도 이로써 꼭 다섯 사람째였다. 그런데 잘 생각해 보면 무섭게도 이 다섯 명의 살인에 모두 간접적이나마 내가 살인의 동기를 만들었다고 할 수 있었다. 하쓰요는 내가 없었으면 모로토의 구혼에 응했을지도 모른다. 모로토와 결혼하기만 했다면 그녀는 살해되지 않았을 것이다. 미야마기 씨는 말할 것도 없이 내가 탐정을 의뢰하지만 않았다면, 죠고로의 마수에 걸리지 않았을 것이다. 소년 곡예사도 그랬다. 그리고 도쿠 씨나 그의 아들도 내가 이 섬에 오지 않았다면, 그리고 대리역을 부탁하지 않았다면 이런 비참한 최후를 마치지는 않았을 것이다.

생각할수록 나는 무서움에 몸이 떨렸다. 그리고 살인귀 죠고로를 미워하는 마음이 전날보다 몇 갑절이나 더 생겼다. 이제는 하쓰요를 위해서만이 아니었다. 다른 네 사람의 영혼을 위해서도 나는 끝까지 이 섬에 머물러 악마의 소행을 폭로하고, 복수를 하지 않고는 견딜 수 없을 것 같았다. 나의 힘은 너무 약할지도 몰랐다. 경찰의 도움을 요청하는 것이 안전한 방법일지도 몰랐다. 그러나 이 희대의 악마가 단지 국가의 법률만으로 심판을 받는다면 만족스럽지 않을 것 같았다. 진부한 말이지만 눈에는 눈으로, 이에는 이로, 놈이 범한 죄와 같은 비중의 고통을 맛보게 하지 않고는 분이 풀리지 않을 것 같았다.

그러려면 죠고로가 나를 없애 버렸다고 생각하고 있는 것을 이용해 교묘하게 도쿠 씨의 아들로 둔갑해서 그의 눈을 피하는 것이 중요했다. 그리고 몰래 토굴 속의 미치오와 의논해서 복수의 수단을 생각해야 했다. 미치오도 이번 살인을 안다면, 부모 편을 들겠다고 하지는 않을 것이다. 그리고 비록 미치오가 동의하지 않는다 하더라도 그런 것에 구애될 수는 없었다. 나는 끝까지 염원을 이루기 위해서 노력할 결심이었다.

다행히 그 후 며칠이 지나도 두 사람의 시체는 발견되지 않았다. 아마 마의 동굴 안쪽 같은 곳으로 빨려 들어가기라도 했겠지. 나는 수월하게 도쿠 씨의 아들로 둔갑할 수 있었다. 도쿠 씨의 배가 오랫동안 돌아오지 않으니까, 이상히 여기고 문안차 움막을 찾아오는 어부가 있었다. 나는 병에 걸렸다고 하고 방구석 어두컴컴한 곳에 둘로 접는 병풍을 세워 얼굴을 숨기고 있었다.

낮에는 대개 움막에 틀어박혀 남의 눈을 피하고, 밤이면 어둠 속에서 온 섬을 걸어다녔다. 토굴 창의 미치오와 히데짱을 찾는 것은 물론이고, 섬 지리를 완전히 익혀서 어떤 기회를 만나더라도 도움이 되도록 애를 썼다. 모로토가의 상황에 마음을 쓰는 것은 말할 것도 없었다. 그러나 때로는 사람이 없는 기회를 틈타 문 안으로 숨어들어, 열리지 않는 방의 바깥쪽으로 돌아가 밀폐된 문 틈새로 내부의 소리의 정체를 살피기도 했다.

나는 이렇게 해서 무모하게도 세상에서 비할 데 없는 살인마를 상대로 하는 싸움에 첫발을 내디뎠다. 나의 앞길에 어떤 생지옥이 있었던가? 사람으로선 상상도 할 수 없는 어떤 무서운 일이 기다리고 있었던가? 하룻밤 사이에 나의 머리칼을 눈처럼 희게 만든 그 큰 공포에 관해 쓰는 것도 그다지 멀지 않았다.

옥상의 괴노인

나는 가짜 덕분에 가까스로 재난을 피했는데, 조금도 살았다는 생각은 들지 않았다. 도쿠 씨의 아들로 둔갑한 나는 함부로 움막 밖에 나타날 수가 없었다. 배를 저어 섬을 빠져 나간다는 것은 생각도 못할 일이었다. 나는 마치 죄인처럼, 낮에는 도쿠 씨의 움막 속에 꼼짝 않고 숨었다가, 밤이 되면 바깥 공기도 마시고 오그렸던 수족을 펴기 위해 몰래 움막에서 기어 나갔다.

먹을 것은, 맛이 없는 것만 참으면 당분간 견딜 만큼 있었다. 생필품을 조달하기에 불편한 섬이어서 그런지 도쿠 씨의 움막에는 쌀, 보리, 된장, 장작 등이 많이 저장되어 있었다. 나는 그날로부터 며칠 동안, 이름도 모르는 건어물을 뜯고, 된장을 핥으면서 살았다.

나는 당시의 경험으로, 어떤 모험도 고난도 실제로 부닥쳐 보면 별것 아니라는 사실과 오히려 상상을 하고 있는 편이 훨씬 무섭다는 것을 깨달았다.

도쿄의 회사에서 주판을 튕기던 무렵의 나에게는 전혀 상상도 할 수 없었던 가공의 이야기나 꿈 같은 상황이었다. 나는 외톨이로 도쿠 씨의 비좁은 움막 구석에 누워, 천장이 없는 지붕 밑을 바라보았다. 끊임없는 파도 소리를 듣고 바닷물 냄새를 맡았다. 며칠 사이의 일들이 모두 꿈이 아닌가 싶을 정도로 묘한 기분이 된 적도 여러 번 있었다.

그러나, 그처럼 무서운 상황에 처해 있으면서도 나의 심장은 평소와 같이 튼튼하게 맥박을 치고 있었고, 나의 머리도 이상해지지 않았다. 사람은 어떤 무서운 일이라도 막상 부딪쳐 보면 생각보다 태연히 견뎌 나갈 수 있는 것 같았다.

군인이 총알을 향해 돌진해 나갈 수 있는 것도 바로 이런 경우로구나 하는 생각이 들었다. 나는 그런 음침한 주위 환경에도 불구하고 매우 상쾌한 기분이 되기까지 했다.

아무튼 나는 우선 모로토가의 토굴 속에 유폐된 모로토 미치오에게 자세한 사정을 알리고 대책을 의논해야 했다. 낮에는 위험했다. 그러나 해가 꼬박 져 버린 뒤에는 전등도 없는 섬이어서 어떻게 해 볼 수가 없었다. 나는 먼빛으로는 사람 얼굴을 똑똑히 알아볼 수 없는 황혼 무렵에 토굴 아래로 갔다. 걱정할 정도의 일은 생기지 않았다.

온 섬사람들이 모두 죽어 없어졌나 싶을 정도로, 사람은 그림자도 보이지 않았다. 나는 목적한 토굴 창 아래에 이르렀다. 마침 그 흙담 옆에 바위 하나가 있었다. 나는 그 바위를 방패로 삼아 몸을 숨기고 가만히 주위의 상황을 살폈다. 담 안이나 토굴 창에서 사람 소리라도 나지 않을까 하고 귀를 기울였다.

저녁 어둠 속에서 토굴의 창은 입을 딱 벌리고 말이 없었다. 멀리 바닷가에서 울려오는 단조로운 파도 소리 외에는 아무 소리도 들리지 않았다.

또다시 꿈을 꾸고 있는 것이 아닐까, 생각이 들 정도로 모든 것이 회색이고, 소리도 빛도 없는 쓸쓸한 경치였다.

오랜 망설임 끝에 나는 겨우 용기를 내어 준비해 온 종이 뭉치를 창으로 겨냥을 해서 던졌다. 하얀 알이 제대로 창 안으로 들어갔다. 그 종이에 나는 전날부터 생긴 일을 모두 쓰고, 우리는 지금부터 어떻게 하면 좋겠느냐고 모로토의 의견을 물었다.

종이를 던져 넣고 다시 바위 뒤에 숨어 가만히 기다리고 있는데, 좀처럼 모로토의 대답은 돌아오지 않았다. 어쩌면 그는 내가 이 섬을 떠나지 않은 데에 화내고 있는 것이 아닐까, 걱정이 되었다. 훨씬 어두워져서 토굴의 창을 구별하기도 어렵게 되었을 무렵에 겨우 그 창에 희끄무레하게 흰 것이 나타나서 종이 뭉치를 나에게 던졌다.

그 흰 얼굴은 자세히 보니 모로토가 아니고, 그리운 쌍둥이 히데짱인 것 같았는데, 그 얼굴이 어둠 속에서도 왠지 슬픔에 잠긴 것처럼 보였다. 히데짱은 이미 모로토로부터 자세한 이야기를 들어서 알고 있는 것일까.

종이 뭉치를 펴 보니, 어둠 속에서도 읽을 수 있게 커다란 연필 글씨로 이렇게 간단히 적혀 있었다. 그것은 분명 모로토의 필적이었다.

"지금은 아무것도 생각할 수 없어. 내일 다시 한 번 와 줘."

그것을 읽고 나는 암담했다. 모로토는 아버지의 용서할 수 없는 죄상을 읽고 얼마나 놀라고 슬퍼했을까. 나와 얼굴을 마주치는 것마저 피하고 싶어 히데짱을 시켜 종이 뭉치를 던지게 한 것만으로도 그의 마음을 알 수 있었다.

나는 토굴 창으로 말끄러미 나를 보고 있는 듯한, 희미하게 보이는 흰 히데짱의 얼굴에 고개를 끄덕여 보이고, 어둠 속을 터벅터벅 걸어 도쿠 씨의 움막으로 돌아왔다. 그리고 등잔불도 켜지 않고 짐승처럼 벌렁 누워 무엇을 생각하는지도 모르게 계속 생각에 잠겼다.

이튿날 저녁때, 토굴 밑에 가서 신호를 했다. 이번에는 모로토의 얼굴이 나타나더니 다음과 같은 문구를 적은 종이 쪽지를 던져 주었다.

이렇게 된 나를 버리지 않고, 여러 가지 고생을 해 준 데 대해 뭐라고 감사해야 할지 모르겠군. 솔직히 말하자면 나는 네가 이 섬에서 떠난 줄 알고 얼마나 실망했는지 몰라. 나는 너와 떨어져서는 외로워서 살 수 없다는 것을 알았어. 죠고로의 악행은 확실해졌어. 나는 이제 그와 부자지간이라는 생각은 하지 않겠어. 아버지가 미울 뿐이야. 애정 따위는 조금도 느낄 수 없어. 오히려 남인 너에게 심한 집착을 느껴. 네 도움을 받아 이 토굴을 빠져나가기로 하지. 그리고 불쌍한 사람들을 구하지 않으면 안 돼. 그리고 하쓰요 양의 보물을 발견해야 돼. 그것이 자네를 부자로 만들어 줄 거야. 토굴을 빠져 나가는 것에 대해서는 나에게 생각이 있어. 때를 좀 기다려야 해. 이 계획에 관해서는 차츰 알려 줄게. 매일 남의 눈에 띄지 않게, 가능한 한 자주 토굴 밑으로 와 줘. 낮에도 이곳에는 좀처럼 사람이 오지 않으니까 걱정 없어.

모로토는 결심을 바꾸어 부자의 연을 끊은 것이다. 그런데 그 번복의 이면에 나에 대한 도착적 애정이 중대한 동기가 된 것을 생각하고, 나는 매우 이상한 생각이 들었다. 모로토의 이상한 열정은 나로서는 도저히 이해할 수 없었다. 오히려 무서운 생각마저 들었다.

그로부터 5일 동안, 우리는 이 부자유스러운 밀회——밀회라면 이상한 말이지만, 그 동안의 모로토의 태도를 생각하면 어쩐지 이 말이 어울렸다——를 계속했다. 그 5일간의 내 기분이나 행동을 자세히 생각해 내면 꽤 쓸 것이 있으나, 전체의 이야기에 별로 관계가 없는 일은 모두 생략하기로 하고 요점만을 간추려 본다.

그 수수께끼 같은 일을 발견한 것은 사흘째 되는 날 이른 아침, 모로토와 종이 뭉치로 이야기를 나누기 위해서 무심코 토굴에 다가갔을 때였다.

아직 아침 해가 솟아오르기 전이어서 어둑어둑하고, 섬 전체가 안개에 덮여 있어 먼 곳이 잘 보이지 않은 탓도 있었지만, 너무나 그곳이 의외의 장소였기 때문에 나는 그 담 밖에 있는 바위 10여미터 앞까지 가도록 통 알아보지 못했다. 그런데 문득 보니 토굴 지붕 위에서 검은 사람 그림자가 꿈틀거리고 있지 않은가.

놀라서 무턱대고 뒷걸음질쳐서 흙담 모퉁이에 몸을 숨기고 잘 보니, 지붕 위의 사람은 다름 아닌 꼽추 죠고로였다. 얼굴을 보지 않아도 몸 전체의 윤곽으로 당장 알 수 있었다.

나는 그를 보고, 모로토 미치오의 신변을 염려하지 않을 수 없었다. 이 불구의 괴물이 모습을 나타내는 곳에는 반드시 흉측한 일이 따랐다. 하쓰요는 살해되기 전에 괴노인을 보았다. 도모노스케가 살해된 밤에 나는 그의 추한 뒷모습을 목격했다. 그리고 최근에는 그가 벼랑 위에서 곡괭이를 휘두르는 것을 보았는데, 도쿠 씨 부자가 마의 심연의 제물로 사라지지 않았는가.

그러나 설마 자식을 죽이지는 않겠지. 죽일 수 없으니까, 토굴에 유폐하는 미지근한 수단을 취하지 않았는가.

아니, 그렇지 않다. 미치오 쪽에서 부모에게 대적하려 하고 있다. 그러니 저 괴물이 자기 자식의 생명을 빼앗는 것쯤 왜 망설이겠는가. 미치오가 끝까지 대적하리라는 확증이 잡히니까, 마침내 그를 죽이려고 일을 꾸미는 것이리라.

내가 담 뒤에 몸을 숨기고 이런 생각을 하고 있는 동안에, 괴물 죠고로는 조금씩 걷히는 아침 안개 속에 차츰 그 추한 모습을 확실히 드러내며, 지붕 한쪽 끝에 걸터앉아 열심히 무언가를 하고 있었다.

아아, 알았다. 귀와(鬼瓦)를 빼내려고 하는 것이다.

그곳에는 토굴의 크기에 알맞은 훌륭한 귀와가 지붕 양끝에 위엄있게 끼워져 있었다. 도쿄 근처에서는 여간해서는 볼 수 없는 옛날식의 신기한 모양이었다.

저 귀와를 벗겨 내면, 지붕 판자 한 장 아래가 바로 모로토 미치오가 유폐된 방이었다. 위험했다. 머리 위에서 무서운 흉계가 진행되고 있다는 사실도 모르고 모로토는 그 밑에서 아직 자고 있을지도 몰랐다. 괴물이 있는 앞에서 휘파람을 불어 신호를 보낼 수도 없어, 나는 초조해 할 뿐 아무 일도 하지 못하고 있었다.

이윽고 죠고로는 그 귀와를 완전히 빼내어 한쪽 팔로 안았다. 두 자가 넘는 큰 기와여서 불구자인 그는 겨우 안을 수 있었다.

'다음에 그는 귀와 밑의 지붕 판자를 젖히고 미치오와 쌍둥이 바로 위에서 그 추한 얼굴을 쑥 내밀며 히죽거리고, 마침내 잔학한 살인을 시작한다.'

나는 이런 생각이 들어 겨드랑이 밑에 식은땀을 흘리고 서 있었다. 그런데 뜻밖에도 죠고로는 그 귀와를 안은 채, 지붕 저쪽으로 내려가 버렸다. 방해가 되는 귀와를 어딘가에 날라다 놓고 가벼운 몸으로 돌아오는가 하고 기다렸으나 그런 기미는 없었다.

나는 살금살금 담 뒤에서 바위 있는 데까지 걸어가 그곳에 몸을 숨기고, 계속 상황을 살폈다. 아침 안개가 완전히 걷히고, 바위산 정상에서 커다란 태양이 토굴 벽을 비추어도 죠고로는 끝내 나타나지 않았다.

신과 불

족히 30분은 지났기에 이제 괜찮겠지 싶어서 나는 바위 뒤에 몸을 숨긴 채, 휘파람을 작게 불어 보았다. 모로토를 불러내는 신호였다.

기다리고 있었다는 듯이 모로토가 토굴 창에 얼굴을 드러냈다. 나는 바위 뒤에서 목을 내밀고 괜찮으냐고 눈으로 물었다. 모로토는 끄덕여 보였다.

나는 준비한 수첩을 찢어, 잽싸게 죠고로의 이상한 행동에 관해 쓰고, 근처의 작은 돌을 싸서 창을 향해 던져 넣었다.

한참 기다리니 모로토의 답장이 왔다.

나는 네 편지를 보고 비상한 발견을 했어. 기뻐해 줘. 우리의 목적 가운데 하나를 머지않아 성취할 수 있을 것 같아. 그리고 나의 신상에 당장은 위험이 없으니 안심해. 지금은 자세히 쓸 수가 없으니, 네가 해 주었으면 하는 것을 쓰겠어. 이것으로 넌 내 생각을 충분히 짐작할 수 있을 거야.

①위험에 처하지 않을 범위 내에서, 이 섬의 모든 구석구석을

돌아다니며 뭔가 모셔 놓은 것, 이를테면 신의 사당이라든가, 지장보살(地藏菩薩)이라든가, 여하튼 신불(神佛)에 관계 되는 것을 찾아 알려 줘.

②머잖아 모로토가의 고용인들이 뭔가 짐을 배에 싣고 떠날 거야. 그것을 발견하면 바로 알려 줘. 그때의 사람 수도 조사해 줘.

나는 이상한 명령을 받고 곰곰이 생각해 보았으나, 모로토의 진의를 깨달을 수 없었다. 그러나 더 이상 종이 뭉치 문답을 반복할 수도 없어서 나는 일단 그 자리를 떠났다.

그리고 모로토의 명령대로 되도록 인가가 없는 곳, 사람이 잘 다니지 않는 곳 등을 마치 도둑처럼 숨어다니며 섬 안을 살폈다. 나는 사람과 마주치더라도 내 모습을 알아보지 못하도록 얼굴을 수건으로 싸고, 도쿠 씨 아들의 헌 옷을 입고 손끝이나 발에 진흙을 칠했다.

아무리 해변이라도 8월의 찌는 듯한 무더위 아래서 걸어다니느라고 여간 고생스럽지 않았지만, 더위 같은 것에 불평하고 있을 틈이 없었다.

그렇게 걸어다녀 보아서 안 일이지만, 이 섬은 정말 황량하기 이를 데 없었다. 인가는 있어도 사람이 살지 않는지, 오래 걸어 다녀봐도 사람이라고는 두세 명의 어부를 먼빛으로 보았을 뿐 아무도 만나지 못했다. 그렇다면 그리 조심할 것도 없었다.

나는 그날 저녁때까지 섬을 일주하다가 마침내 신불과 인연이 있을 듯한 것을 두 가지 발견했다.

이와야 섬의 서쪽 해안은, 모로토가와는 중앙의 바위산을 사이에 두고 반대쪽인데, 인가가 거의 없으며 벼랑의 요철이 특히 심하고, 물가에 갖가지 모양의 기암이 서 있었다. 그 속에 한층 두드러진 두

건 모양의 큰 바위가 있고, 그 바위 꼭대기에 돌로 새긴 작은 기둥문이 세워져 있었다. 몇백 년 전 이 섬이 지금과는 또 많이 달랐을 때, 모로토가의 주인이 성주 같은 위세를 부리고 있을 때 이 해안의 평온을 빌기 위해 세운 것 같았다. 화강암의 그 기둥문은 거무스레한 이끼에 덮여 지금은 그 큰 바위의 일부분으로 잘못 볼 만큼 낡았다.

그리고 역시 서쪽 해안의 그 두건바위와 마주 보는 높직한 곳에, 매우 낡은 돌 지장보살이 서 있었다. 옛날에는 이 섬을 일주하는 완전한 도로가 있었던 듯 군데군데 흔적이 남아 있는데, 돌 지장보살은 그 도로 언저리에 이정표처럼 서 있었다. 참배하는 사람이 없으니까 물론 제물도 없었다. 지장보살이라기보다는 사람 모양을 한 돌덩이리 같았다. 눈도 코도 입도 닳아 없어져서 두루뭉술했다. 사람도 살지 않는 이 외진 곳에서 그것을 보았을 때, 섬뜩해서 무심결에 멈춰 설 정도였다. 그 지장보살은 상당히 큰 받침돌을 사용했기 때문에 넘어지지 않고 오랜 세월을 그대로 서 있었다.

나중에 생각한 일이지만, 이런 돌 지장보살이 옛날에는 섬의 곳곳에 서 있었던지 지금도 북쪽 해안에 돌 지장보살의 받침대로 보이는 돌이 남아 있었다. 그런데 아이들의 장난으로 거의 없어지고, 가장 외진 장소인 이 서쪽 해안에 있는 것만 겨우 남아 있는 모양이었다.

내가 걸어다니며 본 바로는, 온 섬 안에서 신불에 관계 있는 것은 이 두 가지뿐이었다. 그 밖에는 모로토가의 넓은 뜰에 누구의 사당인지는 몰라도 꽤 훌륭한 신사가 서 있는 것을 보았다. 그런데 모로토가 나에게 찾으라고 한 것은, 모로토가 내부의 것은 아닐 것이다. 두건바위의 기둥문은 '신(神)'이었다. 돌 지장보살은 '불(佛)'이었다. 신과 불. 아아, 나는 어쩐지 모로토의 생각을 알 수 있을 것 같았다. 그것은 말할 것도 없이 그 주문 같은 암호문에 관련된 것이었다.

나는 그 암호문을 생각해 냈다.

신과 불이 만난다면
동남방의 귀신을 때려 부수고
아미타의 공덕을 찾을 것이다
6도의 네거리에 혼동되지 말라

'신'이란 두건바위의 기둥문을 가리키고, '불'이란 돌 지장보살을 뜻하는 것이 아닐까. 그리고 아아, 알겠다. '귀신'이란, 오늘 아침에 죠고로가 벗겨 간 토굴 지붕의 '귀와'를 가리키는 것이 아닐까. 그렇다, 그렇다. 그 귀와는 토굴의 동남쪽 끝에 올려져 있었다. 그 귀와가 바로 '동남방의 귀신'이다.

주문에는 '동남방의 귀신을 때려 부수고'라고 했다. 그렇다면 그 귀와의 내부에 보물을 감추어 놓았을까? 만약 그렇다면 죠고로는 이미 그 귀와를 깨고 속의 보물을 꺼냈을 것이 아닌가.

그러나 모로토가 그것을 모를 리 없다. 죠고로가 귀와를 가져갔다는 것은 내가 다 알려 주었다. 내 통신문을 읽고 그가 비로소 무엇인가 깨달은 모양이니까, 이 주문에 또 다른 의미가 있을 것이다. 기와를 깨는 것만이라면 첫 번째 문구는 필요 없을 테니까.

그런데 '신과 불이 만나면'이란 말은 도대체 무슨 뜻일까? 그 '신'이 두건바위의 기둥문이고, '불'이 지장보살이라 하더라도 그 두 가지가 어떻게 만날 수 있다는 말인가?

역시 이 '신불'은 다른 것을 의미하는 모양이었다.

나는 여러 가지로 생각해 보았으나 아무래도 이 수수께끼를 풀 수 없었다. 다만 그날 일로 확실해진 것은, 우리가 지난날 도쿄의 간다에 있는 식당 이층 방에 숨겨 두었던 암호문과 쌍둥이의 일기장을 훔친 자는, 당시에 상상한 대로 역시 괴노인 죠고로였다는 사실이었다.

그렇지 않다면 그가 귀와를 벗겨 낸 까닭을 설명할 도리가 없었다. 그는 그때까지만 해도 뜰을 파 뒤집는 등 무턱대고 집 안에서만 찾고 있었는데 암호문을 입수하자 열심히 그 뜻을 연구하여 마침내 '동남방의 귀신'이라는 것이 토굴의 귀와라는 사실을 발견한 모양이었다. 혹시 그의 해석이 들어맞아 죠고로는 이미 보물을 입수하지 않았을까? 아니면 그의 해석이 크게 틀려서 귀와 속에는 아무것도 없었던 것일까? 모로토는 과연 그 암호문을 바르게 이해하고 있을까? 나는 자꾸만 초조해져 갔다.

불구자의 무리

같은 날 저녁때 나는 토굴 아래로 가서 종이 편지로 내가 발견한 사항들을 모로토에게 알렸다. 그 종이에는 참고가 될까 해서 두건바위와 돌 지장보살의 위치를 나타내는 약도까지 그렸다.

한참 기다리니, 모로토가 창으로 얼굴을 내밀고 이런 편지를 던졌다.

"자네는 시계를 가지고 있는가? 시간은 맞는가?"

엉뚱한 질문이었다. 그러나 언제 나의 신변에 위험이 닥칠지 모르고, 부자유스럽기 짝이 없는 통신이어서 앞뒤 사정을 설명할 틈이 없는 것도 무리가 아니었다. 나는 그러한 간단한 문구에서 그의 의중을 추측해야 했다.

다행히 나는 손목시계를 팔 깊숙이 숨겨 가지고 있었다. 태엽을 주의해서 꼭 감았으니까 아마 큰 시간 차이는 없을 것이다. 나는 창의 모로토에게 팔을 걷어 보이고 손짓으로 시간이 맞는다는 것을 알렸다. 그랬더니 모로토는 만족한 듯 끄덕거리고 들어갔다.

한참 기다리니 이번에는 좀 긴 편지를 던져 보냈다.

중요한 일이니 틀림없도록 해 줘. 대강 짐작은 하고 있겠지만 보물을 은닉한 장소를 알 수 있을 것 같아. 죠고로도 눈치채기 시작했는데 대단한 착오를 범하고 있어. 우리 손으로 찾아내자구. 확실히 가망이 있어. 내일 하늘이 맑거든 오후 4시경, 두건바위에 가서 돌 기둥 문 그림자를 주의해서 봐. 아마 그 그림자가 돌 지장보살과 겹쳐질 거야. 겹쳐지면 그 시각을 정확히 기억하고 돌아와 줘.

나는 이 명령을 받고 급히 도쿠 씨 움막으로 돌아왔는데, 그날 밤엔 주문에 관한 것 외에는 아무것도 생각하지 않았다.

그때서야 나는 주문의 '신과 불이 만난다면'의 뜻을 명확히 알 수 있었다. 정말로 만나는 것이 아니라 신의 그림자가 불에 겹치는 것이었다. 기둥문의 그림자가 돌 지장보살에 드리워지는 것이었다. 얼마나 멋진 착상인가. 나는 새삼스럽게 모로토 미치오의 상상력에 찬탄하지 않을 수 없었다.

그러나 거기까지는 아는데 '신과 불이 만난다면 동남방의 귀신을 때려 부수고'의 동남방의 귀신을 알 수가 없었다. 죠고로가 대단한 착오를 범하고 있다고 했으니, 토굴의 귀와는 아닌 모양이었다.

그런데 그 밖에 '귀신'이라는 이름이 붙는 것이 또 어디 있을까?

그날 밤엔 끝내 의문을 풀지 못하고 자 버렸는데 이튿날 아침, 이 섬에서 신기하게도 사람들이 떠드는 소리가 나서 문득 눈을 떴다. 귀에 익은 목소리들이 움막 앞을 지나 선착장으로 가고 있었다. 틀림없이 모로토가의 고용인들이었다.

나는 급히 일어나 창을 조금 열고 내다보았다. 멀어져 가는 세 사람의 뒷모습이 보였다. 두 사람이 커다란 나무 상자를 메고 한 사람이 그 곁을 따라갔다. 따라가는 사람은 쌍둥이의 일기에 쓰여 있던 스께하치 할아버지이고, 다른 두 사람은 모로토가에서도 본 적이 있는 힘이 센 사내들이었다.

모로토가 전날 '머잖아 모로토가의 고용인들이 뭔가 짐을 배에 싣고 떠날 거야'라고 쓴 것이 이거구나 싶었다.

나는 그 사람들 수를 그에게 알려 줄 것을 부탁받고 있었다.

창을 열고 보니 세 사람은 점점 작아져 가더니 마침내 바위 뒤로 사라져 버렸다. 조금 있으니 선착장에서 한 척의 범선이 돛을 내린 채 노 저어 나왔다. 멀리서 봐도 아까의 세 사람이 탔고 나무 상자를 실었다는 것을 알 수 있었다. 범선은 바다 쪽으로 조금 나가더니 돛을 올렸다. 때마침 불어오는 아침 바람에, 배는 금방 섬에서 멀어져 갔다.

나는 약속대로 바로 이 일을 모로토에게 알려야 했다. 그 무렵에는 낮에 돌아다니는 데도 익숙했다. 좀처럼 사람이 나다니지 않는다는 사실을 알기 때문에 주저 없이 나는 곧 움막에서 나와 토굴 아래로 갔다. 종이 편지로 사실을 알렸더니 모로토로부터 용감한 내용의 답장이 왔다.

그들은 앞으로 1주일쯤 돌아오지 않을 거야. 나는 그들이 무엇을 하러 갔는지도 알고 있어. 이제 집 안에는 힘센 놈은 없어. 도망칠 기회는 지금이야. 도움을 부탁해. 자네는 1시간쯤 그 바위 뒤에 숨어서 내 신호를 기다려 줘. 내가 이 창에서 손을 흔들면 급히 정문으로 달려가 집 안에서 도망쳐 나가는 사람이 있으면 붙잡아 줘. 여자와 불구자뿐이니까 걱정 없어. 드디어 전쟁이야.

이 갑작스러운 일 때문에 우리의 보물찾기는 일시 중지되었다. 나는 모로토의 용감한 편지에 가슴 설레며 창의 신호를 기다렸다. 모로토의 계획이 들어맞으면 우리는 머지않아 오랜만에 서로 말을 주고받을 수 있다. 그리고 내가 이 섬에 온 이래, 동경하고 있던 히데짱의 얼굴을 가까이에서 보고, 그리고 목소리도 들을 수 있는 것이다.

이 며칠 동안의 기괴한 경험은 어느 새 나를 모험 좋아하는 사람으로 만들었다. 전쟁이란 말에 가슴이 뛰었다.

모로토는 부모들과 싸우려 하고 있었다. 그야말로 보통 일이 아니었다. 그의 마음이 어떨까 생각하니 그 순간이 오기를 가만히 기다리고 있는 나도 심장이 텅 빈 것 같았다. 그런데 그는 완력으로 부모를 상대할 셈인가.

나는 오랫동안 바위 뒤에 웅크리고 있었다. 더운 날이었다. 바위 뒤이기는 했으나 발밑의 모래가 만질 수 없을 정도로 뜨거웠다. 평소에는 서늘하던 바닷바람도 그날은 까딱도 하지 않고, 파도 소리도 내가 귀머거리가 되지 않았나 싶을 정도로 조금도 들려오지 않았다. 끝없는 정적 속에서 오로지 여름 햇살만이 강하게 비치고 있었다.

아찔아찔 현기증이 날 것 같았다.

가만히 토굴 창을 바라보고 있는데 마침내 신호가 왔다. 철봉 사이로 팔이 나오더니 두세 번 흔들었다.

나는 후다닥 달려 나가 흙담을 한 바퀴 돌아 모로토의 집 정문으로 뛰어들어갔다. 현관으로 들어가 안쪽을 들여다보았다. 인기척도 없이 조용했다.

비록 상대가 불구자라고는 하지만 간교한 지혜가 많은 죠고로였다. 모로토의 신상이 염려되었다. 거꾸로 혼나고 있는 것이 아닐까. 집 안이 조용해서 어쩐지 기분 나빴다.

나는 구불구불한 긴 복도를 슬슬 더듬어 나아갔다.

한 모퉁이를 도니까 20미터나 이어진 긴 복도가 나왔다. 폭이 2미터도 넘어 보이는데, 옛날식 검붉은 다다미가 깔려 있었다. 지붕이 낮고 창이 적은 구식 건물이어서 복도는 저녁때처럼 어둑어둑했다.

내가 그 복도로 쑥 구부러졌을 때 저쪽 끝에 나타난 것이 있었다. 그것은 엉켜 붙어서 내가 있는 쪽을 향해 무서운 기세로 달려왔다. 너무나 묘한 꼴을 하고 있어 나는 바로 그 정체를 알 수 없었다.

그것이 이내 나에게 접근하다가 부딪쳐 묘한 소리를 질렀을 때야 비로소 나는 그것이 쌍둥이인 히데짱과 기쓰짱임을 알았다.

그들은 다 해진 옷을 입고 있었다. 히데짱은 머리를 간단히 뒤로 묶고 있었다. 기쓰짱은 누군가가 가끔 깎아 주는지 앞머리가 긴 가발 같아 기분 나빴다.

두 사람은 감금에서 풀려난 것이 너무나 기쁜지 아이들처럼 춤을 추었다. 나는 그들에게 웃음을 보냈지만 미친 듯이 춤추는 두 사람이 묘한 모양의 짐승 같다고 생각했다.

나는 나도 모르게 히데짱의 손을 잡았다. 히데짱도 순진하게 웃으며 그리웠다는 듯 나의 손을 쥐었다.

감금되어 있었으면서도 히데짱은 손톱을 깨끗이 깎고 있어서 매우 좋은 느낌을 주었다. 그런 작은 일에도 나는 크게 마음이 움직였다.

야만인 같은 기쓰짱은 나와 히데짱이 서로 친하게 대하는 것을 보고 당장 화를 냈다. 교양을 모르는 자연 그대로의 인간은 원숭이와 다를 바 없어서 화를 낼 때 이를 드러낸다는 사실을 나는 그때 알았다. 기쓰짱은 고릴라처럼 이를 드러내고 몸 전체의 힘으로 히데짱을 내게서 끌어당겼다.

그러고 있는데, 이 소란을 들었는지 내 뒤에 있는 방에서 한 여자가 뛰어나왔다. 벙어리 오토시 양이었다.

그녀는 쌍둥이가 토굴을 빠져나온 것을 알고 새파래져서 덮어놓고 히데짱과 기쓰짱을 안쪽으로 밀어 넣는 시늉을 했다.

나는 첫 번째 적을 문제없이 붙잡았다. 나는 오토시 양의 손을 등 뒤로 비틀었다. 그녀는 목을 구부려 나를 보고 나의 정체를 깨닫자 깜짝 놀라더니 스르르 힘을 뺐다. 그녀는 뭐가 뭔지 조금도 까닭을 모르겠다는 듯 저항하려 들지 않았다.

그런데 방금 전 쌍둥이가 달려온 방향에서 기묘한 사람들이 나타났다. 맨 앞에 선 사람은 모로토 미치오인데, 그 뒤에 이상한 생물이 대여섯 꿈틀꿈틀 따라왔다.

나는 모로토가에 불구자들이 있다는 말은 들어서 알고는 있었지만 모두 열리지 않는 방에 갇혀 있어서 아직 한번도 본 일이 없었다. 아마 모로토는 지금 그 열리지 않는 방을 열고, 한때나마 이 생물들에게 자유를 부여한 모양이었다. 그들은 저마다 다른 방법으로 기쁨을 나타내고, 모로토를 따르는 것 같았다.

얼굴 반쪽에 먹을 칠한 것처럼 털이 난, 속칭 웅녀(熊女)라는 불구자도 있었다. 손발은 정상이었는데 영양 부족인 듯 창백했다. 뭐라고 중얼거리고 있었는데 기쁜 모양이었다.

다리 관절이 반대로 구부러진 개구리 같은 아이도 있었다. 10살쯤 되어 보이는 귀여운 얼굴이었는데, 그런 부자유한 다리로 활발하게 폴짝폴짝 뛰어다니고 있었다.

난쟁이도 셋 있었다. 아이의 몸뚱이에 어른 머리가 붙어 있는 것처럼 보이는 점은 보통 난쟁이와 같은데, 흔히 구경거리로 보는 난쟁이와는 달리 매우 약하고 해파리처럼 손발이 힘이 없어, 걷기도 힘이 드는 모양이었다.

그 중 한 사람은 서지도 못하고, 가엾게도 3살짜리 아이처럼 다다미 위를 기어다니고 있었다. 세 사람 모두 약한 몸으로 커다란 머리를 받치고 있는 것이 고작이었다.

어둑어둑한 긴 복도에 두 몸이 하나로 붙은 쌍둥이를 비롯해서 불구자들이 우굴우글 모여 있는 것을 보니, 뭐라고 말할 수 없는 이상한 느낌이 들었다.

어떻게 보면 차라리 우스꽝스러웠는데 그래서 오히려 더 오싹하게 만들었다.

"아아, 미노우라. 마침내, 마침내 해치워 버렸어."

모로토가 나에게 다가와 억지로 힘을 내는 것처럼 말했다.

"해치웠다니, 그 사람들을 말입니까?"

나는 모로토가 죠고로 부부를 죽인 것이 아닌가 했다.

"우리 대신 그 두 사람을 토굴 속에 가두어 버렸어."

그는 부모에게 할 이야기가 있다고 속여 토굴 안으로 유인하고, 순간적으로 쌍둥이와 함께 밖으로 나와 어리둥절해하는 두 불구자를 토굴 속에 가두어 버렸던 것이다. 어떻게 죠고로가 그렇게 쉽게 그의 계략에 말려들었느냐 하면 거기에는 충분한 이유가 있었다. 나는 나중에야 그걸 알았다.

"이 사람들은?"

나는 도깨비 무리를 가리키며 물었다.

"불구자들이야."

"그 사람들은 어째서 이렇게 불구자들을 기르고 있을까요?"

"동류(同類)이기 때문이겠지. 자세한 이야기는 나중에 하지. 그보다 우리는 서둘러야 해. 배로 떠난 세 놈이 돌아오기 전에 이 섬을 떠나고 싶어. 한번 나가면 5, 6일 전에는 돌아오지 않으니까 그 사이에 보물찾기를 하는 거야. 그리고 이 사람들을 이 무서운 섬에서 구출해 내는 거야."

"갇힌 사람들은 어떻게 할 겁니까?"

"죠고로 말인가. 어떻게 해야 좋을지 모르겠어. 비겁하지만 나는 도망쳐 나갈 셈이야. 보물을 빼앗고 이 불구자들을 데리고 가 버리면 그들도 어쩔 수 없겠지. 자연히 악행을 그만둘지도 몰라. 여하튼 나에게는 그들을 고발하거나, 그들의 생명을 단축시키거나 할 힘은 없어. 비겁하지만 놓아두고 도망치는 거야. 이것만은 모르는 체해줘."

모로토는 슬퍼서 정신이 아득한 듯이 보였다.

삼각형의 정점

불구자들은 모두 얌전했기 때문에 그들의 감시를 히데짱과 기쓰짱에게 부탁했다. 성질이 나쁜 기쓰짱도 자유를 준 모로토의 명령에는 아무런 반항 없이 잘 따랐다.

벙어리 오토시 양에게는 히데짱이 손짓으로 모로토의 명령을 전했다. 오토시 양의 임무는 토굴 속의 죠고로 부부와 불구자들을 위해 하루 세 끼의 식사를 마련하는 것이었다. 토굴의 문은 절대로 열어서는 안 된다는 것, 식사는 뜰의 창으로 밀어 넣을 것 등을 몇 번이나 반복해서 명령했다. 그녀는 죠고로 부부에게 진심으로 복종한 것이 아니고, 오히려 포악한 주인을 무서워하고 미워해 왔기 때문에 이 일의 까닭을 알고 나서는 조금도 반항하지 않았다.

모로토가 착착 일을 진행해서 오후에는 이미 소동의 뒤처리가 끝났다. 모로토가에는 남자 고용인이 세 사람밖에 없었는데, 그 사람들이 모두 나가 버렸기 때문에 우리는 너무도 쉽게 싸움에 이길 수 있었다. 죠고로는 내가 이미 죽은 줄 알고 있었고, 토굴 속의 미치오가 부모에게 반항하리라고는 생각지 않았기 때문에 그만 방심하여 중요한 호위병을 모두 내보냈을 것이다. 그래서 그 허를 찌른 모로토의 결단력 있는 방법이 보기 좋게 성공했던 것이다.

세 사나이가 무엇을 하러 나갔는지, 왜 5, 6일 동안이나 돌아오지 않는지를 내가 물어도 모로토는 왠지 확실한 대답을 하지 않았다.

"놈들의 일이 5, 6일 이상 걸린다는 것을 나는 어떤 이유에선가 잘 알고 있어. 그것은 확실하니까 안심해." 그는 이 말만 할 뿐이었다.

그날 오후, 우리는 함께 두건바위로 가 보았다. 보물찾기를 계속하기 위해서였다.

"나는 두 번 다시 이 지긋지긋한 섬에 오고 싶지 않아. 그런데 이대로 도망쳐 나가 버린다면, 그 사람들에게 악행의 자금을 대 주는 것이 돼. 만약 보물을 숨겨 두었다면 우리 손으로 찾고 싶어. 그러면 도쿄에 있는 하쓰요 양의 어머니도 행복해질 것이고, 또 많은 불구자를 행복하게 할 길도 생기게 돼. 나로서도 속죄하기 위한 길이 열려. 내가 보물찾기를 서두르는 것은 그런 이유에서야. 사실은 세상에 공포하고, 관청의 손에 맡겨야겠지만, 그럴 수도 없어. 그렇게 하면 나의 아버지를 사형장으로 보내는 것이 되니까."

두건 바위로 가는 길에 모로토는 변명하듯 이렇게 말했다.

"그건 알고 있어요. 다른 방법이 없다는 것은 나도 잘 알고 있어요."

나도 사실 그렇게 생각하고 있었다. 한참 있다가, 나는 바로 눈앞에 닥친 보물찾기 쪽으로 화제를 이끌어 갔다.

"나는 보물 자체보다도 암호를 풀어 그것을 찾아내는 일이 아주 흥미있어요. 하지만 나는 아직 잘 몰라요. 당신은 그 암호를 완전히 푸셨어요?"

"찾아보아야겠지만 암호는 거의 풀린 것 같아. 너도 내가 생각하는 것을 대강 알고 있겠지?"

"글쎄요. 주문의 '신과 불이 만난다면'이 두건 바위 기둥문의 그림자와 돌 지장보살이 하나가 될 때라는 정도밖에 몰라요."

"그렇다면 알고 있는 게 아닌가."

"그런데 '동남방 귀신을 때려 부수고'라는 것은 아무래도 알 수가 없어요."

"동남방 귀신이라는 것은 물론 토굴의 귀와(鬼瓦)야. 그건 네가 나한테 가르쳐 주지 않았나."

"그럼, 그 귀와를 때려 부수면 속에 보물이 감추어져 있나요? 설마 그렇지는 않겠지요?"

"기둥문과 돌 지장보살의 경우와 같이 생각하면 돼. 즉 귀와 그 자체가 아니고, 귀와의 그림자를 생각하는 거야. 그렇지 않으면 첫째 구절이 무의미하게 돼. 죠고로는 그것을 귀와 그 자체라고 생각하고 지붕에 올라가 벗겨 낸 거야. 나는 토굴 창에서 그 사람이 귀와를 깨고 있는 것을 보았어. 물론 아무것도 나오지 않았어. 그러나 덕분에 나는 암호를 풀 단서를 잡았지."

나는 그 말을 듣고, 왠지 모로토가 나를 비웃는 것같이 느껴져서 무심결에 얼굴을 붉혔다.

"나는 바보로군요. 그걸 깨닫지 못했어요. 그럼 기둥문의 그림자가 돌 지장보살에 일치되었을 때, 귀와의 그림자가 비치는 장소를 찾으면 되겠군요."

"아닐지도 모르지만, 나는 그렇게 생각해."

우리는 먼 길을 이런 대화를 나눌 때를 빼고는 대부분 잠자코 걸었다. 모로토가 너무 무뚝뚝해서 나를 침묵하게 만들었던 것이다. 그는 아버지를 가둔 자신의 불효에 관해 생각하고 있는 것 같았다.

아버지라고 부르지 않고, 죠고로라고 함부로 부르는 그였으나, 그 사람이 부모라고 생각하면 침울해지는 것도 무리가 아니었다.

우리가 목적한 해안에 닿았을 때에는 조금 시간이 일러 두건 바위 기둥문 그림자는 아직 절벽 끝에 있었다.

우리는 시계태엽을 감고 시간이 지나기를 기다렸다. 그늘을 찾아 앉았으나 웬지 바람이 없는 날이어서 등이나 가슴에 땀이 마구 흘러내렸다. 움직이지 않는 것 같아도 기둥문 그림자는 눈에 보이지 않는 속도로 땅 위를 기어 조금씩 언덕 쪽으로 가까이 갔다.

그런데 그것이 돌 지장보살의 몇 미터 앞까지 다가갔을 때, 나는 문득 어떤 일을 깨닫고 갑자기 모로토의 얼굴을 보았다.

모로토도 같은 것을 생각했는지 묘한 얼굴을 하고 있었다.

"이런 식으로 나가면 기둥문 그림자는 돌 지장보살에는 미치지 않을 것 같은데요?"

"3, 4미터 벗어났군."

모로토는 실망한 투로 말했다.

"그럼 내 생각이 잘못되었을까?"

"그 암호가 쓰였을 즈음에는 신불에 관련된 것이 또 있었는지도 모르죠. 지금도 다른 해안에 돌 지장보살의 흔적이 있을 정도니까요."

"그러나 그림자를 던지는 쪽의 것은 높은 곳에 있을 거야. 다른 해안에 이런 높은 바위는 없고 섬 한가운데 있는 산에는 신사(神社)의 흔적 같은 것은 보이지 않아. 아무래도 '신'이라는 것은 이 기둥문이라고 밖에 생각되지 않는데."

모로토는 미련이 남는 것 같았다.

그러고 있는 동안에 그림자는 자꾸만 나아가서 거의 돌 지장보살과 어깨를 나란히 할 높이에 이르렀다. 언덕 중턱에 던져진 기둥문 그림자와 돌 지장보살 사이의 거리는 약 3, 4미터였다.

모로토는 그것을 가만히 바라보고 있다가 무엇을 생각했는지 갑자기 웃었다.

"시시하군. 어린애라도 알 수 있는 일이야. 우리는 조금 어떻게 되었나 봐." 그는 또 깔깔 웃었다.

"여름에는 해가 길고 겨울에는 해가 짧아. 왜 그러냐구? 하하하하, 지구에 대해 태양의 위치가 변하기 때문이야. 즉 물건의 그림자는 정확히 말하면 하루도 같은 장소에 미치지 않아. 같은 장소에 비칠 때는 1년에 두 번밖에 없어. 태양이 적도에 가까워질 때, 적도에서 떨어질 때 그 왕복에 한 번씩. 뻔한 일이 아닌가."

"맞습니다! 정말 우리는 어떻게 되었었군요. 그럼 보물찾기의 기회도 1년에 두 번밖에 없다는 것일까요?"

"감춘 사람은 그렇게 생각했는지 모르지. 또 그것이 보물을 파내기 어렵게 하는 방법이라고 잘못 생각했는지도 몰라. 그러나 이 기둥문과 돌 지장보살이 정말 보물찾기의 표지라면, 굳이 실제로 그림자가 겹치는 것을 기다리지 않아도 얼마든지 방법이 있어."

"삼각형을 그리면 되겠군요. 기둥문 그림자와 돌 지장보살을 두 개의 정점으로 해서."

"그렇지. 그리고 기둥문 그림자와 돌 지장보살의 벌어진 각도를 찾아, 귀와의 그림자를 잴 때에도 같은 각도만큼 떨어진 장소에 목표를 두면 되는 거야."

우리는 그런 작은 발견에도 목적이 보물찾기인만큼 꽤 흥분했다. 그래서 기둥문 그림자가 정확하게 돌 지장보살의 높이에 왔을 때의 시각을 보았다. 내 손목시계가 꼭 5시 25분을 가리키고 있었다. 나는 그것을 수첩에 적었다.

그리고 우리는 벼랑을 따라 내려가기도 하고, 바위에 기어오르기도 하며 여러 가지로 고생한 끝에 기둥문과 돌 지장보살의 거리를 재고, 기둥문 그림자와 돌 지장보살과의 거리도 정확히 조사해서, 그것이 만드는 삼각형의 축도(縮圖)를 수첩에 적었다. 다음 날 오후 5시 25분, 토굴 지붕 귀와의 그림자가 어디에 비치는가를 확인하고 이미 조사한 각도에 따라 오차를 재면, 마침내 보물 숨긴 장소를 발견할 수 있게 된다.

그러나 독자들이여, 우리는 아직 완전히 그 주문을 해독하지는 못했다. 주문의 마지막에는 '6도 네거리에 혼동되지 말라'라는 기분 나쁜 한 구절이 있었다. 6도 네거리란 대체 무엇을 가리키는가? 우리의 앞길에 혹시 그런 지옥의 미로가 기다리고 있는 것은 아닐까?

낡은 우물 밑바닥

우리는 그날 밤엔 모로토가의 한 방에서 함께 잤는데, 나는 가끔 모로토의 잠꼬대 소리에 눈을 뜨곤 했다. 그는 밤새도록 악몽에 시달리고 있었다. 부모라고 이름이 붙은 사람을 감금하지 않으면 안 되었던 며칠 사이의 상황에, 그의 신경이 평정을 잃어버린 것은 무리가 아니었다.

잠꼬대를 하면서 그는 여러 번 내 이름을 불렀다. 나라는 사람이 그의 잠재의식에 그렇게 크게 자리를 차지하고 있는가 생각하니, 나는 왠지 무서워지기까지 했다. 비록 동성이기는 하지만 그렇게까지 나를 생각하는 그와 이렇게 시치미를 떼고 행동을 같이 하는 것은, 너무나도 죄스런 일이 아닌가 싶어 나는 잠을 이룰 수 없어 진지하게 생각에 빠져 들었다.

이튿날에 오후 5시 25분이 될 때까지 우리는 아무 할 일이 없었다. 모로토는 그것이 고통스러운지 혼자서 해안을 왔다갔다하며 시간을 보냈다.

그는 토굴 옆에 다가가는 것조차 두려운 것처럼 보였다.

토굴 속의 죠고로 부부는 체념했는지 아니면 세 사나이가 돌아오기를 고대하고 있는지 의외로 얌전했다. 나는 걱정이 되어 가끔 토굴 앞에 가서 귀를 기울여 보고 창으로 들여다보기도 했는데, 모습도 보이지 않고 이야기 소리도 들리지 않았다. 벙어리 오토시 양이 창으로 밥을 밀어 넣을 때는 모로토의 어머니가 계단을 내려와 얌전히 받아 가곤 했다.

불구자들도 한방에 모여 얌전히 있었다. 다만 내가 가끔 히데짱과 이야기하러 갔기 때문에 기쓰짱이 화를 내며, 뜻 모를 말을 외치는 정도였다. 이야기를 해 보니 히데짱은 순하고 재치 있는 소녀였다. 우리는 점점 친해지게 되었다. 히데짱은 막 무엇을 알기 시작한 아이처럼 쉴 새 없이 나에게 질문을 퍼부었다. 나는 친절히 그 질문에 대답해 주었다.

나는 짐승 같은 기쓰짱이 얄미워 일부러 더욱 히데짱과 친하게 굴어 보였다. 기쓰짱은 그것을 보고 화가 나서 벌게진 얼굴로 몸을 비틀며 히데짱을 아프게 했다.

히데짱은 완전히 나와 친해졌다. 나를 만나고 싶어, 무서운 힘으로 기쓰짱을 끌고 내가 있는 방으로 온 적도 있었다. 그것을 보고 나는 얼마나 기뻐했던가. 나중에서야 히데짱이 나를 이렇게 따르게 된 것이 엉뚱한 화근이 되었다는 걸 알았지만…….

히데짱을 제외하고 불구자 중에서는 개구리처럼 네발로 뛰어다니는 10살쯤 되어 보이는 귀여운 아이가 나를 가장 잘 따랐다. 이름이 시게라고 했는데, 쾌활한 녀석이어서 혼자 떠들며 복도 같은 데를 뛰어다녔다. 머리에는 이상이 없는지 서투르게나마 꽤 조숙한 말을 지껄였다.

여담은 접어 두고, 저녁 5시가 되어 나와 모로토는 언제나 내가 몸을 숨기고 있던 담 밖의 바위 뒤로 가서 토굴 지붕을 올려다보며 시간이 되기를 기다렸다.

걱정하던 구름도 끼지 않아, 토굴 지붕의 동남쪽 용마루는 담 밖으로 길게 그림자를 던지고 있었다.

"귀와가 없어졌으니까 두 자쯤 더 보아야겠군."

모로토는 내 손목시계를 들여다보며 말했다.

"그렇군요. 5시 25분, 앞으로 5분입니다. 그런데, 이렇게 바위로 된 지면에 그런 것이 숨겨져 있을까요? 왠지 믿어지지가 않는군요."

"저쪽에 조그만 숲이 있지? 아무래도 나의 눈짐작으로는 저 근처가 아닌가 싶은데."

"아아, 저것 말입니까? 저 숲 속에는 커다란 낡은 우물이 있어요. 이곳에 온 첫날 저곳을 지나며 들여다본 적이 있어요."

나는 위엄 있는 돌로 된 그 우물을 생각해 냈다.

"허, 낡은 우물이라구? 묘한 곳에 있군. 물은 있었나?"

"완전히 말라 버린 것 같았어요. 꽤 깊던데요."

"전에 저기에 다른 집이 있었을까? 아니면 옛날에는 저 근처도 이 집이었는지도 모르겠군."

우리가 이런 이야기를 나누고 있는 사이에 시간이 되었다. 내 손목시계가 5시 25분을 가리켰다.

"어제와 오늘, 약간 그림자 위치가 달라졌겠지만 큰 차이는 없을 거야."

모로토는 그림자 지점으로 달려가, 지면에 돌로 표시를 하고 나서 혼잣말처럼 말했다. 그리고 수첩을 꺼내 토굴과 그림자 지점의 거리를 써 넣고, 각도를 계산해서 삼각형의 정점을 재어 보니 모로토가 상상한 대로 그곳 숲 속을 가리켰다.

우리는 무성한 가지를 헤치며 낡은 우물로 갔다. 사방을 무성한 나무가 둘러싸고 있어서 그 속은 습기 차고 어두웠다. 돌우물에 기대어 우물 속을 들여다보니 캄캄한 밑바닥에서 올라 오는 기분 나쁜 냉기가 뺨을 스쳤다.

우리는 다시 한 번 거리를 재어 문제의 지점이 이 낡은 우물임을 확인했다.

"이런 개방적인 우물 속이라니 이상하군요. 밑바닥의 흙 속에라도 묻어 두었다는 걸까요? 그렇더라도 이 우물을 사용할 무렵에는 우물을 쳐내기도 했을 텐데 실로 위험한 은닉 장소로군요."

나는 어쩐지 이해가 되지 않았다.

"바로 그 점이야. 단순한 우물 속이라면 너무 재미가 없어. 저 용의주도한 인물이 그렇게 손쉬운 장소에 감추어 둘 리가 없지. 너는 주문의 마지막 문구를 기억하고 있겠지? 왜 그 '6도 네거리에 혼동되지 말라'는 것 말야. 이 우물 밑바닥에는 옆으로 구멍이 나 있지 않을까? 그 구멍이 소위 '6도 네거리'로 미로처럼 구불구불한지도 모르지."

"너무 동화 같군요."

"아니, 그렇지가 않아. 이렇게 바위로 된 섬에는 흔히 그런 동굴이 있는 법이야. 마의 심연의 동굴도 마찬가지로, 땅 속의 석회암 층을 빗물이 침식해서 엉뚱한 지하 통로가 생긴 거야. 이 우물 밑바닥은 그 지하도의 입구가 있지 않을까?"

"그 자연의 미로를 보물 은닉 장소로 이용했다는 말이군요. 만약 그렇다면 실로 정성에 정성을 들인 방법이군요."

"그 정도로 해서 숨겨 두었다면 보물은 매우 귀중한 것임에 틀림없어. 그런데 나는 그 주문에서 단 한 가지 모르는 부분이 있는데."

"그렇습니까? 나는 지금 당신의 설명으로 알 것 같은데요."

"아주 간단한 일인데 말야. 왜 '동남방 귀신을 때려 부수고'라는 데가 있지? 이 '때려 부수고'야. 지면을 파고 찾는 것이라면 때려 부수고가 되겠지만, 우물로 해서 들어가는 거라면 때려 부수는 것이 아니니까 말야, 그게 이상해. 그 주문은 얼른 보아 유치한 것 같은데 실은 매우 잘 생각해 낸 거야. 그 작자가 필요하지 않은 문구를 쓸 까닭이 없어. 때려 부술 필요가 없는데 때려 부수라고 쓸 리는 없단 말이야."

우리는 어두컴컴한 숲 아래에서 한동안 이런 이야기를 나누고 있다가 생각만 해 보았자 별 수 없으니 좌우간 우물 안으로 들어가 옆에 구멍이 있는가 없는가를 조사해 보자고 결론을 내렸다.

모로토는 곧 집 안으로 돌아가서 튼튼하고 긴 동아줄을 가지고 왔다. 고기잡이에 사용되던 것이었다.

"내가 들어가 보겠습니다."

나는 모로토보다 몸집이 작고 가벼워 옆 구멍을 확인하는 일을 맡았다.

모로토는 동아줄 끝에 내 몸을 단단히 묶고 줄 중간쯤을 우물 돌에 한 번 감은 다음 그 끝을 두 손으로 잡았다.

나는 모로토가 준 성냥을 호주머니에 넣고 단단히 줄을 붙잡고, 우물 벽에 발을 디디며 조금씩 캄캄한 밑바닥으로 내려갔다.

우물 안은 죽 아래까지 울퉁불퉁한 돌층계로 되어 있었는데, 모두 이끼가 끼여 있어 발이 줄줄 미끄러졌다.

2미터쯤 내려갔을 때 나는 성냥불을 켜 아래를 내려다보았다.

그러나 성냥불 빛이 너무 약해서, 깊은 밑바닥을 제대로 볼 수가 없었다. 성냥개비를 버리니까 3미터 남짓 아래에서 불이 꺼졌다. 다소 물이 남아 있었던 것이다.

네댓 자 더 내려가서 나는 또 성냥을 켰다. 그러나 바닥을 내려다보려는 순간 이상한 바람이 일어 불이 꺼졌다. 이상하다고 생각하며 다시 한 번 성냥을 켜고 불이 꺼지기 전에 나는 바람이 불어 오는 곳을 발견했다. 옆으로 구멍이 나 있었던 것이다.

자세히 보니 밑바닥에서 두세 자 되는 곳에 두자 사방쯤 돌층계가 깨져 있고 깊이를 알 수 없는 캄캄한 옆 구멍이 뚫려 있었다. 보기 흉한 구멍이었다. 전에는 그 부분에도 돌이 있었는데 분명히 누군가가 깬 것 같았다. 그 근처의 돌들이 느슨하게 박혀 있었는데, 한 번 빼냈던 것을 다시 끼운 듯이 보였다. 자세히 보니, 우물 바닥의 물속에서 쐐기 모양의 돌이 서너 개 머리를 내밀고 있었다. 분명히 누군가가 옆 구멍의 통로를 뚫어 놓은 것이다.

모로토의 예상은 무섭게 들어맞았다. 옆 구멍도 있고, 주문의 '때려 부수고'라는 문구도 결코 필요 없는 것은 아니었다.

나는 급히 줄을 타고 위로 올라와 그 사실을 모로토에게 알렸다.

"그거 이상한데. 그럼 우리를 앞질러 옆 구멍에 들어간 놈이 있군. 그 돌들은 최근에 깬 것 같던가?"

모로토가 약간 흥분해서 물었다.

"아니, 꽤 오래 된 것 같던데요. 이끼가 낀 모양이."

나는 본 대로 대답했다.

"이상하군. 분명히 들어간 사람이 있어. 설마 주문을 쓴 사람이 일부러 돌을 깨고 들어갈 리는 없으니까 다른 인물이야. 물론 죠고로는 아니야. 우리보다 먼저 그 주문을 푼 사람이 있는 모양인데. 그리고 옆 구멍까지 발견했다고 한다면 보물은 벌써 반출되지 않았을까?"

"하지만 이런 작은 섬에서 그런 일이 있다면 바로 알 텐데요. 선착장도 한 군데밖에 없어서 타향 사람이 들어왔다면 모로토가 사람들이 못 볼 리가 없을 테니까요."

"그렇지, 그것보다 죠고로 정도의 악인이 있지도 않은 보물 때문에 위험한 살인까지 할 까닭이 없지. 그 사람은 틀림없이 보물이 있다는 것만은 알고 있었을 거야. 어쨌든 나는 아무래도 보물이 반출되었다고 생각되지는 않아."

우리는 이 이상한 사실을 풀 도리가 없어 콧대가 꺾인 꼴로 한동안 망설이고 있었다. 그런데 그때 우리가 만약 언젠가 사공에게서 들은 이야기를 생각해 내 그 이야기와 눈앞의 사실을 종합해서 생각했다면 보물이 반출되었다고 걱정할 필요는 없었는데, 나는 물론 모로토 역시 거기까지는 생각이 미치지 않았다.

사공의 이야기를 독자는 기억할 것이다. 10년 전 죠고로의 사촌이라는 타향 사람이 이 섬에 건너왔는데, 얼마 안 가서 그의 시체가 마의 심연 동굴 입구에 떠올랐다는 그 이상한 이야기 말이다.

그러나 그것을 모르고 있었던 것이 결국 다행이었는지도 모른다. 왜냐 하면 그 타향 사람이 죽은 원인에 관해 깊은 상상을 했더라면 우리는 보물찾기를 계획할 용기가 나지 않았을 테니까.

미로

아무튼 우리는 옆 구멍으로 들어가 보물이 이미 반출되었는지 어떤지를 확인해 볼 도리밖에 없었다.

우리는 거기서 일단 모로토가로 돌아와 옆 구멍 탐험에 필요한 물건들을 갖추었다. 몇 자루의 초, 성냥, 어업용 큰 나이프, 긴 삼줄 등이었다.

"그 옆 구멍은 의외로 깊을지도 몰라. '6도 네거리'라고 한 것으로 보아 깊을 뿐 아니라 갈라진 길도 있을 거야. 미로처럼 돼 있을지도 모르지. 왜 그 《즉흥시인》(덴마크 작가 안데르센의 장편 소설. 즉흥시인 안토니오가 주인공으로, 가엾은 여자들이 많이 등장함)에 로마의 카타콤바에 들어가는 대목이 있지 않아. 나는 그 생각이 나서 이 삼줄을 준비한 거야. 페데리고라는 화공(畫工)을 흉내내는 거지."

모로토는 거창하게 준비하는 것을 변명하듯 말했다.

나는 그 후 《즉흥시인》을 다시 읽었는데, 그 터널 장면에 이를 때마다 당시를 회상하며 새삼 전율하곤 했다.

"깊은 곳에서는 연한 흙을 판 길이 엇갈렸다. 가지가 많고 모양이 닮아, 길 내용을 잘 아는 사람도 혼동을 일으킬 정도였다. 나는 어린 마음에 아무렇지도 않게 생각했다. 화공은 미리 사정을 알고 나를 데리고 갔다. 그는 촛불을 하나 켜고 초 한 자루를 호주머니 속에 넣고 실 한 타래의 끝을 입구에 매어놓은 뒤 내 손을 잡고 들어갔다. 바로 천장이 낮아져서 나만이 서서 걸을 수 있는 곳이었다……."

화공과 소년은 그렇게 해서 지하의 미로에 들어갔는데 우리도 꼭 그들과 같았다.

우리는 굵은 밧줄에 매달려 차례로 우물 밑바닥에 내려섰다. 물은 겨우 복사뼈가 잠길 정도밖에 없었으나 얼음처럼 차가웠다. 옆 구멍은 서 있는 우리의 허리 근처에 뚫려 있었다.

모로토는 페데리고 흉내를 내어 우선 한 자루의 초에 불을 켜고, 삼줄 매듭 끝을 옆 구멍 입구의 돌 하나에 단단히 매었다. 그리고 줄 뭉치를 조금씩 풀면서 나아갔다.

모로토가 앞장서서 촛불을 들고 흔들며 기어가면 내가 줄 뭉치를 가지고 그 뒤를 따랐다. 두 마리의 곰처럼.

"역시 상당히 길을 것 같은데."

"숨이 막힐 것 같군요."

우리는 살금살금 기면서 작은 소리로 이야기했다.

10여미터 가니, 구멍이 조금 커져 허리를 구부리고 걸을 수 있을 수 있을 정도가 되었다. 그 구멍의 옆구리에 또 다른 구멍이 뚫린 곳에 다다랐다.

"갈림길이야. 예상대로 미로야. 그러나 길잡이인 줄을 쥐고 있으면 길을 잃은 염려는 없지. 우선 본길을 따라가 보자구."

모로토는 이렇게 말하고 옆구멍에 상관없이 걸어갔다. 4, 5미터를 가니, 또 다른 구멍이 까만 입을 벌리고 있었다. 촛불을 들이밀고 들여다보니 옆 구멍 쪽이 넓을 것 같았다. 모로토는 그 쪽으로 구부러져 갔다.

길은 꿈틀거리는 뱀처럼 구불구불했다. 좌우로 구부러졌을 뿐 아니라 기복도 무척 심했다. 경사져서 내려 간 길에는 얕은 늪처럼 물이 괴어 있는 곳도 있었다.

옆 구멍이나 갈림길은 기억할 수 없을 정도로 많았다. 그리고 사람이 만든 갱도와는 달리 기어갈 수 없는 부분도 있고 바위가 갈라진 것처럼 세로로 길게 된 곳도 있었다. 그리고 갑자기 매우 넓은 홀 같은 곳이 나타나기도 했다. 그 넓은 곳은 대여섯 개나 되는 구멍이 사방으로부터 모여, 복잡하기 이를 데 없는 미로를 이루고 있었다.

"놀랍군. 거미발처럼 퍼졌네. 이렇게 규모가 크리라고는 생각지 않았는데, 이런 식이라면 이 구멍이 섬 끝에서 끝까지 이어져 있을지도 모르겠는데."

모로토가 질렸다는 듯이 말했다.

"이제 삼줄이 얼마 안 남았어요. 이것이 없어지기 전에 끝까지 갈 수 있을까요?"

"갈 수 없을지도 몰라. 줄이 다 없어지면 돌아가서 더 긴 것을 가져와야지. 그런데 그 줄을 놓치지 않도록 조심해. 길잡이를 잃으면 우린 이 땅 속에서 영원히 미아가 되어 버릴 테니까."

모로토의 얼굴이 검붉게 번쩍여 보였다. 촛불이 턱 아래 있어서 얼굴의 그림자가 거꾸로 되어, 볼과 눈 위에 그림자가 생겨 딴사람처럼 보였다. 말을 할 때마다 검은 구멍 같은 입이 이상하게 크게 벌어졌다.

약한 촛불 빛은 겨우 2미터 사방을 밝게 할 뿐이었다. 바위 빛깔도 확실히 알 수 없었다. 새하얀 천장이 기분 나쁘게 울퉁불퉁했다. 천장의 내민 부분에서 물방울이 뚝뚝 떨어지는 곳도 있었다. 일종의 종유동(鐘乳洞)이었다.

이윽고 길은 내리막이 되었다. 으스스할 정도로 계속 경사져 있었다. 나의 눈앞에서 모로토의 새까만 모습이 좌우로 흔들리며 나아갔다. 좌우로 흔들릴 때마다 그가 든 촛불이 가려졌다 나타났다 했다. 그리고 희미하게 보이는 검붉고 울퉁불퉁한 바위가 머리 위를 자꾸만 뒤로 뒤로 지나가는 것같이 보였다.

한참 나아가다 보니, 위쪽도 옆쪽도 바위가 시야에서 멀어져 가는 것 같았다. 땅 속의 홀이 나타났던 것이다. 그때 내 손의 줄 뭉치는 거의 없어졌다.

"아, 줄이 없다."

나는 무심결에 말했다. 크게 소리 내지도 않았는데 귀에 크게 울렸다. 그리고 바로 저쪽 어딘가에서 작은 소리가 "아, 줄이 없다" 하고 대답했다.

땅속의 메아리였다.

모로토는 그 소리에 놀라 뒤를 돌아보며 "응, 뭐라구?" 하고 내쪽으로 촛불을 내밀었다.

불꽃이 흔들흔들 흔들렸다. 그의 전신이 환히 보였다. 그 순간 '앗' 하는 외침 소리와 함께 모로토의 몸이 갑자기 나의 눈앞에서 사라졌다. 촛불도 동시에 보이지 않았다. 그리고 멀리서 "앗, 앗, 앗!" 하는 모로토의 외침 소리가 점점 작게 몇 개나 겹쳐서 들렸다.

"미치오 씨, 미치오 씨!"

나는 급히 모로토의 이름을 불렀다.

"미치오 씨, 미치오 씨, 미치오 씨……" 하고 메아리가 비웃는 듯 답했다.

나는 공포에 질려 떨리는 손으로 더듬어 모로토의 뒤를 좇았는데, 눈 깜짝할 사이에 발을 헛디뎌 앞으로 고꾸라졌다.

"아얏!"

나의 쓰러진 몸뚱이 밑에서 모로토가 소리를 질렀다.

어떻게 된 일인가. 지면이 갑자기 두 자쯤 낮아져서 우리는 넘어져 겹쳐졌던 것이다. 모로토는 굴러 떨어지는 바람에 심하게 무릎을 찧어 빨리 대답을 못했던 것이다.

"혼났군."

어둠 속에서 모로토가 말했다. 그리고 일어서는 것 같았다. 이윽고 모로토의 몸이 어둠 속에 떠올랐다.

"다치지 않았어?"

"괜찮아요."

모로토는 초에 불을 켜고 다시 걸어갔다. 나도 그의 뒤를 따랐다.

그런데 3, 4미터 나갔을 때, 나는 문득 멈춰 섰다. 오른손에 아무것도 쥐고 있지 않았다는 사실을 알았으니까.

"미치오 씨, 잠깐 촛불을 빌려 주십시오."

나는 가슴이 두근거려 오는 것을 참고 모로토를 불렀다.

"왜 그래?"

모로토가 이상하다는 듯이 촛불을 앞으로 내밀었다. 나는 급히 그것을 받아들고, 지면을 비추며 여기저기 걸어다녔다. 그리고 말했다.

"아무것도 아닙니다. 아무것도 아닙니다."

그러나 아무리 찾아도 촛불 빛이 너무 약해서 가는 삼줄을 발견할 수가 없었다. 나는 넓은 동굴을 미련을 두고 구석구석까지 찾아다녔다.

모로토는 뭔가 깨달았는지 갑자기 달려오더니, 내 팔을 잡고 심상치 않은 투로 소리쳤다.

"줄을 놓쳤나?"

"예."

나는 비참한 목소리로 대답했다.

"큰일이네, 그걸 잃으면 우린 어쩌면 평생 이 땅 속을 해매고 다녀야 할지도 몰라."

우리는 당황하여 열심히 찾아다녔다. 지면이 내려간 곳에서 굴렀으니까 그곳을 찾으면 된다고 생각해서 촛불로 지면을 비치고 다녔는데, 단이 진 곳은 여기저기 많이 있었다. 그리고 그 동굴에 입을 벌리고 있는 좁은 옆 구멍도 하나 둘이 아니었다. 우리는 그만 어느 것이 지금 온 길인지도 모르게 되어, 찾는 사이에 언제 다시 길을 잘못 들지 몰라서 찾을수록 염려가 되었다.

뒷날, 나는 《즉흥시인》의 주인공도 같은 경험을 했다는 것을 생각해 냈다. 오가이(鷗外. 문학자)의 명역(名譯)이 소년의 공포를 생생하게 묘사했다.

"그때 우리 주위는 조용해서 아무 소리도 들리지 않았다. 다만, 끊겼다 이어졌다 하는, 쓸쓸한 바위 사이의 물방울 소리만이 들렸다……. 문득 생각이 나서 화공을 보니 이상하기도 하지. 화공은 큰 숨을 몰아쉬며 한 군데를 뛰어다니고 있었다……. 그게 심상치 않아 나도 일어나 울기 시작했다…….

나는 화공의 손에 매달려 '어서 올라가요. 이곳에 있고 싶지 않아요'라고 떼를 썼다. 화공은 '너는 착한 애야. 그림을 그려 줄게. 과자를 줄게. 여기 돈도 있다'고 하며 호주머니를 뒤져 지갑을 꺼내더니 그 속에 든 돈을 모두 나에게 주었다.

나는 그것을 받을 때 화공의 손이 얼음장처럼 차고 몹시 떨고 있다는 것을 알았다. 그는 몸을 굽혀서 여러 번 나에게 키스하고 '귀여운 애야. 너도 성모에게 빌어라' 하고 말했다. '실을 잃었어요' 하고 나는 소리쳤다."

《즉흥시인》의 주인공들은 얼마 안 있어 실끝을 발견하여 무사히 카타콤바에서 빠져 나올 수 있었다. 그와 같은 행운이 우리에게도 내려졌을까.

잘라진 삼줄

화공 페데리고와는 달리 우리는 신에게 빌지 않았다. 그래서인지 그들처럼 줄 끝을 쉽사리 발견할 수가 없었다.

1시간도 넘게 우리는 싸늘한 땅 속인데도 온몸에 땀을 흘리며 미친 듯이 찾아다녔다. 나는 절망과 모로토에 대한 미안함 때문에 몇 번이나 찬 바위 위에 몸을 내던지고 울고 싶었다. 모로토의 강렬한 의지가 나를 격려해 주지 않았다면, 아마 나는 찾는 것을 단념하고 동굴 속에 앉아 굶어 죽기를 기다렸을지도 모른다.

우리는 몇 번이나 동굴에 사는 큰 박쥐 때문에 촛불을 꺼뜨렸다. 놈들은 기분 나쁜 털북숭이 몸뚱이를 촛불뿐 아니라 우리의 얼굴에까지 부딪쳤다. 그러나 모로토는 참을성 있게 촛불을 켜고, 차례차례 동굴 속을 조직적으로 찾아다녔다.

"당황해선 안 돼. 침착하기만 하면 여기 틀림없이 있는 것이니, 발견되지 않을 리 없어."

그는 놀랄 만큼 집요하게 수색을 계속했다.

드디어 모로토의 침착성 덕분에 삼줄 끝을 발견할 수 있었다.

그런데 이 얼마나 슬픈 발견이냐.

그것을 붙잡고 모로토와 나는 기뻐서 무심결에 만세를 부를 뻔했다. 나는 기쁜 나머지 잡은 줄을 자꾸만 끌어당겼다. 그것이 계속 술술 딸려 오는 것을 수상하게 여길 틈도 없었다.

"이상한데, 걸리지 않아."

옆에서 보고 있던 모로토가 재빨리 알아차리고 말했다. 듣고 보니 이상했다. 나는 그것이 불행을 의미한다는 것도 모르고 힘있게 당겨 보았다. 그랬더니 줄은 뱀처럼 물결치며 나를 향해서 덤벼들었다. 나는 그 바람에 엉덩방아를 찧었다.

"당기면 안 돼."

내가 엉덩방아를 찧는 것과 동시에 모로토가 소리쳤다.

"줄이 끊긴 거야. 당기면 안 돼. 그대로 가만 두고 줄을 따라 입구 쪽으로 나가 보자구. 중간에서 잘리지 않았다면 입구 가까이까지 갈 수 있을 거야."

모로토의 의견대로 우리는 촛불을 땅에 바싹대고, 늘어진 줄을 따라 오던 길을 되돌아갔다. 그런데 아아, 이게 어찌 된 것인가. 두 번째 홀 입구에서 우리의 길잡이는 뚝 잘려 있었다.

모로토는 그 삼줄 끝을 주워 불에 가까이 대고 한참을 보았다. 그리고 그것을 내게로 내밀며 말했다.

"이 잘라진 면을 봐."

내가 그 말의 뜻을 깨닫지 못하고 우물거리고 있자, 그는 설명했다.

"넌 아까 넘어졌을 때, 세게 당겼기 때문에 줄이 중간에서 잘린 거라고 생각하고 있겠지? 그리고 나한테 미안하게 생각하고 있겠지? 안심해, 그렇지 않아. 그러나 우리에게는 더욱 무서운 일이야. 봐. 이 자른 면은 결코 바위 모서리에 닳아서 잘라진 것이 아니야. 예리한 칼로 절단한 자국이야. 당겨서 닳아 끊어졌다면 우리에게서 제일 가까운 바위 모서리에서 잘라졌어야 해. 그런데 거의 입구 근처에서 절단된 모양이야."

자른 면을 들여다 보니 과연 모로토의 말대로였다.

우리는 줄이 입구에서, 즉 우리가 이 땅 속에 들어올 때, 우물 안의 돌에 줄을 맨 곳 가까이에서 절단되었는지 어떤지를 확인하기 위해서 처음 뭉치만하게 다시 줄을 감아 보았다.

그랬더니 꼭 처음만큼의 크기가 되지 않겠는가. 이제는 의심할 여지가 없었다. 누군가가 입구 가까이에서 이 줄을 절단한 것이다.

처음에 내가 끌어당긴 부분이 얼마나 되었는지 확실치는 않으나, 아마 5, 60미터는 될 것이다. 그러나 우리가 넘어지기 전에 절단되었다면, 우리는 끝이 고정되지 않은 줄을 질질 끌고 다녔는지도 모르니까, 현재의 위치에서 입구까지의 거리가 얼마나 되는지 거의 상상도 할 수 없었다.

"이러고 있어 보았자 별 수 없지. 갈 수 있는 곳까지 가 보자구."

모로토는 이렇게 말하고 새 초에 불을 붙인 다음 앞장서 걸었다. 이 넓은 동굴에는 몇 개의 갈림길이 있었는데, 우리는 줄이 끝난 곳으로부터 똑바로 걸어, 마주치는 곳에 뚫린 구멍으로 들어갔다. 입구가 그 방향일 거라고 생각되었기 때문이다.

우리는 가끔 갈림길에 부닥쳤다. 구멍이 막다르게 된 데도 있었다. 그곳에서 되돌아 나오니, 먼저 온 길을 알 수 없었다. 넓은 동굴에도 여러 번 나왔는데, 그것이 먼저 출발한 동굴인지 아닌지 알 수 없었다.

하나의 동굴을 일주하기만 하면 반드시 발견할 수 있는 삼줄 끝을 찾는데도 그렇게 고생을 했었다.

그런데 갈림길에서 갈림길로 헤매게 되었으니 어쩔 수 없었다.

"조금이라도 빛을 발견하기만 하면 돼. 빛이 비치는 쪽으로 가면 반드시 입구로 나설 수 있으니까."

모로토는 이렇게 말했으나, 콩알만큼의 희미한 빛조차도 발견할 수 없었다.

우리는 덮어놓고 1시간쯤 걸어 다녔다. 입구를 향해 가고 있는지, 반대로 안으로 안으로 가고 있는지, 섬 어디 근처를 헤매고 있는지 도무지 알 수가 없었다.

또다시 심한 내리막길이 나왔다. 그 길을 다 내려가자 그곳에도 땅속의 홀이 있었다.

홀 중간쯤 가자 조금 오르막길이 되었다. 상관하지 않고 올라가자 조금 높게 단이 진 곳이 있었다. 그곳에 올라가니 막다른 벽이었다. 우리는 너무 어처구니가 없어서 그 단 위에 주저앉아 버렸다.

"아까부터 같은 길을 빙빙 돌고 있었는지도 모르겠군요."

나는 정말 그런 생각이 들었다.

"인간이란 정말 칠칠치 못한 거예요. 고작 이런 작은 섬에서…… 끝에서 끝까지 걸어 보았자 별게 아닌데 말이에요. 그리고 우리들 머리 바로 위에는 태양이 빛나고 있고, 집도 있고, 사람도 있습니다. 20미터가 되는지 30미터가 되는지 모르지만, 이런 데를 뚫고 나갈 힘이 없으니 말입니다."

"그것이 미로의 무서운 점이야. '하치망의 대숲 헤매기'라는 구경거리가 있지 않은가. 고작 해야 사방 20미터 정도의 대숲인데, 대나무 틈새로 출구가 보이는데도, 아무리 걸어도 나갈 수가 없어. 우리는 지금 그 놈의 마술에 걸려 있는 거야."

모로토는 침착했다.

"이런 때에는 조급하게 굴어도 별 수 없어. 천천히 생각하는 거야. 발로 걸어 나가려 하지 말고 머리로 생각해 나가려고 해야 돼. 미로라는 것의 성질을 잘 생각해 보는 거야."

그는 이렇게 말하고, 굴속에 들어온 후 처음으로 담배를 물고 촛불로 불을 붙였는데 '초도 절약해야지' 하고 촛불을 훅 불어 껐다.

한치 앞도 안 보이는 어둠 속에서 담뱃불이 빨간 점을 그렸다.

담배를 즐기는 그는 우물에 들어오기 전에 트렁크 속에서 담배 한 갑을 꺼내 넣었다. 한 개비가 다 타 가자 그는 성냥을 쓰지 않고 두 개비 째의 담배에 불을 옮겨 붙였다. 그 두 개째가 반쯤 타 버릴 때까지 우리는 어둠 속에서 잠자코 있었다. 모로토는 무언가 생각하고 있는 모양이었으나, 나는 생각할 기력조차 없어서 뒤의 벽에 축 늘어져 기대고 있었다.

마의 심연의 주인

"그 외에는 방법이 없네."

어두움 속에서 돌연 모로토의 목소리가 들려왔다.

"너는 이 동굴의 모든 갈림길의 길이를 합하면 얼마나 되리라고 생각하나? 4킬로? 8킬로? 설마 그 이상은 안 되겠지. 만약 8킬로가 된다면 우린 그 배인 16킬로를 걸으면 돼. 16킬로를 걸으면 확실히 밖으로 나갈 수 있어. 미로라는 괴물을 정복하려면 이 방법밖에 없다고 생각해."

"같은 곳을 빙빙 돌고 있으면 몇 킬로를 걸어도 소용이 없지 않습니까?" 나는 거의 절망하고 있었다.

"같은 곳을 빙빙 도는 것을 막는 방법이 있어. 나는 이런 걸 생각해 보았어. 긴 실로 한 개의 동그라미를 만드는 거야. 그것을 판자 위에 놓고 손가락으로 구부러진 곳을 많이 만드는 거야. 즉 말하자면 실 동그라미를 단풍잎처럼 만드는데, 그보다 더욱 복잡하게 들쭉날쭉하게 하는 거야. 이 동굴이 꼭 그와 같지 않은가. 말하자면 이 동굴의 양쪽 벽이 실에 해당하는 거지. 만약 이 동굴이 실처럼 자유롭게 펴지는 거라면 모든 갈림길의 양쪽 벽을 펴면 하나의 커다란 동그라미가 되지. 그렇지? 알아듣겠어? 들쭉날쭉한 실을 먼저의 동그라미로 복귀시키는 것과 같은 이치야.

만약 우리가 오른손으로 오른쪽 벽을 만지며 계속해서 걸어간다면, 그리고 오른쪽을 따라가다 막히면 역시 오른손으로 만지며 반대쪽을 돌아오고 즉, 한 길을 두 번 걸어 계속 따라가면 벽이 커다란 원주를 만들고 있는 이상, 반드시 출구에 이를 수 있을 거야. 실을 예로 생각하면 그것을 확실히 알 수 있어. 그래서 갈림길의 총 연장이 8킬로라면 그 배인 16킬로만 걸으면 자연히 출구에 이르게 돼. 멀리 도는 것 같으나, 그것 말고는 방법이 없어."

거의 절망에 빠져 있던 나는 이 묘안을 듣고 갑자기 상체를 바로 했다. 그리고 들뜬 기분으로 말했다.

"그래요, 그래요! 그럼 지금부터 그렇게 해 보시죠!"

"물론 해 보는 수밖에 없는데, 조금도 서두를 필요는 없어. 몇 킬로나 걸어야 할 테니까. 충분히 쉬고 나서 하는 게 좋아."

모로토는 짧아진 담배를 던져 버렸다.

빨간 담뱃불이 마치 불꽃처럼 뱅글뱅글 돌면서 5, 6미터나 저쪽으로 굴러가더니 찍 하고 꺼졌다.

"이런! 저런 곳에 웅덩이가 있었나?"

모로토가 불안한 듯 말했다. 그와 동시에 나는 이상한 소리를 들었다. 굴룩굴룩하는, 병 주둥이에서 물이 나오는 것 같은 아주 이상한 소리였다.

"이상한 소리가 나는군요."

"뭘까?"

우리는 가만히 귀를 기울였다. 소리는 점점 커졌다. 모로토는 급히 촛불을 켜서 높이 치켜들고 앞을 보더니 이윽고 놀라 소리쳤다.

"물이야, 물! 이 동굴의 어딘가가 바다와 통해 있어. 밀물이 된 거야."

생각해보니 조금 전에 심한 내리막길을 내려왔다. 어쩌면 이곳은 수면보다 낮은지도 모른다. 만약 수면보다 낮다면 만조로 바닷물이 침입하면 밖의 해면과 수평이 되기까지는 자꾸만 물이 불 것이다.

우리가 앉아 있는 곳은 그 동굴 속에서 가장 높은 단 위여서 미처 깨닫지 못하고 있었는데 물은 벌써 3, 4미터 앞까지 밀려와 있었다.

우리는 단에서 내려가 저벅저벅 물 속을 걸어 급히 먼저 온 쪽으로 되돌아가려 했다. 그러나 아아, 이미 늦어 버렸다. 모로토의 침착성이 오히려 화근이 되었던 것이다. 앞으로 나갈수록 물이 깊어져서 조금 전에 들어온 구멍은 이미 물 속에 잠겨 있었다.

"다른 구멍을 찾기로 하지."

우리는 알아 들을 수 없는 말을 외치고 뛰어다니며 다른 출구를 찾았다. 그러나 이상하게도 물 위에 나타난 부분에는 구멍이 하나도 없었다. 우리는 불행히도 우연히 온도계의 수은주 같은 막다른 골목에 들어박혔던 것이다. 생각해 보니, 바닷물은 우리가 지나 온 구멍 저쪽에서 구부러져 흘러들어온 것 같았다. 물이 불어나는 속도가 매우 빨라, 우리는 불안했다. 밀물에 따라 들어오는 물이라면 이렇게 빨리 불 리가 없었다. 그것은 이 동굴이 해면 아래에 있다는 증거였다. 밀물이 되자, 썰물 때 약간 바다 위로 드러나는 바위틈으로 한꺼번에 흘러들어오는 물이었다.

그런 것을 생각하고 있는 사이에 물은 어느새 우리가 피신하고 있는 단 바로 아래까지 밀려왔다.

문득 바라보니 우리 주위를 살금살금 기분 나쁘게 기어다니는 것이 있었다. 촛불을 비춰 보니 대여섯 마리의 게가 물에 쫓겨 기어올라와 있었다.

"아아, 그렇지! 틀림없어! 미노우라, 우린 이제 살 수 없어!"

무슨 생각을 했는지 모로토가 갑자기 슬픈 듯이 소리쳤다. 나는 그 비통한 목소리를 듣기만 해도 가슴이 철렁 내려 앉는 것 같았다.

"마의 심연의 소용돌이가 이곳으로 흘러들어오는 거야. 이 물이 들어오는 곳은 저 마의 심연이야. 이제야 모든 사정을 알겠군."

모로토는 상기된 목소리로 계속 지껄였다.

"언젠가 사공이 이야기했지? 죠고로의 사촌이라는 사내가 모로토가를 찾아왔다가 얼마 안 있어 마의 심연에서 죽어 떠올랐다고. 그 사내가 어떻게 그럴 수 있었는지는 모르겠지만 그 주문을 읽게 돼 비밀을 깨닫고 우리처럼 이 동굴에 들어왔던 거야. 우물의 돌 벽을 깬 사람도 그 사내야. 그리고 이 동굴로 잘못 들어와 우리처럼 물에 빠져 죽은 거야. 그리고 썰물이 되자 마의 심연으로 흘러나간 거야. 사공이 말했잖아. 마치 동굴에서 흘러나온 모양으로 떠올랐다고. 그 마의 심연의 주인이란, 결국 이 동굴을 말하는 거야."

그러는 사이에도 물은 벌써 우리의 무릎을 적실 정도까지 밀려왔다. 우리는 할 수 없이 일어나서 잠시라도 물에 잠기는 시각을 늦추려고 했다.

어둠 속의 수영

나는 어릴 때 쇠그물 쥐덫에 걸린 쥐를, 쇠그물째 대야 속에 넣고 위에서 물을 채워 죽인 일이 있다. 다른 방법으로 죽이는 것, 가령 부젓가락으로 입을 찌른다든가 하는 짓은 무서워서 할 수 없었기 때문이다.

그런데 그 방법도 꽤 잔혹했다.

대야에 물이 차 갈수록 쥐는 공포 때문에 좁은 쇠그물 속을 종횡무진으로 뛰어다니고 올라붙었다.

'저놈은 지금 얼마나 미끼 때문에 덫에 걸린 것을 후회하고 있을까' 하고 생각하니 말할 수 없이 이상한 기분이 들었다. 하지만 쥐를 살려 둘 수는 없어서 나는 자꾸 물을 부었다. 수면과 쇠그물 윗부분이 비슷비슷하게 물이 차게 되자, 쥐는 빨간 입을 되도록 위쪽으로 내밀고 슬픈 호흡을 계속했다. 비통한, 그리고 다급한 울음소리를 지르며……

나는 눈을 감았다. 그리고 마지막 한 바가지를 끼얹고, 대야에서 눈을 돌린 채 방으로 도망쳤다.

10분쯤 지나 살금살금 가 보니 쥐는 쇠그물 속에서 물에 잠겨 떠 있었다.

이와야 섬의 동굴 속에서 우리는 마치 이 쥐와 같은 처지에 놓였다. 나는 동굴의 조금 높은 부분에 서서, 어둠 속에서 발밑으로부터 점점 기어오르는 수면을 느끼며, 문득 그때의 쥐를 생각했다.

"만조 때의 수면과 이 동굴 천장과 어느 쪽이 높을까요?"

나는 손으로 더듬어 모로토의 팔을 잡고 소리쳤다.

"나도 지금 그걸 생각하고 있던 참이야."

모로토는 조용히 대답했다.

"그것은, 우리가 걸었던 내리막길과 오르막길 중 어느 쪽이 많았던가, 그 차이를 생각해 보면 돼."

"내리막길이 훨씬 많지 않았습니까?"

"내 생각도 그래. 지상과 수면의 거리를 빼더라도 내려간 쪽이 많은 것 같아."

"그렇다면 이젠 살 길이 없군요."

모로토는 대답을 하지 않았다. 우리는 무덤 속 같은 어둠과 침묵 속에 우두커니 서 있었다. 수면은 서서히, 그러나 확실히 높이를 더해 무릎을 지나 허리에 미쳤다.

"당신의 지혜로 어떻게 좀 해 봐요. 나는 이렇게 죽음을 기다리고 있을 수만은 없어요."

나는 추워서 덜덜 떨며 비명을 질렀다.

"기다려, 절망하기엔 아직 일러. 나는 아까 촛불 빛으로 잘 조사해 보았는데, 이곳 천장은 위로 갈수록 좁아. 불규칙한 원추형으로 되어 있어. 천장이 좁으니까, 그 천장 바위에 틈만 없다면, 우리는 살 수가 있어. 그것이 한 가닥 희망이야."

모로토는 생각을 거듭하고 있다가 이렇게 말했다.

나는 그 말의 뜻을 잘 알 수 없었으나 그것을 물어볼 기운도 없었다. 나는 벌써 배까지 차 오른 물에 흔들리며 모로토의 어깨에 매달려 있었다. 자칫 잘못했다가는 발이 미끄러져 옆으로 물에 뜰 것 같았다.

모로토는 나의 허리께로 손을 돌려 꼭 껴안아 주었다. 너무 캄캄해서 두세 치밖에 떨어져 있지 않은 상대방의 얼굴도 보이지 않았으나, 규칙적으로 강한 호흡 소리가 들리고, 그 따뜻한 숨결이 뺨에 닿았다. 물에 젖은 양복 속 그의 딴딴한 근육이 따뜻하게 나를 포옹하고 있는 것이 느껴졌다. 모로토의 체취가——결코 싫지 않은——나의 몸 옆에서 감돌고 있었다. 그런 모든 것이 어둠 속의 나를 힘 있게 만들었다. 모로토 덕분에 나는 서 있을 수 있었다. 만약 그가 없었다면 나는 벌써 물에 빠져 버렸을지도 몰랐다.

물은 언제까지 불 것인지 알 수 없었다. 순식간에 배를 넘어 가슴에 이르고 목에 닿았다. 1분만 더 지나면 코도 입도 물에 잠겨, 숨을 쉬기 위해서는 물 위에 떠서 수영이라도 해야 할 판이었다.

"이젠 안 되겠어. 모로토 씨, 우린 죽어 버리겠어요."

나는 목이 터질 것 같은 소리를 냈다.

"절망해선 안 돼. 최후의 1초까지 절망해선 안 돼."

모로토는 필요 이상으로 큰 소리를 냈다.

"너 수영할 줄 아나?"

"할 수는 있지만 난 이젠 안 되겠어요. 나는 차라리 죽어 버리고 싶어요."

"어째 그리 약한 말을 하고 있나! 아무것도 아니야. 어둠이 사람을 겁쟁이로 만들고 있어. 정신 차려. 살 수 있는 데까지 사는 거야."

결국 우리는 물에 몸을 띄우고 수영을 하며 숨을 쉬어야 했다.

머지않아 손발이 피로하겠지. 여름이지만 땅속 추위에 몸뚱이가 얼겠지. 그렇지 않아도 이 물이 천장까지 가득 차면 우리는 죽게 되겠지. 우리는 물만 있으면 사는 물고기가 아니니까……. 어리석게도 나는 이렇게 생각하고, 모로토가 아무리 절망하지 말라고 해도 절망할 수밖에 없었다.

"미노우라, 미노우라!"

모로토가 세게 손을 잡아끄는 바람에 정신을 차려 보니 나는 어느새 꿈결처럼 물속에 잠겨 있었다.

'이렇게 되풀이하는 동안에 차차 의식이 희미해져 그대로 죽어 버리겠지, 뭐. 죽는다는 게 별거 아니군. 생각보다 쉬운 일이구나.'

나는 깜빡깜빡 조는 기분으로 이렇게 생각하고 있었다.

그로부터 얼마나 시간이 지났을까? 매우 길었던 것 같기도 하고 순간적이었던 것 같기도 한데, 모로토의 미친 듯한 외침 소리에 나는 문득 눈을 떴다.

"미노우라! 미노우라! 살았어! 우린 살았어!"

그런데 나는 대답할 힘이 없었다. 다만 그 말을 알아들었다는 표시로 힘없이 모로토의 몸을 끌어안았다.

"이봐, 이봐!"

모로토는 물 속에서 나를 흔들었다.

"숨이 이상하지 않아? 공기가 보통과 다르게 느껴지지 않아?"

"응, 응."

나는 멍청하게 대답을 했다.

"물이 불어나지 않아, 물이 그친 거야."

이 반가운 소식에 내 머리는 조금 분명해진 것 같았다.

"썰물이 됐나요?"

"그럴지도 몰라. 그러나 나는 다른 이유 때문이라고 생각해. 공기가 이상한 거야. 공기가 빠질 곳이 없어. 그 압력 때문에 더 이상 물이 올라오지 못하게 된 것이 아닌가 싶어. 왜 아까 천장이 좁으니까, 만약 틈이 없다면 살 수 있다고 하지 않았어? 나는 처음부터 그걸 생각하고 있었어. 공기의 압력 덕분이야."

동굴은 우리를 가둔 대신에 동굴 그 자체의 성질에 의해 우리를 살려 주었던 것이다.

그 뒤의 일들을 자세히 쓴다면 지루할 것이다. 손쉽게 처리해야겠다. 결국 우리는 물의 공격을 피해 다시 동굴 속에서 여행을 계속할 수 있었다.

썰물이 되기까지는 한참 시간이 걸리겠으나, 살 수 있다는 것을 안 이상 우리는 힘이 났다. 그동안 물에 떠 있는 것쯤 아무것도 아니었다. 이윽고 썰물이 되었다. 불 때와 같은 속도로 물은 자꾸 빠져나갔다. 물이 들어온 입구는 동굴보다 높은 곳에 있는 모양이어서——그러니까 어느 수준까지 물이 찼을 때, 단번에 물이 들어온 것이다——그 입구로 물이 빠지는 것은 아니었다. 동굴 지면에 알아볼 수도 없는 틈새가 많이 있어 그곳으로 흘러 나갔다. 만약 그런 틈이 없다면, 이 동굴에는 항상 바닷물이 차 있었을 것이다. 그래서 몇십 분 후, 우리는 물이 완전히 없어진 동굴 지면에 설 수 있었다. 살아난 것이다. 그런데 또다른 어려움이 우리를 막고 서 있었다. 우리는 조금 전의 물 소동으로 성냥을 적셔 버렸다. 초는 있어도 불을 붙일 수가 없었다. 그것을 알았을 때 어둠 때문에 보이지는 않았으나, 우리의 얼굴은 틀림없이 창백해졌을 것이다.

"손으로 더듬어 가면 돼. 그까짓 불쯤 없어도 우리는 이미 어둠에 익숙해졌어. 손으로 더듬어 나가는 편이 오히려 방향에 민감해질지도 모르지."

모로토는 울 것 같은 목소리로 말했다.

절망

우리는 조금 전 모로토가 제안한 것처럼 오른손으로 오른쪽 벽을 만지며 막다른 곳이면 벽을 만지며 되돌아오기도 하고, 끝까지 오른손을 떼지 않고 걸어보기도 했다.

이것이 마지막 남겨진 유일한 미로 탈출의 방법이었다.

우리는 서로 엇갈리지 않기 위해 가끔 서로 불러 보는 것 외에는 묵묵히 끝없는 어둠 속을 더듬어 갔다.

우리는 쓰러질 듯 피로했다. 견딜 수 없을 정도로 배가 고팠다. 언제 끝날지 모르는 여로였다. 나는 걸으면서——어둠 속에서 제자리 걷기를 하는 것 같았는데——꿈을 꾸는 듯한 망상에 사로잡히곤 했다.

봄 들판에 온갖 꽃이 만발했다. 하늘에는 흰 구름이 두둥실 떠 있고, 종달새가 경쾌하게 우짖고 있다. 지평선에서 떠오르는 것 같은 산뜻한 모습으로 꽃을 꺾고 있는 사람은 죽은 하쓰요였다. 그리고 쌍둥이 히데짱이었다. 히데짱에게는 이제 그 미운 기쓰짱의 몸이 붙어 있지 않았다. 평범한 아름다운 소녀였다.

환상이라는 것은 죽음에 처한 사람에게 있어 일종의 안전판일까. 환상이 고통을 잊게 해 준 덕택으로 내 신경은 겨우 죽지 않고 있었다. 살인적인 절망감이 가셔졌다. 그런데 내가 그런 환상을 보며 걸었다는 것은, 말할 것도 없이 당시의 내가 죽음 직전에 있었다는 것을 말해 주는 것이리라.

얼마의 시간이 지났는지, 얼마큼의 거리를 걸었는지 나는 통 알 수 없었다. 끊임없이 벽을 만지고 있었기 때문에 오른손 끝이 닳아서 벗겨졌을 정도였다. 발은 자동 기계가 되어 있었다. 내 힘으로 걷고 있다고 생각되지 않았다. 이 발을 멈추려고 하면 멈추어질 수 있을지 의심스러울 정도였다.

아마, 꼬박 하루는 걸었을 것이다. 어쩌면 이틀이나, 사흘을 계속 걷고 있었는지도 모른다. 뭔가에 걸려 넘어질 때마다 그대로 잠들어 버리는 나를 모로토가 깨워 걸음을 계속했다.

그런, 모로토마저 끝내 힘이 다해 버린 때가 왔다. 갑자기 그는 '이젠 그만두지' 소리치며 그 자리에 주저앉아 버렸다.

"드디어 죽을 수 있겠군요?"

나는 마치 그것을 기대하고 있었던 것처럼 물었다.

"아아, 그래."

모로토는 당연하다는 듯 대답했다.

"잘 생각해 보니, 우린 아무리 걸어도 나갈 수 없겠어. 벌써 20킬로는 넉넉히 걸었어. 아무리 긴 지하도라도 그렇게 될 리는 없어. 까닭이 있어. 이제야 깨달았어. 내가 얼마나 얼빠진 녀석인지."

그는 거친 숨결로, 죽음을 앞둔 병자처럼 가엾은 목소리로 이야기를 계속했다.

"나는 아까부터 손가락 끝에 주의를 집중하여 암벽의 모양을 기억하려고 했어. 그런데 확실한 것도 아니고 또 내 착각인지도 모르지만, 어쩐지 1시간쯤 사이를 두고 꼭 같은 모양의 바위를 만지는 것 같은 생각이 들어. 우리가 꽤 오래 전부터 같은 길을 빙빙 돌고 있는 것이 아닌가 싶어."

나는 이제 그런 것은 아무래도 좋았다. 말은 들을 수 있었으나 뜻은 생각할 수가 없었다. 그래도 모로토는 유언처럼 지껄였다.

"이 복잡한 미로 속에 막다른 곳이 없는, 즉 완전한 동그라미로 된 길이 없다고 생각하다니, 나는 얼마나 얼빠진 녀석이냔 말야. 말하자면 미로 속의 섬이야. 실 동그라미로 비유하면 커다란 들쭉날쭉한 동그라미 속에 작은 동그라미가 있는 거야. 그래, 만약 우리의 출발점이 그 작은 동그라미의 벽이었다면 그 벽은 들쭉날쭉하지만 결국 막히는 곳은 없는 거야. 우리는 그 섬의 둘레를 빙빙 돌고 있는 거야. 오른손을 떼고 반대로 왼손으로 만지면서 가면 될 것 같지만, 섬은 하나에 한정되어 있진 않아. 그것이 또 다른 섬의 벽이라면 역시 끝없이 돌기만 하게 돼."

이렇게 글로 쓰면 확실한 것 같지만, 모로토는 깊이 생각하며 잠꼬대처럼 지껄였고, 나는 나대로 뜻도 모르고 꿈결처럼 듣고 있었다.

"이론적으로는 백에 하나는 나갈 수 있는 가능성이 있어. 요행수로 제일 바깥쪽의 큰 실 동그라미를 만나면 되니까. 그러나 우리는 그런 끈기가 없어. 더 이상 한 발짝도 걸을 수 없어. 마침내 절망 상태야. 함께 죽어 버릴까?"

"아아, 죽자구요! 그게 제일 좋겠어요."

나는 될 대로 되라는 생각에 태평한 대답을 했다.

"죽자구, 죽어!"

모로토는 불길한 말을 반복하는 사이에 마취제의 효력이 나타나듯 차츰 혀가 고부라지더니 그대로 축 늘어져 버렸다.

그러나 집념 강한 생명력은 그런 정도의 일로 우리를 죽이지는 않았다. 우리는 잤던 것이다. 동굴에 들어온 후 한잠도 자지 못한 피로가 절망적이라는 것을 알고 한꺼번에 덮쳤던 것이다.

복수의 화신

얼마나 잤을까? 위가 타는 듯한 꿈을 꾸고 눈을 떴다. 꼼지락거리니까 몸의 마디마디가 신경통에 걸린 것처럼 쑤셨다.

"깨어났나? 우린 여전히 동굴 속에 있어. 아직 살아 있는 거야."

먼저 잠에서 깬 모로토가 내가 꼼지락거리는 것을 알고 부드럽게 말했다.

나는 물도, 먹을 것도 없이 영원히 빠져 나갈 가망이 없는 어둠 속에 아직 살아 있다는 것을 의식하자, 덜덜 떨릴 정도로 공포에 휩싸였다. 잠을 잔 덕분에 사고력이 다시 돌아온 것이 정말 저주스러웠다.

"무서워, 난 무서워!"

나는 모로토의 몸뚱이를 찾아 다가갔다.

"미노우라, 우린 이제 다시 지상에 나갈 수가 없어. 아무도 우리를 보는 사람이 없어. 우리 자신도 서로의 얼굴조차 볼 수가 없어. 그리고 여기서 죽은 뒤에도 우리의 시체는 아마 영원히 보는 사람이 없을 거야. 이곳에서는 빛이 없는 것과 마찬가지로 법률도, 도덕도, 관습도 아무것도 없어. 인류가 전멸한 거야. 별세계인 거야. 나는 하다못해 죽기까지 그 짧은 동안만이라도 모든 것을 잊고 싶어. 지금 우리에겐 수치도, 예의도, 허식도, 시기도, 아무것도 없어. 우리는 이 어둠의 세계에서 태어난 두 갓난아기야."

모로토는 산문시라도 낭독하듯 이런 말을 하며, 나를 끌어당겨 어깨에 손을 감아 꼭 안았다.

그가 목을 움직일 때마다 두 사람의 뺨과 뺨이 닿았다.

"나는 자네에게 숨긴 일이 있었어. 그러나 그런 것은 인류 사회의 관습이야. 허식이야. 여기서는 숨길 것도 부끄러워할 것도 없어. 아버지 이야기야. 그 작자에 대한 욕이야. 이렇게 말한다고 해서 나를 경멸하지는 않겠지? 우리에게 부모와 친구가 있었다는 것은 지금 우리에겐 모두 전생의 꿈 같은 것이니까."

그리고 모로토는 이 세상 일이라고 생각할 수 없는 추악하고 괴기스러운 큰 음모에 관해 이야기를 시작했다.

"모로토가에 머물러 있을 때 매일 별실에서 죠고로 녀석과 다투었던 것을 자네는 알고 있겠지? 그때, 녀석의 모든 비밀을 알아냈어.

모로토 가문의 조상이 도깨비 같은 꼽추 하녀를 범해서 낳은 사람이 죠고로야. 물론 본처는 있었는데, 그런 도깨비에게 손을 댄 것은 사소한 호기심에서 생긴 욕심에서였지. 그래서 인과응보로 생모보다 더한 불구자 자식이 태어났어. 죠고로의 아버지는 모자(母子)를 싫어해서 돈을 주어 섬 밖으로 추방했지. 죠고로의 어머니는 본처가 아니어서 부모의 성을 따랐어. 그것이 모로토라는 거야. 죠고로는, 지금은 히구치 집의 호주인데 정상적인 사람을 저주한 나머지 성까지 히구치를 싫어해서 모로토로 밀고 나가는 거야.

죠고로의 어머니는 갓난 죠고로를 데리고 본토의 깊은 산으로 가서 거지 같은 생활을 하며, 세상을 저주하고 사람을 저주했어. 그래서 죠고로는 몇 년 동안 이 저주의 목소리를 자장가로 듣고 자랐지. 그들은 마치 별세계의 짐승이라도 되는 듯 정상적인 사람을 두려워하고 증오했어.

죠고로는 자기가 성인이 되기까지 겪은 수많은 고민, 괴로움, 사람들의 박해에 관해 긴 이야기를 들려주었어. 그의 어머니는 그에게 저주의 말을 남기고 죽었어. 성인이 되자 그는 어떤 계기로 이 이와야 섬에 건너왔어. 마침 그 무렵 히구치 집의 장남, 즉 죠고로의 배 다른 형이 아름다운 처와 갓난아기를 남겨 두고 죽어 버렸어. 죠고로는 그 집에 뚫고 들어가 끝내 주저앉아 버린 거야.

죠고로는 인과적으로 이 형의 처를 사랑했어. 후견인이라는 입장에 있음을 내세우며 침이 마르도록 그 부인을 설득했으나 부인은 '불구자의 뜻에 따를 바에야 죽는 편이 낫다'라는 무정한 한 마디를 남기고 딸을 데리고 몰래 섬에서 도망쳐 버렸어. 죠고로는 파래져 가지고 이를 악물고 부들부들 떨며 그 이야기를 하더군.

그때까지도 불구자라는 일그러진 생각에서 보통 사람을 저주하던 그는 그때부터 정말로 세상을 저주하는 귀신으로 변한 거야.

그는 여러 곳을 찾아다니며, 자기보다 추한 불구자 처녀를 발견하고 그 여자와 결혼했어. 전 인류에 대한 복수의 첫걸음을 내디딘 거야. 그리고 불구자들을 집으로 데리고 와서 부양을 시작했지. 만약 아이가 생긴다면 보통 사람이 아닌 추하고 추한 불구자가 태어나도록 빌기까지 했어.

그러나 이 어찌 된 운명의 장난일까? 불구자 양친 사이에서 태어난 것은 바로 나였어. 양친과는 닮지도 않은 극히 정상적인 사람이었어. 양친은 정상적인 사람이라는 것만으로 자기 자식까지도 미워했지.

내가 성장해 갈수록 그들의 인간 증오는 점점 깊어만 갔어. 그래서 마침내 소름이 끼칠 정도의 음모를 꾸미게 된 거야. 그들은 손을 써서 먼 곳에서 가난한 사람의 갓난 자식을 사오게 했어. 그 아기가 예쁘고 귀여울수록 그들은 이를 드러내고 기뻐했어.

미노우라, 이 죽음의 어둠 속이니까 자네에게 털어놓는데, 그들은 불구자 제조를 착상한 거야.

자네는 중국의 《우초신지(虞初新志)》라는 책을 읽은 일이 있는가? 그 속에는 흥행가들에게 팔기 위해 갓난아기를 상자에 가두어 불구자로 만드는 이야기가 씌어 있어. 그리고 나는 유고의 소설에서, 옛날 프랑스의 의사가 그런 장사를 하는 이야기를 읽은 기억이 있어. 불구자 제조는 어느 나라에서나 있었는지도 모르지.

죠고로는 물론 그런 전례를 알지 못했지. 인간이 생각해 낼 수 있는 것을 녀석도 생각해 낸 데 불과해. 그러나 죠고로는 돈벌이가 목적이 아니라 정상적인 인류에 대한 복수가 목적이었으니, 그런 장사꾼보다 몇 배나 집요하고 심각했을 거야.

죠고로는 아이를 머리만 나오는 상자에 넣어 성장을 멈추게 하여 난쟁이를 만들었어. 얼굴 가죽을 벗기고 다른 가죽을 입혀 곰처녀를 만들었어. 손가락을 잘라 세 손가락 병신을 만들었어. 그리고 완성된 것을 흥행사에게 팔았어. 요전에 세 사내가 상자를 배에 싣고 떠난 것도 인조 불구자 수출이었어. 그들은 항구가 아닌 거친 바닷가에 그 배를 대고 산 너머 도시로 나가 악인들과 거래를 하는 거야. 내가 그들이 며칠 동안 돌아오지 않는다고 한 것은 그걸 알고 있었기 때문이야.

그런 짓을 시작할 즈음에 내가 도쿄의 학교에 보내 달라고 말을 꺼냈던 거야. 아버지는 '외과 의사가 된다면'이라는 조건으로 나의 요청을 허락했어. 그리고 내가 아무것도 눈치채지 못한 것을 기회로 불구자 치료를 연구하라고 듣기 좋게 말했는데, 사실은 불구자 제조를 연구하게 한 거야. 머리가 둘 있는 개구리, 꼬리가 코 위에 달린 쥐를 만들면 아버지는 대단히 칭찬하고 편지로 격려했지.

녀석이 왜 나의 귀향을 허락하지 않았는가 하면 판단력이 생긴 나에게 불구자 제조의 음모가 발견될 것을 두려워했기 때문이야. 털어놓기에는 아직 이르다고 생각한 거야. 그리고 곡마단의 도모노스케 소년을 앞잡이로 쓴 경위도 쉽사리 상상할 수 있어. 놈은 불구자뿐 아니라 피에 주린 살인귀마저 제조하고 있었던 거야.

이번에 내가 갑자기 돌아와 아버지를 살인자라고 책망했지. 녀석은 비로소 불구자의 저주를 털어놓고 부모의 평생소원인 복수 사업을 도와달라고 내 앞에 무릎을 꿇고 눈물을 흘리며 부탁했어. 내 외과 의사의 지식을 응용해 달라는 거야.

그것은 무서운 망상이야. 아버지는 온 세상에서 정상적인 사람을 다 없애고 불구자만으로 메우려고 생각하고 있어. 불구자 나라를 만들려는 거야. 그것이 자자손손이 지켜야 할 모로토가의 규칙이라는 거야. 죠슈 근처에서 천연의 큰 바위를 깎아 이와야 호텔을 만들고 있는 영감처럼, 자손 대대의 계속 사업으로 이 크나큰 복수를 성취하려는 거야. 악마의 망상이지. 귀신의 유토피아지.

그야, 불구인 아버지가 불쌍하지. 그러나 불쌍한 마음이 든다고 해서 죄 없는 남의 자식을 상자에 넣거나 가죽을 벗겨 흥행장에 드러내거나 하는 그런 잔혹한 지옥의 음모까지 도와야 한단 말인가? 그리고 그 녀석을 불쌍하다고 생각하는 것은 이론상으로 하는 말이고, 나는 무슨 까닭인지 진심으로 동정할 수가 없어. 이상한 이야기지만 부모라는 생각이 들지 않아. 어머니도 역시 마찬가지야. 자기 자식에게 덤벼드는 어머니가 세상에 있겠는가. 그들 부부는 천성적인 마귀고 짐승이야. 몸뚱이와 마찬가지로 마음까지 비뚤어져 있어.

미노우라, 이것이 내 부모의 정체야. 나는 그들의 자식이야. 살인보다 몇 갑절 잔혹한 짓을 평생의 사업으로 삼고 있는 악마의 자식이야. 나는 어떻게 해야 하지?

솔직히 말해서 이 동굴 속에서 길잡이 줄을 잃었을 때 나는 마음 한 구석으로 무거운 짐을 벗게 되었다고 생각했어. 이제 영원히 이 어둠 속에서 나가지 않아도 된다고 생각하니 차라리 기뻤어."

모로토는 덜덜 떨리는 두 손으로 나의 어깨를 힘껏 끌어안고 열심히 말을 이었다. 찰싹 밀어 붙인 뺨에 그의 눈물이 축축하게 흘러내렸다.

너무도 이상한 일에 판단력을 잃은 나는, 모로토가 하는 대로 맡겨두고 가만히 몸을 웅크리고 있을 수밖에 없었다.

생지옥

나는 물어 보고 싶어 견딜 수 없는 일이 한 가지 있었다.

그러나 내 일만 생각하는 것처럼 모로토가 여길까 봐 한동안 모로토의 흥분이 가라앉기를 기다렸다.

우리는 어둠 속에서 서로 끌어안은 채 말이 없었다.

"바보야, 난. 이 지하의 별세계에는 부모도 없고 도덕도 수치도 없는데 말이야. 새삼스레 흥분해 보았자 소용도 없는데……."

겨우 냉정해진 모로토가 낮은 음성으로 말했다.

"그럼, 그 히데짱, 기쓰짱의 쌍둥이도……."

나는 기회를 찾아 물었다. "역시 만들어진 불구인가요?"

"물론이지." 모로토는 내뱉듯이 말했다. "난 그 묘한 일기장을 읽었을 때부터 그것을 알고 있었어. 그리고 또 아버지가 하고 있는 일도 어렴풋이 짐작했어. 왜 나에게 이상한 해부학을 연구하게 하는지도 말야. 그러나 그 말을 너에게 하기가 싫었어. 부모를 살인자라고 할 수는 있어도, 인체 변형에 관한 일은 도저히 말할 수가 없었어. 말로 꾸미기조차 무서웠던 거야.

히데짱, 기쓰짱이 태어날 때부터 쌍둥이가 아니라는 사실을 너는 의사가 아니라서 모르겠지만, 나는 상식으로 알아. 유합쌍체(癒合雙體)는 반드시 동성이라는 움직일 수 없는 원칙이 있어. 동일 수정란의 경우, 남자와 여자 쌍둥이는 태어날 수 없는 거야. 그리고 그렇게 얼굴도 체질도 다른 쌍둥이가 있을 리 없어.

갓난아기 때 두 사람의 가죽을 벗기고 살을 엇베어서 억지로 붙인 거야. 조건만 좋다면 못할 것도 없어. 운이 좋으면 풋내기라도 할 수 있지. 쌍둥이 본인들이 생각하고 있는 것처럼 원래부터 붙어 있는 상태는 아니니까 떼어 내려고 한다면 문제없어."

"그럼, 그들도 흥행사에게 팔기 위해 만든 거로군요?"

"그렇지. 그렇게 만들고 샤미센을 가르쳐서 제일 비싸게 팔릴 시기를 기다리고 있는 거지. 너는 히데짱이 불구자가 아니라는 사실을 알고 기쁘겠지? 기쁜가?"

"질투하는 겁니까?"

무인지경의 상황이 나를 대담하게 만들었다. 모로토의 말대로 예의도 수치도 없어져 버렸다. 어차피 이제 곧 죽게 된다면 무슨 말인들 못하겠냐 싶었다.

"질투하고 있지. 그래, 나는 얼마나 오랫동안 질투해 왔는지 몰라. 하쓰요 양과 결혼을 겨룬 것도 한편으로는 질투 때문이었어. 그녀가 죽은 뒤에도, 자네가 끝없이 비탄하는 걸 보고 나는 얼마나 애달프게 생각했는지 몰라. 그러나 이제는 하쓰요 양과도, 히데짱과도, 그 밖의 어떤 여자와도 다시는 만날 수 없어. 이 세계에서는 자네와 내가 전 인류인 거야.

아아, 난 그것이 기뻐. 자네와 나 두 사람을 이 별세계에 가두어 준 신에게 감사드려. 난 처음부터 살게 되리라고는 조금도 생각하지 않았어. 아버지의 속죄를 하지 않으면 안 된다는 책임감 때문에 여러 가지 노력을 했을 뿐이야.

악마의 자식으로 더 이상 창피한 일을 당하기보다 자네와 서로 끌어안고 죽어 가는 편이 훨씬 기뻐. 미노우라, 지상 세계의 관습을 잊고 지상의 수치를 버리고, 이제는 나의 청을 들어 줘. 나의 사랑을 받아 줘."

모로토는 다시 광란 상태가 되었다. 나는 그의 소원이 너무 흉해 어떻게 대답해야 할 지를 몰랐다. 누구나 그렇겠지만, 나는 연애 대상으로 젊은 여자 외의 사람을 생각하면 오싹 소름이 끼치는 것 같은, 말할 수 없는 혐오감을 느꼈다. 친구로서 몸을 접촉하는 것은 아무렇지도 않다. 상쾌하기까지 하다. 그러나 일단 연애가 되면, 동성의 몸은 메스꺼운 종류의 것이 된다. 연애의 배타성이라고도 할 수 있는 이것은 연애의 또 다른 면이다. 내 감정은 이 같은 종류의 증오다.

모로토는 친구로서 믿음직스럽기도 하고 호감도 갔다. 그러나 그러면 그럴수록 애욕의 대상으로 그를 생각하는 것은 견딜 수 없었다. 죽음에 직면하여 자포자기가 된 상태에서도 이 증오만은 어쩔 수가 없었다.

나는 다가오고 있는 모로토를 밀쳐 내고 도망쳤다.

"아아, 자네는 지금에 와서도 나를 사랑해 줄 수 없는가? 나의 미칠 듯한 사랑을 받아들일 정이 없는가?"

모로토는 실망한 나머지 엉엉 울며 나를 쫓아왔다. 창피도 체면도 없는 땅속의 장님놀이가 시작되었다.

아아, 얼마나 비열한 장면이었을까! 그곳은 좌우의 벽이 넓은 동굴의 하나였는데, 나는 먼저 장소에서 십여 미터나 도망쳐서 어두운 한구석에 웅크리고, 가만히 숨을 죽이고 있었다.

모로토도 조용했다. 귀를 기울이고 사람의 낌새를 더듬고 있는지,

아니면 벽을 따라 눈먼 뱀처럼 소리 없이 먹이에게 다가오고 있는지 도무지 알 수가 없었다. 그래서 기분이 나빴다.

나는 어둠과 침묵 속에서 눈도 귀도 없는 사람처럼 혼자 떨고 있었다.

'이런 짓을 할 틈이 있으면 조금이라도 이 구멍을 빠져 나갈 노력을 하는 편이 좋지 않을까. 혹시 모로토는 이상한 애욕 때문에 살 수 있는 생명을 희생하려 들고 있는 건 아닐까?'

문득 정신을 차려 보니 뱀은 이미 나에게 다가와 있었다. 그는 어둠 속에서도 나의 모습이 보이는 것일까. 아니면 오감 외의 감각을 가지고 있는 것일까. 놀라 도망치려는 나의 발은 어느 새 그의 끈끈이 같은 손에 잡혀 있었다.

나는 바위 위에 옆으로 넘어졌다. 뱀은 슬금슬금 내 몸뚱이 위로 기어올랐다. 나는 이 정체 모를 짐승이 정말 모로토일까 의아스러웠다. 그러나 그는 이미 사람이라기보다 으스스한 짐승에 불과했다.

나는 공포로 신음 소리를 질렀다.

죽음의 공포와는 다른, 그러나 그것보다 더 지겨운 말로 표현할 수 없는 무서움 때문이었다.

인간의 마음 깊은 곳에 숨은 오싹할 만큼 으스스한 것이 내 앞에 그 바다 허깨비 같은 기괴한 모습을 나타내고 있었다. 어둠과 죽음과 짐승의 생지옥이었다.

나는 어느 새 신음할 힘을 잃고 있었다. 소리를 내기가 무서웠던 것이다. 불처럼 뜨거운 빰이 공포로 땀에 젖은 나의 빰 위에 겹쳤다. 헉헉 하는 개 같은 호흡, 조금 이상한 체취……. 그리고 끈적끈적 미끄러운 뜨거운 점액이 나의 입술을 찾아 거머리처럼 온 얼굴을 기어다녔다.

모로토 미치오는 지금은 이 세상에 없는 사람이다. 나는 죽은 사람을 창피하게 만드는 것이 두렵다. 이제 이런 이야기를 길게 쓰는 것은 그만두겠다.

마침 그때, 아주 이상한 일이 생겼다. 그 덕분에 내가 재난을 피할 수 있었을 정도로 의외의 일이었다. 동굴의 다른 끝에서 이상한 소리가 났던 것이다. 박쥐나 게의 소리에는 익숙해 있었다. 그 소리는 그런 작은 동물이 내는 소리가 아니었다. 훨씬 더 큰 생물이 꿈틀거리는 소리였다.

모로토는 나를 붙잡고 있던 손을 늦추고, 가만히 귀를 기울였다.

의외 인물

모로토는 나를 놓았다.

우리는 본능적으로 적에 대해 몸을 도사렸다. 귀를 기울이니 생물의 숨소리가 들렸다.

"뭐냐!"

모로토가 소리를 질렀다.

"역시 그랬군. 사람이 있는 거지? 이봐, 그렇지?"

의외로 그 생물이 인간의 말을 지껄였다. 나이 먹은 사람의 목소리였다.

"자넨 누구야? 어째서 이런 곳에 왔지?"

모로토가 되물었다.

"넌 누구야? 왜 이런 곳에 있지?"

상대방도 같은 말을 했다.

동굴의 울림 때문에 목소리가 변한 탓인지, 어쩐지 들은 적이 있는 목소리 같은데, 그 사람을 생각해 내는 데 힘이 들었다.

한참 동안을 서로 살피며 가만히 있었다.

상대방의 숨소리가 점점 확실히 들렸다. 살금살금 이쪽으로 다가오는 것 같았다.

"혹시 당신은 모로토가의 손님이 아닌가?"

2미터 남짓한 거리에서 이런 음성이 들렸다. 이번에는 목소리 톤이 낮아서 분명히 알아 들을 수 있었다.

나는 문득 어떤 사람을 생각해 냈다. 그러나 그 사람은 이미 죽었을 것이다. 죠고로에게 살해당했을 것이다……. 죽은 사람의 목소리였다. 그 순간 나는 '이 동굴은 진짜 지옥이 아닌가? 우리는 이미 죽어 버린 것이 아닌가?' 하는 착각이 들었다.

"당신은 누구지? 혹시……."

내가 말을 하려니까, 상대방은 기쁜 듯이 소리쳤다.

"아아, 그래. 당신은 미노우라 씨군요. 또 한사람은 미치오 씨고요. 나는 죠고로한테 살해당한 도쿠입니다."

"아아, 도쿠 씨? 그런데 어떻게 해서 이런 곳에?"

우리는 무심결에 목소리를 목표로 달려가 서로의 몸을 살폈다.

도쿠 씨의 배는 마의 심연 옆에서 죠고로가 떨어뜨린 큰 바위 때문에 전복되었다. 그러나 도쿠 씨는 죽지 않았다. 마침 만조 때여서 그의 몸은 마의 심연의 동굴 속으로 빨려 들어갔다. 그리고 물이 빠져나가자, 단 혼자 어둠 속의 미로에 남겨졌다. 그때부터 그는 이 지하에서 생명을 유지하고 있었다.

"그래, 아드님은? 내 역할을 대신해 준 아드님은?"

"모르겠습니다, 아마 상어한테 먹혀 버렸겠죠."

도쿠 씨는 체념한 투였다.

무리가 아니었다. 도쿠 씨 자신도 다시 지상에 나갈 가망이 없는, 마치 죽은 사람 같은 처지였으니까.

"나 때문에 당신들이 그런 꼴을 당하게 돼서 아마 나를 원망했겠지요?"

나는 사과의 말부터 건넸다. 그러나 이 죽음의 동굴 속에서는 그런 말이 어쩐지 속이 들여다보이는 것 같았다. 도쿠 씨는 그 말에 아무 대답도 하지 않았다.

"당신들, 몹시 약해진 것 같군요. 배가 고픈 게 아닙니까? 여기 내가 먹다 남긴 것이 있으니 우선 먹어요. 먹을 것 걱정은 필요 없습니다. 이곳에는 큰 게가 우굴우굴하니까요."

도쿠 씨가 어떻게 살아 있었는지 몹시 이상하게 여기고 있었는데, 그는 게의 날고기로 굶주림을 면하고 있었던 것이다. 우리는 그것을 도쿠 씨한테 얻어먹었다. 차고 끈적끈적한, 짠 한천 같았는데 정말 맛이 있었다. 나는 그때까지 그렇게 맛있는 것을 먹어 본 일이 없었다.

우리는 도쿠 씨를 졸라 큰 게 몇 마리를 더 잡아 달라고 해서, 바위에 두들겨 딱딱한 껍데기를 깨서 맛있게 먹어 치웠다. 지금 생각하면 기분 나쁘고 더럽지만, 그때는 아직도 꾸물꾸물 움직이는 굵은 다리를 깨뜨려, 그 끈적끈적한 속의 것을 들이마시는 것이 말할 수 없이 맛있었다.

시장기가 없어지자 우리는 조금 기운을 차렸다. 그리고 도쿠 씨와 서로의 신상 이야기를 나누었다.

"그렇다면 우리는 죽을 때까지 이 구멍에서 빠져 나갈 가망이 없겠군요."

우리의 고심담을 들은 도쿠 씨가 절망의 한숨을 쉬었다.

"난 괜한 짓을 했습니다. 목숨을 걸고 바다로 헤엄쳐 나갔으면 좋았을걸 그랬어요. 소용돌이에 휘감겨 도저히 살 수 없다고 생각하고, 바다로 나가지 않고 구멍 속으로 헤엄쳐 들어온 겁니다. 이 구멍이 소용돌이보다 더 무서운 미로인 줄은 몰랐으니까요. 나중에 깨닫고 되돌아가 보았으나 길을 잃었을 뿐, 도저히 구멍이 나오지를 않았죠. 그러나 무슨 요행인지 그렇게 헤매고 다닌 덕분에 당신들을 만날 수 있게 되었군요."

"이렇게 먹을 것이 생긴 이상 우리는 조금도 절망할 필요가 없습니다. 백에 하나 요행수로 밖에 나갈 수 있다면, 아흔 아홉 번까지 헛수고를 할지라도 걸어다녀 봐야 합니다. 며칠이 걸리든 몇 달이 걸리든 말입니다."

사람이 늘었다는 것과 게의 날고기 덕분에 갑자기 힘이 났다.

"아아, 당신들은 다시 한 번 세상 바람을 쐬고 싶겠지? 나는 당신들이 부러워."

모로토가 갑자기 슬픈 듯이 중얼거렸다.

"이상한 말을 다 하는군요. 당신은 목숨이 아깝지 않습니까?"

도쿠 씨가 이상하다는 듯이 물었다.

"나는 죠고로의 아들이야. 살인자, 불구자를 제조하는 악마의 자식이야. 나는 해가 무서워. 세상에 나가 올바른 사람에게 얼굴을 보이기가 무서워. 이 어둠의 땅속이야말로 악마의 자식에게는 적당한 곳인지도 몰라."

불쌍한 모로토……. 그는 그것뿐이 아니라 나에 대한 조금 전의 비열한 소행을 부끄럽게 생각하고 있었다.

"그렇게 생각하는 게 당연합니다. 당신은 아무것도 모를 테니까요. 나는 당신들이 섬에 왔을 때에 차라리 그것을 알려줄까 했습니다. 그날 저녁때, 내가 바닷가에 웅크리고 앉아서 당신들을 바라보던 것을 기억하고 있는지요? 그러나 나는 죠고로의 보복이 무서웠습니다. 죠고로를 화나게 하면 한시도 이 섬에서 살 수 없으니까 말입니다."

도쿠 씨가 묘한 말을 시작했다. 그는 전에 모로토가의 하인이었으니까 어느 정도 죠고로의 비밀을 알고 있을 것이다.

"나에게 알리다니, 뭘 말이지?" 모로토가 반문했다.

"당신이 죠고로의 진짜 아들이 아니라는 것을 말입니다. 이제 이렇게 된 이상 무슨 말을 해도 상관없겠지요. 당신은 죠고로가 본토에서 유괴해 온 다른 사람의 아들입니다. 생각해 보세요. 그 불구자인 더러운 부부에게서 당신같이 예쁜 아기가 태어날 리가 있는지를. 그 녀석의 진짜 아들은, 흥행거리를 가지고 곳곳에서 순회공연을 하고 있습니다. 죠고로를 빼낸 듯이 닮은 꼽추지요."

독자는 알고 있다. 일찍이 기타카와 형사가 오자키 곡마단을 쫓아 시즈오카 현의 어느 도시로 가서 난쟁이에게 '아버지' 이야기를 물었을 때, 난쟁이가 '아버지와 닮은 젊은 꼽추가 곡마단 단장이다'라고 한 그 단장이 죠고로의 친자식이었던 것이다.

도쿠 씨는 이야기를 계속했다.

"당신도 불구자로 만들 셈이었는데, 그 꼽추인 어머니가 당신을 예뻐하여 정상적인 아들로 키워 버리고 말았어. 그리고 당신이 아주 영리하다는 것을 알고 죠고로도 고집을 꺾고 자기 아들로 만들어 학문을 가르칠 생각을 한 거야."

왜 자기 아들로 했을까. 그는 악마의 목적을 수행하는 데 진짜 부자간이라는, 끊으려 해도 끊을 수 없는 관계가 필요했던 것이다.

아아, 모로토 미치오는 악마 죠고로의 친자식이 아니었다. 놀라운 사실이었다.

영의 인도

"더 자세히, 더 자세히 이야기해 줘요." 모로토는 쉰 목소리로 다그쳤다.

"나는 아버지 대부터 히구치가의 하인으로 일했는데, 7년 전 꼽추가 하는 짓을 차마 볼 수 없어 그만둘 때까지, 내가 금년에 꼭 60살이니까 50년간이나 히구치 일가의 일들을 보아 온 셈이지. 그럼 이제부터 순서 있게 이야기할 테니 들어봐요."

그래서 도쿠 씨는 기억을 더듬어 50년 전으로 거슬러 올라가 히구치가, 즉 지금의 모로토가의 역사를 이야기했는데, 그것을 자세히 쓰면 지루할 테니, 다음에 한눈에 알 수 있는 표를 만들어 보겠다.

〔게이오연대(慶應年代 1865~1868)〕히구치가의 선조 맘베에가 추한 불구자 하녀를 범해 가이지가 태어났다. 가이지는 생모보다 더 추한 꼽추여서 맘베에는 차마 볼 수 없어 모자를 추방했다. 그들은 본토의 산중에 숨어 짐승 같은 생활을 계속해 왔다. 생모는 세상을 저주하고 사람을 저주하다가 그 산 속에서 죽었다.

〔메이지(明治) 15년, 1882년〕맘베에의 본처 아들 하루오가 고토

히라 우메노와 결혼

〔메이지 18년, 1885년〕하루오와 우메노 사이에서 하루요 태어남

〔메이지 20년, 1887년〕가이지가 모로토 죠고로라는 이름으로 섬에 들어와 히구치가에 들어가 우메노가 연약한 여자임을 기화로 멋대로 행동했다. 그리고 우메노에게 불륜한 사랑을 구했다. 그래서 우메노는 하루요를 데리고 친정으로 도망했다.

〔메이지 27년, 1894년〕사랑이 깨어지자, 세상을 저주하는 죠고로는 추한 꼽추 처녀를 찾아 결혼했다.

〔메이지 34년, 1901년〕죠고로 부부 사이에 아들 태어남. 그 아들도 꼽추였다. 죠고로는 매우 기뻐했다. 그는 같은 해, 1살짜리 미치오를 어디선가 유괴해 왔다.

〔메이지 40년경, 1907년〕친정으로 돌아간 우메노의 딸 하루요——하루오의 친딸. 히구치가의 정통——같은 마을 청년과 결혼.

〔메이지 44년, 1911년〕하루요, 장녀 하쓰요를 낳음. 이 사람이 나중에 기자키 하쓰요다. 죠고로에게 살해된 나의 연인 기자키 하쓰요다.

〔다이쇼(大正) 4년, 1915년〕하루요, 차녀 미도리(綠)를 낳음. 같은 해 하루요의 남편 사망하고, 친가 사람도 다 죽고 친척도 없어 하루요는 이와야 섬으로 건너가 죠고로 집에 붙어살게 되었다. 죠고로의 감언에 속은 것이다. 이 이야기의 처음에 하쓰요가 거친 바닷가에서 갓난아기를 보고 있었다고 한 것은 이 무렵으로서, 갓난아기는 차녀 미도리였다.

〔다이쇼 5년, 1916년〕죠고로의 야망이 노골적으로 나타나기 시작. 그는 우메노에 의해 깨어진 사랑을 그 딸인 하루요에 의해 채우려 했다. 하루요는 끝내 같이 살 수 없어 어느 날 밤 하쓰요를 데리고 섬에서 빠져 나갔다. 이때 차녀 미도리는 죠고로에게 빼앗겨 버렸다.

하루요는 떠돌다가 오사카로 갔는데 생활이 궁해서 마침내 하쓰요를 버렸다. 그래서 기자키 부부가 하쓰요를 주워 기른 것이다.

이상이 도쿠 씨가 보고들은 것에 나의 상상을 더한 히구치가의 역사이다.

이로써 하쓰요 양이야말로 히구치가의 정통자손이고, 쵸고로는 하녀의 자식에 불과하다는 사실을 알았다.

만약 이 땅속에 보물이 숨겨져 있다면 그것은 당연히 죽은 하쓰요 양의 재산이라는 사실이 더욱 명백해졌다.

모로토 미치오의 친부모가 어디에 사는 누구인지는 유감스럽게도 알 수 없었다. 그것을 아는 사람은 쵸고로뿐이었다.

"아아, 나는 살았다. 진실을 알았으니 무슨 일이 있어도 나는 다시 한 번 지상에 나가겠어. 그리고 쵸고로를 문책해서 나의 진짜 부모가 있는 곳을 자백하게 만들겠어." 미치오는 갑자기 용기를 얻었다.

그러나 나는 나대로 어떤 불가사의한 예감에 가슴이 설레었다. 나는 그것을 도쿠 씨에게 물어야 했다.

"하루요에게 두 딸 아이가 있었다지요? 하쓰요와 미도리. 그 동생 미도리는 하루요가 가출할 때, 쵸고로에게 빼앗겼다고 했지요? 세어 보니 꼭 17살이 됐겠군요. 그 미도리는 그 뒤 어떻게 됐지요? 지금도 살고 있나요?"

"아아, 그 이야기를 한다는 게 그만 깜빡 잊었습니다."

도쿠 씨가 대답했다.

"살아 있지요. 그러나 가엾게도 살았다는 것은 말뿐이고 정상적인 사람이 아닙니다. 얼토당토않은 쌍둥이 불구자로 만들어 버렸으니까요."

"오오, 그럼 혹시 히데짱이?"

"그래요, 그 히데짱이 미도리 양입니다."

이 어찌 된 불가사의한 인연인가. 나는 하쓰요의 친동생을 사랑하고 있었던 것이다. 나의 마음을 지하의 하쓰요는 원망할 것인가. 아니면 이 해후는 모두 하쓰요의 영의 인도인가? 그녀가 나를 이고도로 보내어 토굴 속의 히데짱을 창문으로 보게 해서 한눈에 반하게 한 것이 아닐까? 아아, 아무래도 그런 생각이 자꾸만 든다. 만약 하쓰요 양의 영에 그만한 힘이 있다면, 우리의 보물찾기 목적도 이룰수 있을지 모르겠다. 그리고 이 지하의 미로를 빠져 나가서 다시 히데짱을 만날지도 모르겠다.

"하쓰요, 하쓰요, 부디 우리를 지켜 줘."

나는 마음 속으로 그리운 그녀의 옛날 모습에게 빌었다.

발광한 악마

그때부터 다시 지옥을 순회하는 괴로운 여행이 시작되었다. 우리는 게 날고기로 배고픔을 달래고, 동굴 천장에서 떨어지는 맑은 물 몇 방울로 목을 축이며 오랜 시간 동안 끝없는 여행을 계속했다.

그 사이의 고통과 공포는 너무 많아서 모두 생략한다.

땅속에는 밤도 낮도 없었다. 우리는 피로로 견딜 수 없으면, 바위 바닥에 누워 잤다. 그 몇 번째의 잠에서 깨었을 때 도쿠 씨가 갑자기 소리를 질렀다.

"줄이 있다, 줄이 있어! 당신들이 놓쳤다는 삼줄이 이거 아닙니까?"

우리는 뜻밖의 기쁜 소식에 도쿠 씨 옆으로 기어가 만져 보니, 분명히 삼줄이었다.

그렇다면 우리는 이제 입구 가까이 와 있는 것일까.

"아니야, 이것은 우리가 사용한 삼줄이 아니야. 미노우라, 어떻게 생각하나? 우리 것은 이렇게 굵지 않았는데……."

모로토가 이상하다는 듯 말했다. 그러고 보니 과연 우리가 사용한 삼줄은 아닌 것 같았다.

"그럼 우리 외에도 누군가 길잡이 줄을 사용해서 이 동굴에 들어온 사람이 있다는 것일까요?"

"그렇게 생각할 수밖에 없군. 더구나 우리보다 나중에 말야. 왜냐하면, 우리가 들어올 때에는 그 우물 입구에 이런 삼줄이 매여 있지 않았으니까."

우리 뒤를 쫓아 이 땅속에 들어온 사람은 대체 누구일까? 우군일까? 죠고로 부부는 토굴에 갇혀 있다. 남은 사람은 불구자들뿐이다. 아아, 혹시 며칠 전에 배를 타고 나간 모로토가의 고용인들이 돌아와 낡은 우물 입구를 알아차린 것이 아닐까.

"좌우간 이 줄을 따라서 가는 데까지 가 보도록 하지."

미치오의 의견대로 우리는 그 줄을 길잡이로 하여 걸어갔다.

역시 누군가가 땅 속에 들어와 있었다. 1시간쯤 걸어가니 앞쪽이 희미하게 환해졌다. 구불구불한 벽에 반사하는 촛불 빛이었다.

우리는 주머니의 단도를 움켜잡고, 발소리의 울림을 염려하며 살금살금 걸어갔다. 한 번 꺾일 때마다 점점 밝아졌다.

마침내 마지막 모퉁이에 이르렀다. 그 바위모서리 저편에서 촛불이 흔들리고 있었다. 좋은 일이냐, 나쁜 일이냐? 나는 발이 오므라들어 전진할 힘이 없어졌다.

그때 갑자기 바위 저쪽에서 이상한 외침 소리가 들려왔다. 잘 들어보니 단순한 외침소리가 아니었다. 노래였다. 가사도 가락도 엉망인, 일찍이 들어 본 적이 없는 흉측한 노래였다. 그것이 동굴에 울려, 이상한 짐승의 울부짖는 소리처럼 들렸다. 뜻밖의 장소에서 이 불가사의한 노래 소리를 듣고 나는 오싹 소름이 끼쳤다.

"죠고로야!"

선두에 섰던 미치오가 살짝 바위 모서리에서 넘겨다보고 깜짝 놀라, 목을 움츠리고 낮은 목소리로 우리에게 보고했다.

토굴에 가두어 둔 죠고로가 어떻게 이곳에 왔는지, 왜 묘한 노래를 부르는지 나는 도시 까닭을 알 수 없었다. 노래의 가락은 점점 높고 흉포해져 갔다. 그리고 노래의 반주처럼 쨍그렁쨍그렁 맑은 금속 소리가 들려왔다.

모로토가 다시 살짝 바위 모서리에서 넘겨다보더니 우리에게 말했다.

"죠고로는 미친 거야. 무리가 아니지, 봐! 저 광경을."

그러더니 그는 성큼성큼 바위 저쪽으로 걸어갔다. 미쳤다는 말에 우리도 그의 뒤를 따랐다.

아아, 그때 우리의 눈앞에 펼쳐진 세상에서 본 적 없는 이상한 광경을 나는 언제까지나 잊을 수가 없다.

추한 꼽추 늙은이가 빨간 촛불 빛에 몸의 반쪽을 드러내고 노래인지 외치는 건지 구별할 수 없는 소리를 고래고래 지르며 미친 춤을 추고 있었다. 그의 발밑은 은행나무 잎처럼 모두 금빛이었다.

죠고로는 동굴 한구석에 있는 몇 개의 독 속에서 금화를 두 손으로 쥐어 내어 춤을 추며 번쩍번쩍 떨어뜨렸다. 떨어질 때마다 금빛 비는 쨍그렁쨍그렁 미묘한 소리를 냈다.

죠고로는 우리보다 먼저 땅속에 감춘 행운의 보물을 찾아 낸 것이다. 길잡이 줄을 잃지 않은 그는, 우리처럼 같은 길을 빙빙 돌지 않고 뜻밖에도 빨리 목적한 장소에 이를 수 있었던 모양이다. 그러나 그것은 그에게 있어 슬픈 행운이었다. 놀라운 황금의 산이 마침내 그를 미치게 만들었으니까 말이다.

우리는 달려가서 그의 어깨를 두드려 정신을 차리게 했으나, 죠고로는 공허한 눈으로 우리를 볼 뿐, 적의마저도 잃고 뜻 모를 노래를 계속했다.

"알았다, 미노우라. 우리의 길잡이인 삼줄을 자른 사람은 이 늙은이였어. 녀석은 그렇게 해서 우리를 미로에 몰아넣고 자기의 다른 길잡이 줄로 여기까지 찾아온 거야."

모로토가 그것을 알아차리고 소리쳤다.

"그런데 죠고로가 여기에 있으니, 모로토가에 남겨 둔 불구자들이 걱정되는데. 혹시 무슨 일을 당하고 있는 것이 아닐까요?"

나는 나의 연인 히데짱의 안부를 염려하고 있었다.

"이젠 이 삼줄이 있으니, 밖에 나가는 것은 문제없어. 여하튼 한번 상황을 보러 돌아가 보자."

모로토의 지시로 미친 늙은이는 도쿠 씨보고 감시하라고 하고, 우리는 길잡이 줄을 따라 뛰듯이 출구로 향했다.

형사 나타나다

우리는 무사히 우물에서 나올 수 있었다. 오랜만에 보는 햇살에 눈이 부셔오는 것을 참고, 손을 맞잡고 모로토가의 정문 쪽으로 달려가다가 저 쪽에서 오는 낯선 양복 차림의 신사와 마주쳤다.

"이봐, 자네들은 뭔가?"

그 사내는 우리를 보고 거만한 태도로 불러 세웠다.

"당신은 대체 누구요? 이 섬사람 같지 않은데?"

미치오가 되물었다.

"나는 경찰에서 온 사람이야. 이 집을 취조하러 왔어. 자네들은 이 집과 관계가 있는가?"

양복 차림의 신사는 뜻밖에 형사였다. 마침 잘 되었다.

우리는 각자 이름을 말했다.

"거짓말 말아! 모로토, 미노우라 두 사람이 이곳에 왔다는 것은 알고 있어. 그러나 자네들 같은 노인은 아닐 거야."

형사는 묘한 말을 했다. 우리를 보고 '자네들 같은 노인'이라니 무엇을 잘못 알고 있는 모양이었다.

나와 모로토 미치오는 이상해서 서로의 얼굴을 바라보았다.

그리고 우리는 깜짝 놀랐다.

내 눈앞에 서 있는 사람은, 며칠 전의 모로토 미치오가 아니었다. 거지 같은 다 해진 옷, 때가 낀 납빛 피부, 엉망으로 내민 해골 같은 얼굴……. 과연 형사가 노인으로 잘못 보는 것도 무리가 아니었다.

"자네의 머리칼이 하얗군."

미치오는 이렇게 말하고 묘하게 웃었다. 내가 보기에는 우는 것 같았다.

나는 미치오보다 더 심하게 변했다. 초췌한 몸은 그와 별 차이 없었는데, 나의 머리칼은 그 동굴 속에서 지낸 며칠 동안 색을 잃어 노인처럼 새하얗게 변해 있었다.

나는 극도의 정신상의 고통이 사람의 머리칼을 하룻밤 사이에 희게 만든다는 이상한 현상을 알고는 있었다. 그 실례를 두세 번 읽은 적도 있었다. 그러나 그런 희귀한 현상이 나의 신상에 일어나리라고는 전혀 상상도 못했다.

그런데 요 며칠간, 나는 몇 번 죽음과 혹은 죽음 이상의 공포에 위협을 느꼈을까. 미치지 않은 것이 다행이라고 생각되었다. 그러나 머리칼이 희어진 것이다. 그것만으로도 다행이라고 하지 않으면 안되었다.

같은 경험을 했으면서도 모로토의 머리칼은 그대로였다. 그가 나보다 강한 마음을 가졌기 때문이리라.

우리는 형사에게 이 섬에 오기까지의, 그리고 온 뒤의 모든 사실을 대충 이야기했다.

"왜 경찰에 도움을 청하지 않았습니까? 당신들의 고생은 자업자득이라는 겁니다."

우리의 이야기를 들은 형사가 미소지으며 최초로 한 말은 이것이었다.

"악인 죠고로가 나의 아버지인 줄 알고 있었거든요." 미치오가 변명했다.

형사는 혼자 온 것이 아니었다. 몇 명의 동료가 더 있었다. 그는 그 가운데 두 사람에게 땅속에 들어가 죠고로와 도쿠 씨를 데리고 오라고 했다.

"길잡이 줄은 그대로 두어 주십시오. 금화를 꺼내야 할 테니까요."

미치오가 그 두 사람에게 주의를 주었다.

이케부쿠로 경찰서의 기타카와라는 형사가 소년 곡예사 도모노스케가 속해 있는 오자키 곡마단을 살피기 위해 시즈오카 현까지 가서 고생을 거듭하며 웃기는 역의 난쟁이를 구슬러 비밀을 탐지했다는 것은 앞에서 독자에게 알렸다. 그 기타카와 형사의 고생이 헛되지 않아 우리와는 전혀 다른 방향에서 마침내 이 이와야 섬의 소굴을 밝혀내고, 이렇게 형사들이 몰려오게 된 것이었다.

형사들이 와 보니 모로토가에서 남녀 두 개의 머리를 가진 괴물이 심한 싸움을 하고 있었다. 말할 것도 없이 히데짱과 기쓰짱 쌍둥이였다. 그들은 그 괴물의 싸움을 말리고 상황을 물어 보았는데, 히데짱이 거침없이 자초지종을 이야기했다.

우리가 우물에 들어간 뒤에, 나와 히데짱 사이를 질투한 기쓰짱이 우리를 곤란하게 하기 위해 죠고로와 내통하여 토굴 문을 열었던 것이다. 물론 히데짱은 있는 힘을 다해서 막았으나, 남자인 기쓰짱의 힘에는 당할 수가 없었다.

자유의 몸이 된 죠고로 부부는 채찍을 휘둘러 당장 불구자들을 반대로 토굴에 가두어 버렸다. 기쓰짱이 공로자였기 때문에 쌍둥이만은 그 난을 면했다.

그리고 죠고로는 기쓰짱의 밀고로 우리의 행방을 짐작하고, 부자유한 몸을 이끌고 스스로 우물로 내려가 우리의 삼줄을 잘라 놓고, 다른 줄을 가지고 미로로 들어섰다. 죠고로의 꼽추 마누라와 벙어리인 오토시 양이 그를 거들었을 것이다.

그 뒤로, 히데짱과 기쓰짱은 원수 사이가 되었다. 기쓰짱은 히데짱을 마음대로 하려고 했다. 히데짱은 기쓰짱의 배신을 욕했다. 말다툼이 커져서 몸과 몸의 싸움이 시작되었다. 그러는 참에 형사 일행이 왔던 것이다.

히데짱의 설명으로 사정을 안 형사들은 바로 죠고로의 마누라와 오토시 양을 포박하고, 토굴 속의 불구자들을 해방시키고, 죠고로를 붙잡으려고 땅속으로 들어가기 위해 그 준비를 시작했다. 그런데 마침 우리가 나타났던 것이다.

우리는 형사의 이야기로 이상의 전말을 알 수 있었다.

대단원

그런데 기자키 하쓰요——히구치 하쓰요——를 비롯해서 미야마기 고키치, 도모노스케 소년의 삼중살인 사건의 진범이 밝혀졌다. 진범인은 우리의 복수를 기다릴 것까지도 없이 이미 미쳐 버리고 말았다. 그리고 그 살인 사건의 동기가 된 히구치가 보물의 은닉 장소도 알았다.

나의 긴 이야기는 이쯤 해서 막을 내려야 할 것이다.

뭔가 남기고 싶은 말이 없을까? 그렇지. 아마추어 탐정 미야마기 고키치 이야기가 있다. 그는 그 족보를 보기만 하고 어떻게 이와야섬의 소굴을 알 수 있었을까? 아무리 명탐정이라 해도 너무 초자연적인 명찰이었다.

나는 사건이 끝나고, 아무래도 그 일이 이상해서, 미야마기 씨의 친구가 보관하고 있는 고인의 일기장을 보여 달라고 하여 자세히 찾아보았는데, 거기에 실마리가 있었다. 1913년경의 일기장에 히구치 하루요의 이름이 있었다. 말할 것도 없이 하쓰요 양의 어머니이다.

독자도 아는 바와 같이 미야마기 씨는 일종의 기인으로, 처자가 없는 대신 꽤 여러 여자와 친해져 부부처럼 동거한 일이 있었다. 하루요 씨도 그 중의 한 여자였다. 미야마기 씨는 여행길에서 곤란을 당하는 하루요 씨를 만난 것이다. 하쓰요를 버리고 난 훨씬 뒤의 이야기이다.

동거한 지 2년쯤 지나, 하루요 씨는 미야마기 씨 집에서 병사했다. 그녀는 죽기 전에 아이를 버린 일도, 족보에 관해서도, 이와야 섬 일도 모두 미야마기 씨에게 이야기했을 것이다. 이로써 미야마기 씨가 그 히구치가의 족보를 보자마자, 이와야 섬에 달려간 까닭을 알 수 있었다.

족보는 히구치 하루오——죠고로의 형——로부터 그의 처 우메노에게, 우메노에게서 딸 하루요에게, 하루요에게서 하쓰요에게 전해진 모양이었다. 물론 그들은 그 족보의 진가에 관해서는 전혀 몰랐다. 다만 정통의 자식이 가지고 후대에 전하라는 선조의 유지(遺志)를 지킨 데 불과했다.

그럼 죠고로는 어떻게 그 주문이 그 속에 숨겨진 것을 알았을까? 그의 마누라의 고백에 따르면 죠고로가 어느 날, 선조가 써 남긴 일기를 읽다가 문득 그 문구를 발견했다는 것이다.

그 일기에는 집안에 전해지는 보물의 비밀이 족보에 봉해져 있다는 구절이 기록되어 있었다. 그런데 이미 하루요가 가출한 뒤여서 그 발견은 아무 소용이 없었다. 그때부터 죠고로는 꼽추 아들을 시켜 본격적으로 하루요의 행방을 탐색하기 시작했다. 그러나 대중 없는 탐색이어서 좀처럼 목적을 이룰 수가 없었다. 겨우 1924년경에야 미치오가 그 족보를 가지고 있다는 사실을 알았다. 그 뒤 죠고로가 그 족보를 입수하기 위해 얼마나 고심했는가는 독자가 아는 바 그대로이다.

히구치가의 선조는 그 당시 왜구라고 불리는 해적의 한 부류였다. 그들은 대륙의 해변 일대에서 훔친 보물을 엄청나게 가지고 있었는데 영주에게 몰수당할 것을 염려해서 그것을 땅속 깊이 감추어 두고 대대로 그 은닉 장소를 전해왔다. 그런데 하루오의 조부가 그것을 주문으로 만들어 족보에 숨겨 두고, 어찌 된 까닭인지 그 아들에게 주문에 관한 것을 알리지 않고 죽어 버렸다. 도쿠 씨가 전해들은 바에 의하면, 그 사람은 뇌졸중으로 죽은 것 같다고 했다.

그 뒤 쵸고로가 헌 일기장의 일절을 발견할 때까지 히구치가는 이 재물에 관해 아무것도 모르고 있었던 셈이다.

그런데 이 비밀이 일찍이 히구치가 외의 사람에게 알려졌다고 생각할 만한 이유가 있다. 10년쯤 전, K항에서 이와야 섬으로 건너가 모로토가의 손님으로 있다가 나중에 마의 심연에서 죽은 묘한 사내가 있었다. 그는 분명 낡은 우물을 통해 땅 속으로 들어갔다. 우리는 그 흔적을 보았다. 쵸고로의 마누라는 그 사내를 기억해 내고, 그 사람은 히구치가의 선조에게 고용되었던 사람의 자손이라고 말했다. 그렇다면 아마 그 사내의 선조가 보물의 은닉 장소를 눈치채고, 유서라도 써 두었었는지 모른다.

과거의 일은 이 정도로 쓰고, 마지막으로 등장인물들의 그 뒷이야기를 간단히 곁들이고 이 이야기를 끝내기로 하겠다.

먼저 첫 번째로 기록할 것은 나의 연인 히데짱에 관한 이야기이다. 그녀는 하쓰요의 친동생 미도리임에 틀림없고, 히구치 가문의 유일한 정통 자손임이 판명되어, 땅속의 보물은 모두 그녀의 소유로 돌아갔다. 시가로 보아 백만 원에 가까운 재산이었다.

히데짱은 백만장자다. 그리고 현재 그녀는 추한 유합쌍체가 아니다. 야만인인 기쓰짱은 미치오의 메스로 절단되어 버렸다. 원래 진짜 유합쌍체가 아니었기 때문에 두 사람 다 아무런 이상도 없는 온전한 남녀가 되었다. 히데짱이 상처가 아물자 단정히 머리를 빗고 화장을 하고 아름다운 옷을 입고 내 앞에 나타났을 때, 그리고 나에게 도쿄

말로 이야기했을 때 내 기쁨이 어느 정도였는가는 여기에 너절하게 쓸 필요가 없을 것이다.

말할 것도 없이 나와 히데짱은 결혼했다. 백만원은, 지금에 와서는 나와 히데짱의 공유 재산이다.

우리는 의논해서 쇼난 가타세의 해안에 훌륭한 불구자의 집을 세웠다. 히구치 일가에서 죠고로와 같은 악마가 생겨났기 때문에 속죄의 뜻으로 그곳에 자활 능력이 없는 불구자를 널리 수용하여 즐거운 여생을 보내게 할 작정이다. 첫 번째 손님은 모로토가에서 데려온 인조 불구자들이었다. 죠고로의 마누라와 벙어리 오토시 양도 그 중의 한 사람이다. 불구자의 집에 이어, 정형외과 병원을 세웠다. 모든 의술을 다해서 불구자를 정상적인 사람으로 다시 만드는 것이 목적이다.

죠고로, 그의 꼽추 아들, 모로토가에 고용되었던 사람들은 모두 각각 처형을 받았다. 하쓰요의 양어머니 기자키 미망인은 우리 집으로 모셨다. 히데짱은 미망인을 '어머니, 어머니' 하고 부르며 소중히 모신다.

미치오는 죠고로의 고백으로 자기 집을 알았다. 기슈의 신미야에 가까운 어느 마을의 호농(豪農)으로 아버지도 어머니도 형제들도 모두 건재했다. 그는 알지 못하는 고향으로, 알지 못하는 부모의 슬하로 30년 만에 돌아갔다. 나는 그의 상경을 기다려 나의 외과병원 원장이 되어 달라고 할 셈으로 좋아했는데, 그는 고향에 돌아가 한 달도 못되어 병이 나서 저 세상 손님이 되고 말았다. 모든 것이 순조롭게 진행됐는데 단 한 가지 이것만이 유감스럽다. 그의 아버지로부터 날아온 부고에는 다음과 같은 대목이 있었다.

"미치오는 마지막 숨을 거둘 때까지 아비의 이름도, 어미의 이름도 부르지 않고, 당신의 편지만 끌어안고 당신 이름만 계속 불렀답니다."

란포의 위대함과 비극의 서사

《외딴섬 악마》는 군더더기가 없이 꽉 짜인 장편으로서 높은 완성도를 갖고 있다. 에도가와 란포(江戶川亂步, 1894~1965)의 스토리텔링이 마침내 이런 양과 질에 도달했다고 하는 명백한 증거라 할 수 있다.

데뷔작 《2전동화》 이래 란포는 윤리적인 작품을 쓰는 것을 목표로 삼고, 해외고전과 어깨를 나란히 할 작가가 되는 꿈을 꾸었다. 그러나 오히려 그런 고상한 목적의 작품보다는 깊은 구상을 바탕으로 하지 않고 쓴 망상과도 같은 작품이 인기를 불렀다. 게다가 그런 성원에 대답이라도 하듯 언제부턴가 그도 처음 목표를 추구할 수 없게 되었다.

결과적으로 란포가 남긴 윤리적인 작품, 즉 본격미스터리소설은 그만큼 숫자가 많지 않다. 잔인하게 이야기하면 그의 자질은 엽기적인 망상에 의해서야말로 빛을 보았고, 윤리적인 면에서는 찾아볼 수 없었다는 말도 된다.

란포는 한때 그런 모순과 실패로 고뇌하였고, 자신의 한계와 생각대로 되지 않는 상황에 절망을 느끼며 붓을 꺾기도 하였다. 《외딴섬 악마》는 그런 고민을 거치고 복귀한 뒤 발표한 두 번째 장편인데, 그는 이 작품으로 비로소 잠시 작품활동을 중단했던 의미를 찾고 자신의 다음 목표를 분명히 정할 수 있게 되었다.

란포의 창작은 다음 작품 《거미사나이》에서 일반인을 폭넓게 의식하면서 평이한 내용으로 전환하게 된다. '본격'이라는 말을 내세우지 않고 엽기적인 기괴함도 억누르면서 흥분되는 모험이나 탐정의 영웅주의를 주축으로 한 이야기를 엮어나가게 된 것이다.

시간적으로 《엄지법사》와 《음수(陰獸)》 사이에 휴면기는 있었으나 내용으로 보면 《거미사나이》는 그 이전의 작품과 커다란 차이가 있다. 《외딴섬 악마》는 그 직전의 작품으로 두 시기의 특징을 한데 갖고 있는 특별한 작품이다. 이 작품의 특색은 모험과 추리의 융합에 있다.

《외딴섬 악마》는 두말할 나위 없이 재미있는 작품이다. 읽기 쉬울 뿐 아니라 기괴성이나 로맨티시즘 등, 소설로서의 매력도 풍부하다. 특히 사건에 대해 이야기하는 수동적인 성격의 인물이 점차 고난에 빨려 들어가는 전개는 그야말로 읽는 이의 손에 땀이 배어나오게 한다.

시작 부분에 드라마틱한 모험을 자연스럽게 예고한 뒤에 연인이 살해당하는 일이 발생하고, 이어지는 제2의 살인사건으로 이야기는 전개된다. 그것은 밀실 살인과 수많은 사람들이 지켜보는 가운데에서 벌어지는 살인이라는 불가능한 범죄의 형태로 나타난다. 과연 범인은 어떻게 밀실에서 탈출하였는가? 또 어떻게 하여 그 넓은 모래밭에서 아무에게도 들키지 않고 살인을 저지를 수 있었던가? 이러한 것들은 모두 본격미스터리소설에서 보여주는 수수께끼의 제시라고 할 수 있다. 또 사건에 대한 탐정역의 모습도 전형적인 명탐정의 행적을 보여주고 있다.

그러나 그 명탐정마저도 죽어 버리는 그 충격적인 사건 뒤에, 이야기는 갑자기 그런 수수께끼 풀이에서 멀어지면서 모험소설적인 측면을 드러낸다. 그것은 명탐정이 남긴 기이한 문서에서 비롯되는데, 후반은 그 문서에 적힌 보물찾기와 외로운 섬에 사는 기이한 인간과의 대결이라는 목적을 향해 나아가게 된다. 즉 2부 구성인 셈이다.

후반부는 모험에 모험이 거듭될수록 샴쌍둥이를 비롯한 기분 나쁜 인물이나 무대가 등장하면서 란포 특유의 엽기적인 분위기를 고조시킨다. 또한 동굴탈출 장면 같은 것은 보물찾기라는 흥미 외에도 아주 로맨틱한 분위기를 형성한다. 란포의 이런 취향은 다른 여러 곳에서도 되풀이되지만 가장 성공한 것은 바로 이 작품일 것이다.

에도가와 란포의 기묘한 범죄환상은 비속한 일상적 공간에서만 요염한 매력을 발산한다. 이 지저분한 현실로부터 도피를 열망하던 그가 스스로 환영의 성을 구축했던 초기단편의 세계는 아무 굴절 없는 평범한 일상생활에 지나지 않았다. 이 점에서 란포는 현실에서 벗어난 중세의 흑마술적 세계에 지적 미궁의 미학을 발견한 오구리 무시타로(小栗虫太郞)라든지, 비현실적인 꿈의 세계가 아닌 일상의 세계를 기록적인 시점으로 바라보려고 한 마쓰모토 세이초(松本淸張)를 위시한 일명 사회파들과도 완전히 대조적인 작가인 셈이다.

란포는 이 냉혹한 현실을 거절하면서 오로지 고독한 꿈속에만 젖어 있으려고 한다. 그러나 그 꿈은 현실세계에 내걸려 있었다. 일상적인 공간에 내걸린 인공적인 꿈, 현실생활로 봉쇄된 꿈이 그것이다.

'나는 구원받기 어려운 가공의 나라에서 살고 있는 주민이다. 다이소 요시토시(大蘇芳年. 1839~1892. 浮世繪師. 특색있는 역사화 및 미인도를 그렸으며 신문 삽화가로도 활약)의 처참한 그림은 좋아하지만 진짜 피에는 흥미가 없다. 범죄현장의 사진이라는 것은 그저 구토를 불러일으킬 따름이다.'

그는 《환영의 성주(城主)》에서 위와 같이 말한다. 하지만 역설적으로 초기의 뛰어난 단편들의 매력은 하나같이 농밀한 현실감으로 지탱된다.

현실로부터 도망하려던 꿈이 상상력의 날개를 펼치면 펼칠수록 점점 더 현실로 다가가고 만다는 것은 참으로 아이러니하지 않은가! 허나 란포의 초기 단편들은 이런 상상력의 변증법적 결정에 다름 아니다.

'"그 도둑이 부러워." 두 사람 사이에 이런 말이 오고갈 정도로 그 시절은 궁핍하고 절박했다.'

이것이 처녀작 《2전동화(二錢銅貨)》의 첫머리에 나오는 유명한 구절인데 스쳐가듯 슬쩍 내뱉은 이 한 구절 뒤에는 에도가와 란포의 생생한 생활체험이 숨어 있었다.

에도가와 란포.

본명 히라이 타로(平井太郎)는 1894년 10월 미에(三重)현 나바리(名張)마을에서 태어났다. 부친은 나고야(名古屋)에서 기계수입판매, 석탄판매, 오국보험회사 대리점 등을 하며 생계를 꾸렸다. 한때는 특허변리사로도 개업했지만 실패하고 란포가 중학교를 졸업할 즈음에는 파산하여 부친은 조선으로 건너갔다. 란포는 고학을 결의하고 상경하여 1912년 여름, 와세다(早稻田)대학 예과에 입학했다. 재학 중은 학비를 벌려고 아르바이트에 쫓기느라 강의는 별로 듣지도 못하여 스스로 '와세다도서관졸업'이라고 자조했다고 한다. 졸업 후에도 여러 직업을 전전하며 이력을 다채롭게 장식했다. 무역상, 조선소 사무원, 헌책방 경영, 편집, 중국식당, 시청공무원, 기자, 서기장, 지배원, 변호사 사무실 보조, 신문사 광고부원, 영문타이프라이터 행상, 레코드음악회 흥행, 24시간 국숫집 등까지 안 해본 일이 없을 정도로 참으로 화려하기 짝이 없다. 《2전동화》를 쓴 것은 이처럼 잡다한 직업을 전전하던 중에 잠시 실직해있던 와중이었다.

'나는 드디어 미스터리소설을 쓸 때가 왔다고 생각했다. 실직한 상태이니까 시간만큼은 충분하다. 만약 이 원고가 팔린다면 담뱃값조차도 궁한 이 생활에 참으로 다행스런 일 아니겠는가. 오랫동안 키워왔던 미스터리소설에 대한 정열을 단숨에 쏟아 부울 수 있는 것도 이때다 싶었다.'(《미스터리소설 40년》 중에서)

두 실업자가 답답하고 막막한 생활 속에서 오로지 공상만을 한없이 자유롭게 날개를 펼친다는 《2전동화》의 설정은 아무것도 없던 란포의 비극적이면서도 희극적인 처지 바로 그 자체였다.

'황혼 문학'이라는 장르가 있다면 에도가와 란포의 초기 단편집이야말로 바로 그런 종류일 것이다. 《2전동화》《두 폐인》《D고개 살인사건》《심리시험》 같은 초기 단편은 어느 것을 막론하고 어쩐지 황혼기의 다소 쓸쓸하고 어두운 느낌이 떠돈다.

어쩌면 작품에 흐르고 있는 소외된 자들의 의식, 아니 극단적으로 말하면 실업자의 의식에서 유발되는 그런 독특한 감정이 소설의 분위기를 결정한 것이 아닐까 생각한다. 이런 면에서는 에도가와 란포의 세계는 우노 고지(宇野浩二)의 세계와 교차한다.

우노 고지는 초기의 소품 〈세지로(清二郎), 꿈꾸는 소년〉 서문에서 '나는 내 과거의 작은 생활을 떠올릴 때 어디까지가 진실이고 어디까지가 꿈인지 판단이 서지 않는다. 아마도 그 무렵에 나는 사실을 꿈으로 보고, 또 꿈을 사실로 볼 수 있었던 모양이다'라고 했는데, 이러한 몽상적인 경향은 란포에게서도 찾아볼 수 있었다. 란포는 무엇이 없어지면 가장 곤란하겠느냐는 〈신청년〉 잡지사의 앙케이트에 '꿈'이라고 대답했다.

사실 작품을 보아도 란포의 머릿속에는《천장 위의 산책자》의 한 원형으로 우노의《천장 위의 법학사》가 자리 잡고 있었던 것은 아닐까 싶은 생각도 든다. 우노 작품의 주인공은《천장 위의 산책자》와 마찬가지로 낮에도 밥만 먹고 나면 곧 벽장 속에 들어가 낮잠을 자는 습관을 갖고 있고 그런 생활은《천장 위의 산책자》와 아주 흡사한 느낌을 준다. 물론《천장 위의 법학사》에는 미스터리 소설적인 플롯이 전혀 없으므로 란포의 독창성에 전혀 상처를 주는 일은 없지만 등장인물의 심리가 서로 닮았다는 것은 상당히 흥미로운 사실이 아닐 수 없다.

《천장 위의 법학사》의 주인공에게서 우노의 체취가 느껴지듯《천장 위의 산책자》에게서 란포의 생생한 생활체험을 맛볼 수 있다.《미스터리소설 40년》에서 밝히고 있듯이 24, 5살 즈음의 란포는 미에현의 조선소에서 근무하고 있었는데 자기 일에 싫증을 내고 걸핏하면 벽장에 들어가 잠만 자기 일쑤였다. 이런 젊은 날의 체험과 천장의 옹이구멍이라는 트릭과 합쳐져《천장 위의 산책자》를 만들어 낸 것이다.

현실도피를 가장 목표로 한 에도가와 란포가 초기의 단편집 속에서 얼마나 현실성을 존중했는가는 이 한 예로도 짐작할 수 있다. 이것은 비슷한 시기에 쓰인《D고개 살인사건》이나《인간의자》의 경우도 마찬가지였다.《D고개 살인사건》의 세로줄무늬 유

카타(浴衣)와 격자문 트릭은 란포가 모리구치라는 곳에서 전차로 오사카로 다니고 있을 무렵, 철도노선과 건널목차단기가 교차하는 것을 보고 생각해낸 것이었다. 또한《인간의자》를 쓰기 전에는 어느 가구점에서 점원에게 '이 의자에 사람이 들어갈 수 있겠습니까?'라고 물었다고 하는 에피소드는 리얼리티를 중시하던 작가의 모습을 드러내 준다.

외부 사실에 대한 충실한 기록의 리얼리즘이 있는 것처럼 상상력에 의한 허구의 리얼리즘도 또한 존재하는 법이다. 어느 경우도 창조의 주체와 현실이 하나의 긴장관계에 있는 것이 필요하다는 것은 말할 필요도 없다. 사르트르가《상상력의 문제》속에서 논술했듯이 '비현실적 존재'를 만들어냄으로써 한순간 어떠한 의식이 그 '세계 내 존재성'에서 해방되는 듯한 느낌을 줄지는 모르겠지만, 오히려 이 '세계 내 존재성'이야말로 상상력 성립에 필수조건이다. 그리고 란포의 초기 단편들은 이런 상상력의 역설적 산물에 다름 아니다.

미스터리소설적 측면에서 보면 에도가와 란포의 단편에서는 1인 2역과 암호와 관련된 트릭이 많다. 1인 2역의 트릭에 대해서는 란포도《스릴이야기》에서 이렇게 밝히고 있다.

'근대영미 장편미스터리소설의 8할 가량이 다양한 형태로 1인2역이라는 트릭을 도입하고 있는 것은 우스울 정도이지만 이것은 작가들의 지혜가 모자람을 증명하기 보다는 1인2역의 공포가 얼마나 깊은 매력을 지니고 있느냐 하는 것을 반증하는 것으로 보아야 마땅하다.'

또한 1인 2역과 관련하여 이중인격적 성격에 대해서는 란포도 스스로 인정한 바 있는데, 요코미조 세이시도 '《이중면상》에도가와 란포'라는 문장에서 이렇게 털어놓고 있다.

'전후 란포는 인간이 완전히 달라지고 말았다. 젊은 시절의 란포를 알고 있는 탐정작가들 사이에서는 그의 변모가 경이에 가까울 지경이었다.'

1인 2역을 비롯한 란포의 변신, 훔쳐보기, 유토피아에 대한 갈망은 이중인격이라고 하기 보다는 오히려 현실적 소외감으로부터 벗어나고자 하는 란포의 맹렬한 갈망으로 보아 오히려 마땅하다.

란포도 스스로 '미스터리소설에 그려진 이상한 범죄동기' 속에서 '나도 훔쳐보기에 대한 갈망이 강한 남자로, 옛날 작품에 엿보기에 대한 심리묘사가 많은 것도 다 그런 이유 때문이다. 《천장 위의 산책자》에서 천장 위라고 하는 비밀스런 곳에 숨어서 나쁜 짓을 하는 것이나 《인간의자》라고 하는 비밀스런 곳에서 연애를 하는 것도 모두 이런 소망의 변형이다'라고 밝히는데, 이런 경향은 《호반정 살인사건》《거울지옥》 등으로까지 이어진다.

또한 란포는 대학시절에 암호에 흥미가 많아서 암호법을 열심히 연구하였다. 이런 경험은 나무아미타불을 암호로 이용한 《2전동화》를 비롯하여, 한자나 낙서 등을 이용한 초기 단편에서 많이 찾아볼 수 있는데 그 대부분은 결말의 의외성으로 지탱되고 있다.

암호를 사용한 작품 가운데 가장 뛰어나다고 인정되는 것은 단연 《2전동화》이다. 가난하기 짝이 없는 두 실업자가 하숙집에서 뒹굴뒹굴하다가 도둑맞은 거액의 금의 행방을 암호를 이용하여 해독하고 드디어 그 수수께끼가 풀렸다고 생각할 무렵 다시 뜻밖의 반전이 찾아오는 내용으로 참으로 산뜻하고 명쾌한 작품이 아닐 수 없다. 아무런 현실적 행동도 취할 수 없는 처지에 상상력만 발달한 현대인에 대한 조롱이 담겨있는 듯한 느낌을 지울 수 없는 작품이다.

탁월한 트릭과 란포의 생활체험이 절묘하게 융합된 초기 단편이 보여주던 황혼의 세계에서 드디어 원색의 세계로 건너가면서 그의 환영의 집은 기묘한 변모를 마쳤다. 1929년을 경계로 통속스릴러로 변신하면서 란포는 지금까지 그의 꿈을 냉혹하게 가둬두고 있던 비속한 현실과는 이별을 고하고 선명한 색채가 난무하는 화려한 만화경의 세계로 뛰어들어 거친 원시의 꿈을 활짝 펼쳐 보이기 시작했다. 《황금가면》《흡혈귀》《초록옷의 괴물》《지옥의 도화사》 등이 그러한 경향을 반영한 작품이다.

이전의 쓸쓸한 황혼의 세계와 비교하면 참으로 놀랄 만한 변화였다. 이 밝고 눈부신 세계 속에서 순수하고 결백한 예술가 란포는 현실주의자로 전향하기 위한 심각한 정신적 고뇌에 빠져있었다.

이러한 과도기를 거치면서 란포는 '살아가는 것은 타협하는 것이다'고 하는 인식에 도달하게 된다. 그리하여 《외딴섬 악마》에서 《거미사나이》를 거쳐 《엽기적 결과》로 란포의 발길을 통속소설 속으로 깊숙이 빠져들게 된다. 그의 말마따나 거의 '자포자기'의 심정이었다.

란포의 통속장편은 거의 스릴러로서 에로틱한 공포가 강조되어 있는 점도 민감하게 느낄 수 있다. 그는 《괴담입문》에서 다음과 같이 말하였다.

'영미에서는 일반적으로 괴담보다는 본격미스터리소설이 더 인기가 높은 데 비해 일본에서는 본격물의 독자는 그 숫자가 한정되어 있어 괴담이 압도적으로 환영받는 실정이다. 내 과거의 경험을 보더라도 《2전동화》나 《심리시험》보다는 《한낮의 꿈》이라든지 《인간의자》《거울지옥》 같은 경향의 작품들이 지식인들이나 일반대중에게도 더 환영을 받았고, 또 그것이 내 창작태도에 영향을 끼친 것도 부정할 수 없다.'

이러한 생각에서도 엿볼 수 있듯 그의 통속장편의 주류는 주로 변장을 중심으로 하는 변신소망을 다채롭게 그리는 것과, 《한낮의 꿈》이나 《벌레》처럼 이미 숨겨져 있던 잔혹한 그로테스크 취미를 뚜렷이 드러내는 것으로 나타났다. 특히 미녀의 사체를 석고로 조상을 만든다고 하는 인형취미는 《거미 사나이》나 《흡혈귀》를 비롯한 수많은 작품에서 공통으로 드러난다. 잔혹한 취미가 다소 지나치게 느껴지는 것은 《외딴섬 악마》에서 보이는 불구자 제조라고 하는 착상이라든지 《맹금》의 식인육 묘사 등으로 후자는 작가가 다시 읽어보았을 때 구토가 날 정도여서 나중에 일부를 삭제했다고 알려져 있다.

흥미로운 것은 초기 단편들에서는 볼 수 없었던 밀실취향이 이 시기에 다소나마 나타나게 된 점인데 《외딴섬 악마》나 《흡혈귀》에서는 아주 명확한 형태로 밀실이 다뤄지고 있는 느낌을 준다.

란포의 예술가적 정열은 황혼의 세계에서 이미 완전히 소모되고 말았다. 하지만 그의 위대함은 무엇보다 그 젊은 날의 결백, 순수한 예술가적 기질을 현실과 타협하여 통속장편을 쏟아내면서 헛된 명성만이 높이 올라가던 가운데서도 시종일관 소중히 지켜온 점에 있다. 그런 면에서 그는 누구보다도 정직하고 또 엄격한 자기비판의 정신을 갖고 있었다. 단순히 입에 발린 추종보다는 정당하게 평가할 것은 정당하게 평가하고 비판해야할 것은 비판하던 이들의 말을 신뢰했던 것에서도 그의 소신이 드러난다.

1965년 7월 28일 에도가와 란포는 뇌출혈로 71살을 일기로 생애의 막을 내렸다. 에도가와 란포가 몸소 보여준 교훈은 에로틱한 공포와 도착(倒錯)의 길은 미스터리소설의 막다른 길에 다름 아니라는 엄연한 사실이다. 전후 마쓰모토 세이초와 같은 사회파들은 에도가와 란포나 요코미조 세이시에게 결여되어 있던 사회비판적

시점을 도입하여 미스터리소설의 새로운 지평을 열고, 또 SF의 기수들은 근대적인 환상의 길을 걷게 되었다. 이처럼 저마다의 방향에 철저히 매진함으로써 후진들이 자신의 비극을 두 번 다시 되풀이하지 않는 것이야말로 천재작가 란포가 진정으로 바라는 점일 것이다.

다른 문학과 마찬가지로 근본적으로 예민한 비평정신이 필요한 미스터리소설에서 민감한 피부감각에 너무 집착해버린 것이 란포의 위대함이자 또한 비극이었다.